40-

QUARTETO

Outras obras do autor

História do Rio em dez pessoas, 1994
Geografia do Rio em quatro posições, 1997
Contos do Rio, 1999

Roberto Saturnino Braga

QUARTETO

EDITORA RECORD
RIO DE JANEIRO • SÃO PAULO
2003

CIP-Brasil. Catalogação-na-fonte
Sindicato Nacional dos Editores de Livros, RJ.

B795q
Braga, Roberto Saturnino, 1931-
    Quarteto / Roberto Saturnino Braga. – Rio de Janeiro: Record, 2003.

    ISBN 85-01-06519-6

    1. Ficção brasileira. I. Título.

03-0596
CDD – 869.93
CDU – 821.134.3(81)-3

Copyright © 2003 by Roberto Saturnino Braga

Capa: Carolina Vaz
Imagem de capa: praia do Leme, Arquivo Geral da Cidade do Rio de Janeiro

Direitos exclusivos desta edição reservados pela
DISTRIBUIDORA RECORD DE SERVIÇOS DE IMPRENSA S.A.
Rua Argentina 171 – Rio de Janeiro, RJ – 20921-380 – Tel.: 2585-2000

Impresso no Brasil

ISBN 85-01-06519-6

PEDIDOS PELO REEMBOLSO POSTAL
Caixa Postal 23.052
Rio de Janeiro, RJ – 20922-970

EDITORA AFILIADA

PRIMEIRO TEMPO

I

São conhecidas e abrigadas bem no fundo da memória as fragilidades do menino: a necessidade visceral, imperiosa, da aprovação e do carinho dos pais. A cada passo. Os sentidos aguçados sempre em guarda, buscando a percepção mais completa de tudo, tudo é novo, a mente alerta em trabalho constante de elaboração e de expansão das compreensões do mundo pequeno do imediato à volta. O empenho da infância, sensorial e mental, a ginástica da musculatura cerebral e do aprendizado elementar e fundamental da vida. Tempo decisivo.

    O mundo puro do menino, simples, como é visto todo dia. Visto e denominado, construindo-se os conceitos sem abstrações, o espaço e os nomes das coisas, simplesmente, juntamente com o sistema rudimentar de causas e efeitos, do antes e depois, do tempo. Sem sutilezas nos significados, nas categorias e nos comportamentos, um mundo ainda sem mentira, isso, nem mesmo a mentira necessária do cotidiano. A casa, no princípio, o pai, a mãe, o amor, a brandura plana e duradoura, o presente pleno e imperturbado, mais tarde invocado como lembrança inconsciente de felicidade, um ano, dois anos, o tempo inocente, sem marcas do passado nem deveres ou planos do futuro, mera sucessão de dia e noite, de repente, um espanto aqui, outro ali, exemplo mais forte, o espanto do irmãozinho que chega envolto em doçuras e carícias alvas, o espanto e logo a provação daquela situação completamente inesperada, o descontínuo, o súbito desamparo do menino, uma certa paralisia para concentração no esforço de entendimento do que se passa, os primeiros dias, semanas, depois um mês, dois, a confirmação pausada, é aquilo mesmo, a realidade das ternuras desviadas para o novo ser da casa que dorme quase sempre e acorda para chorar e logo ser atendido, que se move desajeitadamente mas depois já tem o olhar de gente, e cresce devagarinho como uma pequena e bela bola humana, viva, rosada e sorridente, cheia da graça de todos, mãe, pai e visitantes encantados. Ele, o menino, também encantado, impossível resistir à graça do irmão. Tomado de enternecimento ele também, em meio à revolta interna em ascensão. Justa revolta, a iniqüidade é evidente, chocante e corpórea, fazendo crescer a correta indignação, a raiva que o menino disfarça permanentemente por necessidade aprendida no momento, por ciência intuitiva de que só assim lhe pode restar alguma sobra das carícias perdidas. E, mais, um afago leve no corpinho redondo rende manifestações de enlevo e encantamento a ele dirigidas, muito próximas do antigo amor que tinha por inteiro. E o menino afaga o irmãozinho, por vontade própria nos momentos de ternura verdadeira; por fingimento primevo, vencendo a aversão, para receber a aprovação carinhosa essencial. O aprendizado.

O desgosto ensina e acostuma, e a vida se desenrola na mesmice entremeada das sensações relevantes da infância, fugazes alegrias e dissabores. E alguma coisa de atenção e afeto da casa ainda lhe resta, ajudando na resignação. Mas a indignação sopitada escapa vez por outra num gesto incontido. E num fim de tarde domingueira, dormindo o irmãozinho no silêncio de um berço cor-de-rosa posto no quarto que servia de escritório, todo protegido em maciezas, o menino transita por ali num acaso desses feitos pelo demo e vê, bem ao lado do berço, bem ao alcance do gesto, posto sobre a mesa de trabalho do pai, um livro grande e grosso, um dicionário, um livro cujo peso o menino sente nos braços quando o apanha, e quando o apanha o porquê de o apanhar já estava escrito, era para jogar sobre o corpinho tenro e imóvel na doçura do sono, e o faz porquanto era inevitável, prova da existência do maligno, em sua primeira manifestação no meio da inocência, o ato era irrefreável, o menino joga o peso bem sobre a cabeça do irmãozinho em repouso.

A figura do pai é por natureza ameaçadora, mesmo a do pai doce, pelo tamanho do corpo e a rigidez da carne, pela gravidade e pelo estentor da voz, pelas evidências de mando e autoridade, no dia-a-dia o menino observa a submissão da mãe, o contraste entre as suavidades da mãe e as asperezas do pai, a cara do pai que tem barba e arranha. A cara do pai é um cenho e a ira do pai é o cataclismo, o menino sabe bem antes da prova. A ira do pai alimentada pelo grito da mãe indignada e pelo berreiro do irmãozinho agredido é então o terror absoluto, o menino prova, recebe frágil e indefeso as palmadas, os sacolejões, os apertos, beliscões, a dor física, aguda, e a dor moral muito maior, da repreenda violenta pelo crime cometido. O menino chora o choro fundo e amargo da culpa e da justiça, prolongado, e a marca fica para a vida.

As marcas de contundência ficam entretanto impressas sobre um tecido de base que é sedoso, feito da suavidade natural da mãe, por vezes de uma babá afetuosa, ou de um que outro vizinho, parente ou circunstante benfazejo; o menino encontra sempre uma indulgência natural. A felicidade mais completa, substanciosa, fortificante, todavia, acontece quando a doçura vem do pai, do ser que é imediatamente forte. E ela vem, sem muita freqüência mas vem, o pai também é amoroso. Frágil, indefeso, dependente e prisioneiro da casa, o menino é feliz no aconchego da certeza do amor que vem dos grandes.

Mario Sérgio, menino em casa, foi feliz. A casa era feliz. Havia amor no casamento, que já tinha cinco anos e era rememorado a cada aniversário numa carta do pai que a mãe recebia e guardava enternecida. Eram palavras belas e verdadeiras, mais fáceis de serem escritas que ditas; não que transportassem hipocrisia, como poderia parecer lidas no fim do século; não, eram expressões verdadeiras, mas que podiam ser lavoradas do rascunho ao papel definitivo, sem o risco dos embaraços que o improviso, mesmo decorado, muitas vezes causava no falar. O costume vinha do pai do pai, um velho sábio de cinqüenta anos que até morrer não deixou de escrever à esposa a cada ano uma carta de amor e reconhecimento em termos elevados.

O menino era feliz em casa, e o irmãozinho findou sendo presença trivial, assimilada, que olhava para ele balbuciando com interesse, certo assombro, ele, o maior. O irmãozinho com o tempo entrou no seu círculo de paz. Anos de paz e benignidade, passados sem sentir, sempre no presente. Até o ingresso no colégio. O colégio, sim, é a guerra, o menino sabe no momento em que adentra.

Assustador, não havia como não o ser, até pela grandeza do prédio e dos espaços, era o Instituto Lafayette, e principalmente pela quantidade de gente, meninos e meninas em massa e uniforme, em grande alarido pela calçada, na entrada e na saída, nos pátios de recreio, inocência e agressividade em alegria da natureza, igualdade institucional que na verdade não é nada disso para quem chega, acanhado pela bisonhice. O colégio é o quartel da ginástica disciplinar imprescindível para a vida urbana, civilizada: memorização de palavras e de fatos, de regras, de números, e sobretudo de comportamentos, desenvolvimento das sinapses cerebrais, disciplina da civilização, contenção da animalidade viva, superação, sublimação da força dos instintos e enfrentamento dos outros, sócios e competidores. A formação da segunda natureza: fundamental. Os pais sabem muito bem, por isso obrigam; o menino, quando entra, ainda não. Mas fica logo conhecendo o outro lado da moeda: o colégio são os outros, o olhar dos outros, gestos e palavras, o cotejo, a competição, o medo, a rivalidade e a coligação.

Mario Sérgio, bem-dotado, foi aluno primoroso desde o primeiro ano, nas verificações de aprendizado estava sempre entre os melhores, só não era o melhor porque havia um outro menino que disputava com ele nas notas e nos elogios. Um dia, uma menina disse para ele cruamente: o Jerônimo é melhor do que você. A boca fez um esgar de desgosto e a vergonha logo lhe subiu à face por ter mostrado aquela reação, vergonha de não ter sabido enfrentar o julgamento com superioridade, um julgamento que evidentemente trazia uma dose de antipatia ao lado da verdade, que, aliás, não era completa.

O colégio era um foro de julgamentos diários. E Mario Sérgio entrava despreparado para a disputa: sem malícia nem dureza nenhuma, sem agilidade na luta ou na resposta, perdia sempre no confronto físico ou verbal. E não era nem de longe uma questão de inferioridade física ou mental, tinha estatura acima da média e um corpo grande, pesado, adiposo, que até se prestava um pouco ao ridículo. Talvez aí estivesse a causa, talvez aí, talvez na vivência branda que tinha sido a dele, sempre protegida em casa, talvez aí também a raiz da ausência de um espírito ágil que contrastava irritantemente com a inteligência que sabia que tinha. Fato é que fazia figura bisonha, de moleza e falta de destreza, e já entrava perdendo nas disputas, era desajeitado tanto na verve quanto no esporte, e procurava compensar o deslustre esmerando-se no estudo e especialmente no trato com os colegas. E ia além da conta, talvez, neste esmero, resultando que não era convincente na solicitude da amizade e acabava não sendo um camarada, não se sentia querido nem acatado como tal entre os meninos. Quanto às meninas, um grande fosso os separava, ele e elas, insuperável.

A facilidade no apreender e memorizar as matérias todas ensinadas em aula era a sua virtude, mesmo que o Jerônimo fosse melhor. Virtude que ele cultivava com afinco com a ajuda da mãe, dona Lena sempre tomando as lições e fazendo com ele os trabalhos, virtude que lhe valia satisfações em casa, inesquecível o olhar de aplauso do pai quando recebeu a carta do colégio com a menção honrosa pelo resultado do exame de Admissão, mas que era qualidade fraca no meio dos colegas, e, no balanço que fazia, naturalmente pelo juízo dos seus contemporâneos, Mario Sérgio tirava uma idéia negativa de si mesmo, e a carregava, pesada, naquele início de vida.

Assim era também entre os meninos vizinhos, embora aí a relação tivesse outros aspectos; havia amigos mais chegados pela circunstância, pela própria proximidade da morada e pela resultante freqüência dos encontros, amigos quase necessariamente. Não havia nenhuma troca explícita de afetividade: entre os meninos, até quando existia ela devia ser disfarçada. O grau de amizade se manifestava na procura dos encontros e na duração deles, na preferência do convívio, nas afinidades de comunicação. E, no cômputo geral, afora Oswaldo, o menino que morava em frente e era ainda mais retirado do que ele, Mario Sérgio não se sentia um preferido também no grupo da rua, que era na Tijuca. Os meninos que têm este sentimento costumam recolher-se em atividades solitárias. Mario Sérgio pouco saía de casa: estudava as lições todos os dias, fazia os deveres e jogava botão com ele mesmo ou com o irmão que aprendia com ele. Fazia corridas de cavalinho de chumbo com dados, colecionava selos e dividia com Oswaldo essa ocupação reservada, e escutava rádio, muitos programas de rádio, o *Programa Casé*, o *Barbosa Júnior*, sua voz melíflua, engraçada, parecida com a própria figura do radialista-humorista, o Almirante, sua voz cheia e calorosa, trazendo também analogia com a figura física; aprendia coisas nesta escuta e sabia reproduzir muito do que ouvia: falas de locutores, que eram corretas na linguagem e bem claras da dicção, ele repetia como num exercício de linguagem falada, expressões de adultos, anúncios mais repetidos, reportagens de futebol, a descrição dos jogos, que usava no acompanhamento das partidas de botão, imitando ora o estilo Ari Barroso, ora o Gagliano Neto, e músicas; cantava, para si mesmo, com afinação e musicalidade, as melodias que o rádio tocava, fazendo com facilidade a voz dos cantores, Orlando Silva, Francisco Alves, Sílvio Caldas, Carlos Galhardo, trazia consigo esta habilidade que o crescimento e a mudança de voz vieram a confirmar; até das vozes femininas, Aracy de Almeida, por exemplo, ele sabia reproduzir o timbre anasalado característico. Com essas ocupações caseiras alisava a vida e evitava a malícia e as crueldades da rua.

 Eram anos trinta, mais ou menos pela metade, e o Rio de Janeiro, na sua placidez natural de praias e montanhas de beleza incansável, vivia ainda a descontração agitada da modernidade que vinha dos vinte, a alegria dos novos ritmos, da moda melindrosa, dos largos espaços da nova urbe que enterrara seus emblemas antigos, das praias oceânicas que ofertavam aos corpos espumas claras e abundantes de saúde. Sim, tudo isso, mas também por esse tempo foram chegando pelo oceano e pelas ondas magnéticas as vibrações do centro do mundo, a ira dos injuriados, os triunfos da brutalidade, e o Rio alegre foi sacudido por manifestações cada vez mais exaltadas das ideologias conflitantes que faziam tremer a Europa. Era o século vinte ainda jovem e tempestuoso, o século das idéias promissoras, das revoluções futurosas que estava destinado, na verdade, a se apegar no seu final ao sonho antigo e mais seguro da democracia, numa versão entretanto marcada fortemente pelo senso e pela lógica do pragmatismo e da utilidade. Mas era ainda o momento efervescente das grandes tensões, e comunistas e integralistas se enfrentavam nas ruas da cidade com violência. No comando político do país estava um positivista moderado por natureza, embora posto lá pelo comando de uma verdadeira revolução que havia derrubado os velhos chefes com seus velhos métodos de dividir entre si os interesses de todos. Instaurava-se finalmente uma nação no Brasil, com um trabalho criterioso e novo de construção na ótica positivista, centralizadora, uma construção nacional que tinha agora também uma dimensão social; o Rio com um prefeito avançado nesse campo, pioneiro, que se ocupava menos com as obras e muito mais com a saúde e a educação daqueles que não podiam pagar, prefeito que criou uma universidade de excelência e que subiu pela primeira vez o Morro da Favela e incorporou as escolas de samba no carnaval oficial da cidade, prefeito que não inscreveu seu nome no asfalto e no concreto da cidade mas deixou a marca de longe mais profunda na alma do novo Rio, o médico pernambucano que se fez tão querido pelo povo que assustou o centro do poder e acabou destituído e preso. Aquele imenso trabalho nacional de construção de um novo progresso, positivista, científico, justo, materialização una de uma nova idéia, lutava contra o que mais o perturbava — ora! — e muito: a emoção dos fanatismos políticos em confronto. O Rio era o grande palco.

Doutor Inácio, pai do menino Mario Sérgio, era um cirurgião ainda jovem que, por força da sorte e das ligações de família — esforço dele também, dedicação — operava na mais conceituada casa de saúde da elite do Rio, que era a do doutor Pedro Ernesto. A casa de saúde era também o centro político mais ativo da cidade, e seu dono era o prefeito do Distrito Federal, amado pelo povo e preferido do presidente, revolucionário de trinta, médico tenentista, presidente do Clube Três de Outubro, articulador cheio de agitação e idéias novas, mais agitadas e novas do que os paradigmas do poder central, que era conservador para poder renovar, idéias aquelas que criaram uma União Trabalhista e alistaram como eleitores milhares e milhares de trabalhadores, cujas mãos o próprio prefeito apertava, quem diria, idéias que eram também as de um jovem educador baiano a quem foi entregue a secretaria de Educação, e que convocou para a nova universidade professores revolucionários que faziam palpitar o coração da juventude carioca. Por tudo isso, dizia-se, o prefeito era comunista.

Impossível ao doutor Inácio, dadas as circunstâncias, a mobilização do momento e o seu local de trabalho, impossível seria um afastamento ou uma recusa frontal à idéia política, ou mesmo uma neutralidade completa na grande questão nacional. Impossível. Ademais, um certo horror à arrogância do elitismo integralista existia dentro dele, junto com um apelo ético à justiça social, ao favorecimento do povo mais humilde e necessitado, de cuja alma gostava, vindo embora ele de uma família de classe média ligada à elite da cidade, seu pai um engenheiro renomado que havia sido diretor da Estrada de Ferro Central do Brasil. Sua inclinação era para a esquerda, e ele prestava seu óbolo, dava sua contribuição ao Socorro Vermelho, mas relutava na aproximação maior com os comunistas, nos quais via muita falta de bom senso e ponderação, uma tendência radical ao fanatismo, a uma impertinência ranheta que não lhe agradava. E mantinha-se à distância do fogo central da política; apegava-se à profissão, cultivava sua técnica com real interesse, e tinha já um certo reconhecimento resultante precisamente da seriedade com que se desempenhava profissionalmente, além da simpatia jovial que trazia e da atenção que dedicava aos clientes.

Era enorme a admiração que devotava ao doutor Pedro Ernesto, admiração também profissional, como médico e organizador, pela competência com que havia criado aquela casa de saúde modelar, mas principalmente pela expressão da personalidade, pela liderança efetiva que exercia sobre todo o corpo médico da casa, sem exceção, sempre estimulando o aperfeiçoamento técnico e a dedicação de todos, como também sobre os enfermeiros e serventes, para os quais era quase uma divindade, tal era o sentimento com que o viam.

Tinha assim o doutor Inácio muitos motivos para uma satisfação bem acima da alegria interna normal da mocidade. Mormente porque aos profissionais somavam-se os motivos ainda mais fortes, de ordem afetiva: havia sido um rapaz bem recebido em todos os ambientes sociais que freqüentara, pela boa origem, pela condição de bom estudante, pela simpatia e pelos modos com que se apresentava, e bem recebido pelo futuro que prometia. Não havia pai de família que não fizesse gosto no casamento de uma filha com aquele jovem quase médico tão bem-educado, tão sério e afável ao mesmo tempo.

A figura não era de beleza notável mas nada tinha de desagradável, e as moças naturalmente se inclinavam para aquele rapaz tão bem falado em suas casas. Assim também Lena, que logo captou o interesse especial que Inácio tinha por ela. Não só Inácio, ela sabia muito bem, quem melhor do que ela poderia saber do interesse de todos os rapazes, e até homens mais velhos ainda solteiros, por ela, que era vista como a mais bela jovem daquela geração das famílias bem situadas do Rio de Janeiro? Mas o de Inácio era um interesse realmente especial, porque encontrava ressonância no coração dela e as ondas dessa ressonância eram captadas pelos sentidos dele tão afinados para essa percepção. E desse encontro de vibrações resultou um amor que prometia a ambos, porém mais particularmente a ele, na sua ardência de homem moço, uma felicidade ilimitada.

O que é a felicidade? Como toda indagação de cunho filosófico, importa mais a questão do que a resposta. A resposta é a busca incessante e inacabada. Mas o fato real é que, para Inácio, o dia mais feliz de sua vida, o momento em que um oceano de ventura encheu o seu ser como um juramento de nunca se extinguir, foi aquele em que escutou de Maria Helena que ela também o amava e queria casar-se com ele, o momento de eternidade em que encostou nos dela os seus lábios num beijo de ternura indizível. Para sempre.

Foi um dos casamentos mais abençoados da família carioca daqueles tempos, a igreja de Santa Teresinha engalanada, resplandecente de lírios em buquês, copos-de-leite e fitas brancas no mês de maio de 1929, noiva de beleza tão comovente que as respirações se suspenderam quando ela ingressou, em sorriso de princesa, comedido mas cintilante como os olhos, naquela atmosfera ampla em luminosidade, acompanhando as notas solenes da marcha do casamento de Elza com Lohengrin. A emoção se manteve durante toda a cerimônia marcada pelas lágrimas incontidas do pai de Inácio, o velho e curtido engenheiro de estradas de ferro.

Lua-de-mel bem-aventurada em Buenos Aires, a grande cidade européia do continente, volta ao Rio para moradia na casa dos pais de Lena, uma construção ampla na rua Barata Ribeiro, uns meses, até que pudessem comprar a própria. No primeiro dia de setembro do ano seguinte nascia Mario Sérgio, quando toda a cidade já se encontrava tomada pelos boatos, comentários, pelas notícias, pela certeza de que o novo presidente Júlio Prestes, recém-eleito, não tomaria posse e uma revolução renovadora, há anos prenunciada, finalmente eclodiria. E veio, um mês depois, vovó Glorinha que chegava, que esta era a senha usada pela família para designar a tão esperada e certa chegada, senha-disfarce usada em zombaria ao próprio ridículo que suscitava, de vez que a conspiração era quase aberta e ninguém acreditava em reação do governo. Quando veio, logo em seguida, a convocação oficial dos reservistas para a resistência armada, ninguém se apresentou, na certeza de que era de poucos dias e de nenhuma autoridade a duração do governo. A gozação em casa se elevou, e se escolheu a caixa-d'água, situada numa espécie de sótão sobre o segundo piso, como esconderijo para Inácio, único reservista da casa, caso viesse a patrulha de mobilização para levá-lo. Nunca chegou; Washington Luiz, aconselhado pelo cardeal, renunciou, rancorosíssimo deixou o palácio e se exilou nos Estados Unidos, jurando nunca mais voltar ao Brasil. Voltou, vinte anos depois, velho e alquebrado, mas ainda resssentido, negando-se a qualquer declaração, o homem que havia governado abrindo estradas e fora deposto bem no final do seu mandato.

Inácio já tinha comprado o terreno antes de se casar e pôde construir a casa, espaçosa e conveniente, com a ajuda do pai e de um empréstimo do Banco Hipotecário. Mudaram-se para a Tijuca quase ao fim de 1931, Lena já grávida de Timóteo, que nasceria em meio ao resto de calor do mês de abril seguinte. Moraram vinte e cinco anos na rua Desembargador Isidro, lá fizeram as bodas de prata, com uma missa encantada de emoção na mesma igreja de Santa Teresinha, e se mudaram logo depois para Copacabana, para um belo apartamento na esquina de Santa Clara com Domingos Ferreira, bem perto da praia, cheio da brisa fresca e benfazeja que suavizava o verão, o calor da Tijuca tendo sido uma queixa permanente de Lena durante os dez anos anteriores. Queixa que na verdade encobria uma outra, mais difícil de dizer mas muito maior que a do calor, a do ar suburbano da Tijuca, queixa do clima de atraso daqueles bairros da zona norte que não tinham praia e não ditavam moda. Lena tinha sido menina de Copacabana, ainda guardava no coração os olhares e os gestos de apreço e aprovação que vinham de todos os lados das calçadas quando ia, de braço com as irmãs, ela no meio, as três já mocinhas, em vestidos leves, pela rua Barroso tomar a fresca na praia bem de tarde. E o sonho da volta foi motivo de muito atrito, e forte, e freqüente naqueles anos, com Inácio apegado ao ambiente dos tempos de sua maior ventura e tomado pelo desejo de usar as economias, feitas com vagar, dada a largueza dos gastos de Lena, seus costumes de conforto e de elegância, usá-las na compra de uma fazenda de gado no vale do Paraíba.

Mario Sérgio estaria então, nesse tempo da mudança, cursando seu último ano de Medicina, não o tivesse ele interrompido, desestimulado pelas dificuldades que enfrentava, com notas baixas e dependências, fuga às aulas, desinteresse definitivo, convencido de sua falta absoluta de vocação para aquela profissão escolhida, afinal, por influência da figura do pai. Levado por um amigo ao quilômetro quarenta e sete, viu-se invadido pela paixão da agronomia, pela compulsão de estudar naquela universidade grandiosa e bela, morando entre os colegas, moços vindos de todas as partes do Brasil, num ambiente verdadeiramente universitário como nos Estados Unidos. Discutiu muito o assunto em casa, enfrentou com ardor a oposição da mãe e do pai, especialmente da mãe, pôs todo o seu talento na argumentação, e ao fim de alguns meses conseguiu convencer pelo entusiasmo, dobrando primeiro o pai, e a muito custo a mãe, afinal nas duas famílias não havia tradição de fazendeiros, senão duas gerações acima, no caso de Inácio; havia, sim, hábitos citadinos, vidas eminentemente urbanas, metropolitanas, a bem dizer, vidas de Rio de Janeiro, cultura e educação de elite, profissões de elite, nenhum afazer de roceiro.

Convenceu pela paixão, com a eloqüência da juventude, e matriculou-se na Universidade Rural, nem precisou de vestibular, vinha da faculdade de Medicina. Simultaneamente, reverberou no coração do doutor Inácio um antigo e oculto impulso, bem recalcado ao fundo da alma, de ter uma fazenda como seu avô, melhor, ou mais autenticamente, como seu bisavô, que não tinha conhecido, mas cuja lenda de desbravador e de senhor de escravos repletava a família de histórias. O velho que, já maduro, com quarenta anos, tirara da Corte a menina de quinze anos, tão bela a graciosa que no seu primeiro baile no Paço encantara o Imperador, a ponto de querer tê-la como par na contradança principal. Tirara para levá-la à fazenda em Piraí como sua esposa, a vovó Gabriela, de beleza e inteligência fulgurantes, verdadeira rainha da família.

Doutor Inácio concordou, engoliu no momento seu próprio desejo e cedeu ao de Lena: comprou o apartamento e mudaram-se para Copacabana. Mas era de fato apenas um adiamento: Mario Sérgio formado em agronomia, compraria a fazenda e iria usufruí-la junto com o filho. Lá depois da serra, para as bandas de Piraí.

II

O corpo do homem se molda de repente sob o influxo de quantidades mínimas de substâncias produzidas por ele mesmo nos momentos certos, sucos muito íntimos e essenciais, capazes de operar, em poucos meses, transformações que seriam espantosas se não fossem corriqueiras, coisas de todo mundo, coisas da natureza: o alongamento dos ossos, a dissolução de adiposidades e o crescimento da massa muscular, a aparição de pêlos no rosto e no peito, o encorpamento da laringe e a mudança da voz, o aprontamento dos órgãos genitais para as vibrações do amor e as responsabilidades da reprodução.

O exame médico foi feito, como de rotina se fazia no Lafayette, e qualquer coisa no corpo de Mario Sérgio chamou a atenção do médico para que a direção do colégio chamasse o pai para uma entrevista. Quando lhe foi dito que os testículos do menino ainda não haviam descido para se alojar na bolsa escrotal como os de todos. Uma criptorquidia, provavelmente um mero retardamento, possivelmente ligado a uma ligeira deficiência da tireóide na fabricação dos seus hormônios, nada de muito grave mas algo que requeria atenção. Espanto para doutor Inácio, e uma certa vergonha, afinal, ele médico, de conceito, nunca ter observado aquilo no filho, vergonha para fora e para dentro, para si mesmo, espécie de autocrítica que se fazia, como quem cuida de mais de si, de seus impulsos e interesses, e pouco dos filhos, da sua responsabilidade de família. Foi para casa pensando. E todos os exames foram feitos, com a melhor assistência médica, a medição do metabolismo basal, o diagnóstico do melhor endocrinologista, a medicação certa, hormonal, e o resultado maravilhoso, em pouco tempo as glândulas apareceram onde deviam estar, doutor Inácio observou o desenvolvimento do menino, tudo normal, fora uma obesidadezinha que seria eliminada, e Mario Sérgio, no tempo quase certo, dos dezesseis para os dezessete anos, desabrochou em homem de repente, rapaz bonito, como se dizia, mais que o pai, mais alto, de olhos firmes e confiantes na aparência.

Antes desse desabrochar, houve um resto ainda de infância, algo como um excedente no prolongamento dos anos de menino, meninice ainda nos gestos e nos gostos, na voz como nas formas do corpo, que aparentavam certa feminilidade no contraste com seus colegas, fazendo dele objeto de algum assédio sexual por parte dos mais avançados na adolescência. Coisa ligeira, meio lúdica, que não deixou marcas, talvez só a impressão posterior de ser um pouco menos dotado de masculinidade que os outros, certa pequenez de pênis e de agressividade de homem. No geral, este é um período rejeitado na memória, tempo descontente, que perdeu a inocência e ainda não certificou o crescimento. Visto do fim para o começo foi um tempo escasso de eventos gravados numa vida linear e bem formada em família de padrão citadino confortável. A normalidade é plana nesse tempo e Mario Sérgio muito pouco teria a recordar além de um tombo de bicicleta na rua Conde de Bonfim no qual bateu com a cabeça no asfalto e perdeu os sentidos, acordando sentado numa cadeira de vime dentro de uma padaria e logo depois chegando a mãe em pranto de aflição, avisada em casa por gente que conhecia a família. Impressão mais funda foi a morte de um menino da sua idade, filho de uma amiga de infância da mãe, que ele conhecia de um ou dois encontros familiares, tragédia que sacudiu a casa em comentários de pasmo e horror, mostrando a face assustadora da morte, nunca antes pensada por ele, e entretanto ali próxima, real; o menino morrera de paralisia infantil, perigo efetivo, meio inevitável, que o desassossego dos adultos exibia. O choque durou uns dois meses, e foi perdendo a força impactante até se transformar num nódulo de memória. Foi um tempo de vagos desconfortos e inconformidades, um pouco custoso de passar. E o fato maior, este sim, com desdobramentos relevantes pela vida à frente, foi que surgiu naquele tempo insosso de transição, pelos doze ou treze anos, um interesse diferente pelas meninas, e num dia de verão o grupo da rua resolveu tomar um ônibus e ir à praia, usando a casa do tio de um deles em Copacabana para trocar de roupa. Inesquecível manhã para Mario Sérgio, aquela da observação das carnes morenas de Dorinha, primeira vez, carnes que balançavam quando ela corria na areia, os peitos principalmente, ela que era baiana e a única morena no meio daquele grupo muito branco de tijucanos meio envergonhados. Não sentiu desejo explícito de apalpá-la, de ter o tato da maciez do seu corpo, mas três dias depois amanheceu passando do sonho à consciência com a imagem das carnes morenas de Dorinha sob suas mãos, e teve o seu primeiro orgasmo, a sensação daquele gozo inigualável nunca antes suspeitado.

A normalidade transcorrendo livremente, aluno aplicado que continuava sendo com o passar dos anos, embora com sensível perda em relação aos tempos de menino, atento nas aulas e aprendendo as coisas com pouco estudar, mantendo e desenvolvendo, aos quatorze, quinze, dezesseis anos esse talento especial, bom de matemática e de ciências, mas bom também de línguas e de expressão, referência de inteligência na turma, porém chamado já por interesses mais fortes que estavam na rua, no mundo e na turma dos amigos, bom ouvido e memória musical, sabia as canções, brasileiras e americanas, aprendeu depressa a dançar e dançava bem nas festas porque tinha a música nos movimentos. Era querido e se sentia assim pela primeira vez, cultivava por tudo a simpatia e a amizade, passava modéstia e evitava confrontos, acedia nas iniciativas. O sexo já falava e pedia o enredo com as meninas, e Mario Sérgio ganhava desenvoltura nos contatos de aproximação, principalmente através da dança, porque era sabido que dançava bem, era requisitado nas festas, e dançava com todas, modo de dizer, dançava com muitas, não se fixava, nenhuma preferência de amor ainda focada em pessoa certa, ser olhado e referido era o que ele mais queria. Era, e gostava, tinha nos olhos e nos gestos o estro da felicidade jovem, que o fazia especialmente belo naquela exteriorização iniciante. Vistas já cansadas, mas ainda argutas, de várias senhoras que recordavam os moços de vinte anos atrás constatavam, com certa emoção de nostalgia, a semelhança daquele rapaz com o airoso Inácio da juventude delas.

Eram então os anos quarenta, já na segunda metade. Vibrantes tempos de história que corriam céleres, e ao Rio sempre chegavam primeiro as percussões do mundo. O rescaldo da guerra era ainda incandescente; Stalin, vivo e pleno, simbolizava uma força que causava espanto à civilização, vigor novo que derrotara a formidável máquina de guerra nazista a partir de um marco de heroísmo em Stalingrado, e que teria trazido a avalanche comunista a todo o ocidente europeu se as potências da riqueza não tivessem desembarcado na Normandia para salvá-lo no primeiro momento. No segundo, que é o momento aqui focalizado, foi a dádiva de dólares em quantidades até então desconhecidas e impensáveis. Inimigos da véspera se tornaram logo amigos e a tensão Leste-Oeste escalava tão intensamente que muitos esclarecidos desavisados da política e da imprensa previam como inevitável um novo confronto armado, sem perceber que a humanidade, saída de tanto horror, não o suportaria. Os Estados Unidos ainda tinham, naquele momento, a supremacia decisiva da bomba atômica, mas careciam da necessária sustentação moral para usá-la, quando o mundo, estarrecido, tomava ciência da verdade sobre as dimensões da tragédia de Hiroshima. O Japão, humilhado às entranhas, encolhia-se ao recôndito de sua alma para meditar sobre o projeto nacional de recuperação pelo esforço físico e econômico. E o mundo parecia girar com mais energia, a Índia fazia sua independência e mostrava à História o valor da Ética na figura da alma grande de Gandhi; a música descobria o long-play, a gravação longa e quase sem ruídos; o sexo começava a desnudar-se no primeiro Relatório Kinsey; Sartre se transformava na luz de um existencialismo que começava a se massificar; trazia com ele o perfil forte de Simone de Beauvoir; Christian Dior determinava o fim da austeridade na moda; Vittorio de Sica lançava o grande cinema italiano com *Ladrões de bicicleta*. O fremir do mundo chegava ao Brasil através do Rio, o grande pólo repercutidor da civilização ocidental para todas as latitudes e longitudes amplas deste território onde se fundia a cultura mestiça em formação há quinhentos anos. E havia chegado a exigência da democratização; aquela ditadura, inda que branda e ordeira, não era compatível com os novos tempos de liberdade. E no Rio se deu a deposição, no Rio novamente recortado em obras, abrindo espaços para a invasão dos automóveis, o Corte do Cantagalo, a Estrada do Joá, a Avenida Brasil e a monumental Avenida Presidente Vargas, outra vez rompendo prédios e ruas do centro, arrasando a igreja de São Pedro e descobrindo a Candelária pelos fundos. Enquanto engenheiros ilustres discutiam o congelamento de suas fundações para uma operação de rotação de toda aquela imensa tonelagem carregada de arte, de história e de sacralidade, para fazer o encontro apoteótico da igreja em sua fronte com a largueza da avenida, o governo provisório cogitava se mudava ou não a denominação do novo logradouro para Avenida da Liberdade, apagando a memória do ex-ditador, que era boa no coração do povo. Discutia-se: prudência ou falta de grandeza. Mas logo veio a primeira eleição democrática, e no Rio o Partido Comunista elegeu a maior bancada de vereadores e Luiz Carlos Prestes seu senador e símbolo no Congresso Nacional. O choque é abalador, todos sabem o que o Rio representa no país, parecia o tempo de Pedro Ernesto, e a reação tinha de ser fulminante: o Partido Comunista é posto na ilegalidade e todos os seus representantes são cassados.

Essas vibrações todas naturalmente não escapavam a Mario Sérgio, mas é fato sabido que as gerações têm suas ocupações próprias e seus temas de conversação. E embora esse temário político e internacional lhe fosse lembrado com freqüência pelas conversas entre os mais velhos de casa, especialmente pelo avô do lado da mãe, que lhe destinava vez por outra uma atenção individual, e lhe falava de Churchill e De Gaulle, a sua lista de assuntos entre os amigos principiava por outros pontos e preocupações, os que faziam grandeza na sua geração, principalmente o esporte, o futebol, as lutas, o boxe, os esportes em geral; as olimpíadas de Londres, acompanhadas de longe, não ofereceram nenhuma sensação especial, maior foi o interesse pela maratona de Copacabana; e também os modos de trajar da mocidade, os tipos de sapato, o paletó de veludo, os modos de falar e de dançar eram igualmente assunto de todo dia, no comentário crítico à aparência das coisas.

Vinham constantemente à zona sul, onde as coisas aconteciam, cinemas e sorveterias, e o discurso principal depois do encontro eram as moças da geração, óbvio, e seus atrativos, compreendendo formas, doçuras e facilidades, comentadas em detalhe e repetição; as putas, naturalmente, as visitas que faziam em grupos, tensos e excitados, às casas de putas, uma ou outra novidade que surgia, em beleza ou habilidade. Não muito mais que isso, mas é claro que entravam na conversação também alguns pontos da agenda de estudos, do colégio, do curso de inglês e principalmente do vestibular, obstáculo emblemático que Mario Sérgio teria de vencer no fim do ano para ingressar na faculdade de Medicina, esforço para o qual se preparava num cursinho próprio. Exemplo de fato internacional comentado com interesse foi o destaque de um brasileiro no cenário científico: Cesar Lattes descobrindo e produzindo o rastro do méson-pi, uma partícula prevista teoricamente; a ciência tinha sempre sua sedução.

Havia, entretanto, ademais das conversas ouvidas em casa, uma outra fonte de interesse por acontecimentos e observações não constante do temário coloquial da geração: era Josef, colega que encontrara no curso de vestibular, que tinha certa estatura, pouco mais alto do que ele, era magro e pálido, de olhos fundos, escuros e brilhantes, cabelos bem pretos e ondulados, que parecia não ter jovialidade, e que atraía talvez por isso mesmo, pelo contraste, pela seriedade com que tratava as coisas, pelo saber adulto que trazia e pelas palavras de quase outra linguagem que usava no falar cotidiano, com correção gramatical, aviso-te do perigo disto, irei contigo ao teatro, livra-te deste preconceito bárbaro. Era bom aluno, como Mario Sérgio, destacado também em física e química, ligado nos assuntos da ciência, da biologia, com discurso atraente nesses campos, e também, muito mais que Mario Sergio, bem versado em línguas, a começar pelo português, que escrevia bem, como falava, e mais inglês e francês, alemão, que decididamente recusava mas sabia, e ainda algumas palavras de russo, cujo alfabeto conhecia. Não era brasileiro de nascimento, chegara ao Rio com quase seis anos, mas não tinha sotaque nenhum, só aquele jeito de falar mais vagaroso e escandido, preciso. Josef era judeu, aprendia hebraico, e vez por outra referia uma expressão, para mostrar uma diferença no modo de dizer certas coisas, numa língua que não era indo-européia. Por tudo, Josef era atraente, porque profundamente diferente, para Mario Sérgio, que tinha impulsos de escapar da banalidade, como para uns poucos colegas mais, Ana Maria, por exemplo, olhos e ouvidos postos sempre nele.

Josef era religioso, freqüentava sua sinagoga de traços ortodoxos na Conde de Bonfim, mas falava bastante de filosofia, mencionava os gregos, Platão e Aristóteles, sobre cada questão que viesse à polêmica; citava muito Maimônides e seu pragmatismo, às vezes com ironia, e falava sobretudo do que parecia ser seu pensador mais estudado, Rosenzweig, desconhecido, e sua Estrela da Redenção.

Foi nos olhos brilhantes de Josef, e na emoção funda de suas palavras, que Mario Sérgio veio a compreender em plenitude o horror, a hediondez do crime nazista contra os judeus. Lembrava-se, sim, de filmes, documentários aparecidos logo após o fim da guerra, fotografias em revistas mostrando figuras de inacreditável sofrimento saídas dos campos de concentração, tinha, sim, essas impressões na memória, mas eram já esbatidas pelo tempo, embora curto para isso, na verdade postas em recesso pelo acúmulo de tantas outras mais próximas da vivência dele,

Mario Sérgio. E no entanto tão vivas, e ainda quentes na consciência do amigo, porque inesquecíveis, absolutamente indeléveis, carregadas de um ressentimento que para ele era para sempre. Tivera a família dizimada na Tchecoslováquia, de onde somente o pai e a mãe haviam conseguido escapar, poucos anos antes da tragédia, por inspiração profética, para vir parar com ele, então com cinco anos de idade, depois de peripécias agitadas pela Áustria e pela Itália, na incerteza de uma terra inteiramente desconhecida para eles, que era o Brasil. Alemães, nunca mais, não poderia aceitar a conivência de todos com tamanho crime, ascendentes e descendentes, Kant, Hegel, Goethe, Beethoven, farsantes, todos culpados, formadores de um povo de criminosos, Nietzsche, principalmente, o grande cínico, filósofo do nazismo, dizia para Mario Sérgio, Martin Heidegger, deste nem se podia falar, nazista declarado, filiado ao partido, não podia entender como Hannah Arendt, da sua maior admiração, podia ter amado um dia aquele cão. Alemão, só Marx, além de Heine e Mendelssohn, judeus. Nomes, significados, referências que Mario Sérgio ia conhecendo com curiosidade e desconforto, no desejo de ter com eles uma relação mesmo superficial, que fingia ter, buscando os respectivos verbetes na *Enciclopédia Britânica* que o pai tinha comprado.

Impressionava particularmente em Josef o que parecia um desassombro, a franqueza com que assumia sua condição de judeu, quase sempre por outros posta em rebuços de parte a parte, eludida, ou referida com recato, como israelita, evitando a expressão corrente entre cristãos, que poderia soar como insulto, um labéu, judeu. Pois Josef era judeu sem nenhum disfarce. E com pouco tempo de conhecimento, numa tarde dos meados de maio, quando o Rio já não tem o esplendor do verão mas tem a luz associada ao frescor do ar delicado e benfazejo, puxou Mario Sérgio pelo braço ao fim da aula para dizer: "convido-te a tomar um vinho comigo".

A reação foi de absoluta estranheza, primeiro pelo desusado da proposta, tomar um vinho, não um lanche, um milk-shake ou mesmo um chope, àquela hora do fim da tarde, depois pela falta de intimidade com que ainda se tratavam, embora se vissem e se falassem praticamente todos os dias, já com uma inclinação de amizade, puxada pelo interesse que a figura do outro lhe instigava, a ele, Mario Sérgio, mas havia só dois meses, pouco mais, que o curso se iniciara, colocando-os na proximidade da sala de aula, juntos no ônibus de volta para casa, ambos moradores da Tijuca, era pouco o tempo sedimentado de convívio, quase nenhuma intimidade para um convite daqueles assim direto e inexplicado, a estranheza estampou-se tal no rosto surpreso de Mario Sérgio que o amigo teve de acrescentar, "explico-te a razão no primeiro gole".

O curso era no Castelo, a dois quarteirões do Vilarinho, casa de tradição no saborear de bebidas ao fim da tarde, quase única no Rio àquele tempo. Foram em silêncio, Mario Sérgio acompanhando sem nenhuma inteligência. Sentaram-se na pequena mesa escura e Josef encomendou um vinho grego, pedido incomum entre os fregueses, o garçom custou um pouco a entender, disse que ia ver se tinha. Posto nos copos, Josef levantou o dele e disse com vagar e solenidade: "Viva o Estado de Israel, proclamado ontem por Ben Gurion, depois de aprovado ano passado pelas Nações Unidas na declaração de um brasileiro que presidia a sessão histórica, Oswaldo Aranha."

O embaraço subiu à face de Mario Sérgio enrubescendo-a, a vergonha estontante vinda da solenidade do outro e da ignorância dele, a solenidade que atestava a importância mundial do fato e o desconhecimento mais completo e vexatório por parte dele. Ergueu o copo, replicou o brinde, bebeu o vinho e ganhou tempo para uma recuperação, mesmo parcial. Quis articular uma frase e não conseguiu. A imagem associada que lhe repontou na cabeça espontaneamente, sem lógica, foi a da chegada dos pracinhas da FEB, a apoteose do desfile na Avenida Rio Branco, o sentimento transbordante de Brasil, Getúlio aplaudidíssimo ao final, a mãe e o pai batendo palmas com entusiasmo que ele nunca tinha visto, lembrança que em nada ajudava a encontrar a fala de contraponto, que não se articulou.

A Josef não pareceu um escândalo, talvez até uma coisa natural, e os olhos mudos postos nos dele animaram-no ao esclarecimento. Com brevidade, referiu o sonho da terra própria para os judeus, depois de séculos de perseguições e crueldades mundo afora, culminando com o horror do massacre nazista. Falou de Theodoro Herzl e do projeto sionista finalmente realizado; da reação até certo ponto natural dos árabes, da guerra que se esperava e da confiança que tinha em que a razão, histórica e divina, acabaria por prevalecer em paz.

Era assim, estranho e rico em saberes novos, Josef, fonte abundante de referência a coisas jamais cogitadas nas conversas e preocupações daquela juventude em que Mario Sérgio se inseria. Cara diferente que ele era, e por isso mesmo interessante. Ao menos para ele, Mario Sérgio, que trazia de dentro uma curiosidade quem sabe mais forte, uma vontade constante de conhecimento novo, uma necessidade da novidade no saber das coisas. E que tinha, por outro lado, também dentro de si, coisa que ia crescendo com o deleite da vida, uma resistência grande ao esforço de leitura, de aprofundamento de um saber pela leitura, aproveitando-se do talento especial que tinha para o imediato aprendizado através da escuta e da imagem vista. Josef era precioso em palavras novas, notícias e perspectivas, modos de ver, informações que freqüentemente precisavam ser um pouco mais esclarecidas e complementadas numa leitura bem rápida de enciclopédia. Josef era uma enciclopédia à mão.

E, mais que informações, modos de pensar, ou temas impensáveis: "O homem ganhou a mais a razão, a fala, que nenhum outro ser da natureza possui, mas também a consciência da morte, essa coisa única, o terror, a angústia de saber que vai morrer, que só fica adiando o fim, que é um ser para a morte."

Impensável naquela tarde fresca de junho de quarenta e oito, rodando na Praia do Russel, em frente ao Outeiro da Glória, dentro de um ônibus que os levaria a Copacabana a se encontrarem com Ana Maria, impensável mesmo diante do fato de que iriam juntos, os três, à missa do pai de João Carlos, também colega do curso, que havia morrido de repente. Josef: "E a razão não é capaz de resolver esse problema, nem a ciência nem a filosofia, a razão do homem não tem resposta para a angústia da morte, não adianta nada filosofar que é assim mesmo, que aqui estamos cumprindo mero papel na evolução geral em direção ao espírito absoluto, nada disso alivia coisa nenhuma da angústia da morte, a nenhum de nós, indivíduos, como seres diante da morte, a mim, a você, ao João Carlos ou ao pai dele que morreu. Filosofia aí é mera embromação; só a fé tem resposta; só Deus pode nos responder."

Mario Sérgio chegava aos dezoito anos, quase, esse marco de emancipação para os jovens como ele, chamados de família, primeira maioridade, portal de saída dos estudos secundários para a universidade. Em menino tinha sido religioso, tinha feito a primeira comunhão, ia à missa aos domingos e por vezes comungava. Havia anos. Naquele portal de travessia tudo aquilo era tão passado, não recorria mais a Deus. E no entanto escutava o amigo, sempre surpreendente, ali jogando fora a ciência, um dos apegos dele nos últimos anos, apego também de Josef, que ia estudar Medicina como ele. Formas de pensar instigantes que o outro tinha. E fascinava. Não à maioria, que até escarnecia das esquisitices do colega, mas a alguns poucos, como ele, que carecia de saber novo e emancipador, e como Ana Maria, por esse mesmo e por outros motivos diferentes.

Mario Sérgio amava Ana Maria, que não o amava, mas amava Josef, ponto crucial daquelas jovens e, logo, intensas relações. Em três meses chegara a ele aquele amor diferente, assim tão nítido, depois das namoradas de toque e das putas da normalidade difícil, e aos poucos envolvera-lhe toda a ocupação do pensar, cogitar constante sobre meios e modos de estar junto dela, olhar-lhe a face e os olhos, sentir-lhe a delicadeza, a irradiação e a carícia da delicadeza. E o que era a delicadeza: traços, gestos, jeito feminino, corpo frágil e a alma límpida que vertia pelo olhar, de olhos grandes, milenares, o fino apuro dos sentidos, tudo e ainda mais, ele não sabia, e sequer perscrutava, amava, havia meses só pensava nela, não em termos de sexo explícito, que pareceria até uma brutalidade, ou uma grosseria, pensava em convivência, em permanência ao lado dela, em carícias, sim, de beijos e afagos próprios do namoro puro, amava-a e ela não o amava, aceitava-o, não fugia, estava junto, conversava, mas não convinha no sentimento, era evidente, amava Josef, oh, o triângulo, essa coisa que a juventude não consegue ainda manear, Mario Sérgio tinha pelo amigo o sentimento do bem, não tanto, talvez viesse perdendo aquele primeiro impulso de afetividade, seria possivelmente mais um interesse na personalidade dele, no haurir o muito que lhe dava, não propriamente uma amizade dessas de identificação, de convivência necessária, muita admiração, sim, com efeito, e por isso mesmo certa inveja, da graça que ele tinha, que era diferente, brilho de espírito, e uma inveja bruta, com certeza, do olhar que Ana Maria punha nele. E mais, percebia, não deixava de notar que havia em Josef também certa graça de corpo, uma secura de carnes, uma longilineidade que agradava às mulheres, seguramente Ana Maria se entregaria inteiramente derretida a um abraço e um beijo dele, oh, e isso era uma facada, sim, era insuportável, acrescentava à inveja uma irrecusável dose de ódio ofídico, oh, dubiedade, natureza das coisas.

Ana Maria estudava no mesmo curso mas não queria ser médica, pretendia fazer biologia. Era uma decisão pouco comum num tempo em que as moças do seu meio não estudavam nem trabalhavam, mas casavam-se findo o curso secundário. Ou ficavam em casa com os pais, agregadas e frustradas. Não tão incomum, porém, a dela, que não ia a ponto de misturar-se e ombrear-se desafiadoramente com os rapazes numa das faculdades de acesso às três grandes profissões de ação e de prestígio social, Advocacia, Medicina e Engenharia. Seguia o paradigma das moças que desejavam muito continuar estudando e que procuravam cursos abertos ao estro feminino, as letras, as artes, a música, a arquitetura, a biologia. Os pais estimulavam, pais também incomuns que ela tinha: o pai, não por ser libanês, esperto e sábio, bem-sucedido no comércio de calçados, havia tantos no Rio, mas por ser nascido em Alexandria, estranha e simbólica cidade, não sabia bem por quê os pais viviam lá, e por ter tido aquela meninice tropeçada na desdita, por ter ficado órfão num acidente, ter sido recambiado ao Líbano para ser criado pelo avô, que também morreria pouco depois, e ser embarcado ainda menino para o Rio, onde morava um tio. A mãe, oh, uma mulher de beleza estranha, italiana, veneziana, e ao mesmo tempo eslovena e austríaca, era nascida em Trieste, porque o pai, um carpinteiro naval siciliano, ali se estabelecera por um tempo, ali se casara, dali passara a Veneza, para mais tarde ser contratado por um grupo genovês que instalava em Niterói um estaleiro de reparos.

— Ana Maria, cheia de graças, quero estar convosco — Mario Sérgio telefonava, queria vê-la também no sábado ou no domingo, ela tinha raiva, não apreciava aquele tipo de gracejo esvoaçante, supostamente inteligente mas superficial como a pessoa dele, carioca filhinho de papai. Mas era delicada, inventava que tinha de fazer um trabalho com a mãe, e pensava com fugaz pesar que Josef nunca ligaria assim num dia livre para sugerir um passeio qualquer.

A mãe era cabeleireira, ofício que aprendera com a avó, e gostava do trabalho, chefiava um salão de prestígio na rua Paissandu, entre as palmeiras que não cansava de admirar. A relação da filha com ela era pontuada de desinteligências, normal, desencontro de gerações. Ou talvez algo mais incomodasse inconscientemente Ana Maria, a vaidade excessiva da mãe, a profissão dela de cabeleireira, explorando a bobice das mulheres, ostentando e cultivando mesmo um prestígio de italiana na profissão, certo desdém pelas brasileiras que não tinham o gênio da raça, tudo injetava na alma da moça um traço de vergonha da mãe, um fermento a mais na deterioração das relações. Não chegava entretanto a explodir em conflito aberto; era aquilo, mãe e filha em desencontro, dando-se as costas, porém muito ligadas pelo pai afetuoso.

A avó, viúva aos sessenta anos, acabara vindo também para o Rio a instâncias da filha, e aqui reencontrara no acaso da vida uma amiga da infância em Veneza, que se fizera museóloga e trabalhava ainda no Museu Nacional. Dona Ângela — assim se chamava — foi quem construiu a inspiração de Ana Maria para estudar biologia, mostrando-lhe com interesse as coisas do museu, manifestações da vida e do homem ao longo do tempo, a coleção de pássaros com encanto especial, passeando com a neta de sua velha amiga pelos gramados da Quinta da Boa Vista, pelo jardim zoológico, e mostrando sobretudo sua alma, na repetição dos contatos, das visitas desdobradas, mostrando o fascínio de sua personalidade, que trocara o destino comum das mulheres do seu tempo, os prazeres do casamento e da maternidade, por uma vida de independência e de conhecimento, de espanto quase constante com as coisas que ia vendo e aprendendo, vida feita de estudo e observação, vida de ciência e de prestígio, com chamadas e viagens freqüentes pelo mundo afora. No espírito da moça o fascínio penetrou fundo, e a decisão pela ciência se fez definitiva. Não queria uma profissão operacional, dedicar-se à botânica e cuidar de plantas para ganhar sustento, nem virar veterinária, cuidar de bichos pra ganhar dinheiro, ou trabalhar num laboratório de análises clínicas, emprego e salário, queria justamente, com muita nitidez, o mundo encantado da ciência, e da ciência da vida, a mais deslumbrante de todas.

Com muita nitidez, sim, com empenho de coração, mas aquele empenho que se misturava aos movimentos naturais da juventude, nada de obsessão, mas bom senso, coisa normal, gostava da vida segundo os princípios da natureza jovem, afetividades e alegrias do romantismo do tempo e da idade. Assim é que sentia suas inclinações e repulsões, deixava correr os sonhos de suas atrações de amor, e não as reprimia além do que mandavam as regras da sociedade. Nenhum esforço era necessário para afastar a imagem do sexo em ato, o pensamento não chegava até lá. Uma vez, em conversa com dona Ângela, tangenciara este ponto, sentindo nos olhos e na respiração da velha conselheira um ímpeto logo contido de dizer algo. Que algo? O respeito fez que não insistisse e aceitasse a mudança natural do assunto. Mas o fato era que amava Josef, sonhava e suspirava por ele com a normalidade da moça que era.

Não repudiava nada a vida familiar de todo mundo, tinha raízes nela e vivenciara doçuras no cotidiano do ambiente de casa, crescera com mais suavidades que solavancos entre pai, mãe e irmã mais velha então já noiva. Deixava pra lá as asperezas da mãe, anos mais tarde soluçaria de saudade ao lado do seu corpo. Aquela saudade congênita, insondável. E a idéia de ter marido e filhos habitava dentro dela com naturalidade; mas não como necessidade inarredável da pauta da felicidade, ali estava o ponto: mulher, mãe de família, muito bem, não rejeitava, mas, e se não? Por exemplo, dona Ângela.

A idéia tradicional dividia bem o espaço interior dela com aquele rasgo de ousadia que já era anterior a dona Ângela, uma projeção afirmativa de sua própria pessoa, sem se obrigar a estar sempre por trás do marido e na frente dos filhos. Não se tratava de reação à imagem da mãe, que na verdade não era a mãe tradicional do meio. Não. Era afirmação própria, bastante própria, tinha seus interesses bem marcantes, e eram coisas situadas fora das fronteiras do lar comum, do ramerrame familiar. Ramerrame. E o conhecimento de dona Ângela, os relatos dela, a satisfação, o grau de plenitude que fluía da personalidade dela, tudo aquilo tinha dado a Ana Maria o avivamento de projetos que já existiam dentro dela. Sim, definitivo, não podia haver incompatibilidade com casamento e filhos, não devia, não aceitava que houvesse. Claro que dependeria fundamentalmente da cabeça do marido. Antes de tudo tinha que ser alguém que ela admirasse, e não poderia vir a admirar ninguém de mentalidade tacanha que a exigisse presa em casa. Amava Josef. Não por esse tipo de razão; até porque jamais conversara com ele sobre esse tema, não tinha atingido esse grau de intimidade, mas tinha para si, como certeza, que, inteligente como ele era, nunca poderia ser contra a idéia de que a mulher tivesse um trabalho, uma profissão e um interesse fora de casa. Mas não era esse o motivo.

A razão era o amor, que não é razão. Assim, de repente, como um clarão. Olhou, reparou, observou, escutou, deixou-se chegar, por si mesma, não por chamado dele, uma atração pela figura de homem firme e irradiante pelos olhos, esbelto e simples, nariz grande e olhar penetrante, pele clara e cabelos bem escuros, as mãos, a expressividade límpida do pouco que dizia, o saber profundo, a profundidade, foi e amou, sentiu logo, chegou-se mais, todo dia mais, apaixonou-se, sentiu lampejos de interesse da parte dele, quase claramente, não mais, parecia afetividade represada, mas era um parecer incerto. Enfim.

Era judeu, e isso era problema. Nem se lembrava mais de como soubera: o tipo físico podia dizer que era judeu mas também podia não dizer, assim como o nome, Josef, o pai de Jesus. Fora alguém a dizer, e logo nas primeiras semanas do curso, como se fosse coisa marcante, para não ser esquecida, embora passada com discrição, como devia ser, não sabia realmente mais quem dissera, quase certo que não Mario Sérgio. Fato. Problema, sim, porque judeus não costumavam permitir aos filhos casamentos fora da comunidade, a não ser em casos muito raros, em famílias excepcionalmente liberais, e obviamente nem namoros, que podiam acabar em desfechos dramáticos. Problema para ele e também para ela, a imagem dos judeus em casa não era boa, principalmente por parte da mãe, mas, enfim, o preconceito não teria um caráter proibitivo. Problema com certeza muito mais para ele, por isso toda aquela contenção do ser que era o destaque dele, gravidade e atração.

Um momento marcante, impresso na memória mais querida, ela tivera quando escutara Josef falar de Jesus no meio de um pequeno grupo de colegas. Jesus, o Deus de sua infância, amor que devia ter por dever e que em verdade tivera em menina, e que no imo do ser ainda estava guardado, Josef falou de Jesus não como cristão, era evidente, mas como alguém que também amava Jesus, amava entretanto com outro amor talvez até mais verdadeiro, amava como um dos seus, amava Jesus judeu, rabino iluminado. Naquele momento tomou consciência mais plena de que Josef era judeu, a informação-advertência tomou forma de um entendimento completo do seu significado. E ao mesmo tempo a admiração que tinha por ele, e a atração pelos seus traços corporais, face, tronco e membros, pele, tudo se fez uma ânsia que saltou para um patamar de maior intensidade, achou e viu que era o seu primeiro e definitivo amor, Josef, com certeza. Sim, aquela afetividade pura e clara que transpareceu nele, a forma profundamente carinhosa como falou de Jesus, filho na verdade querido dos judeus, que fez de sua santa vida uma dedicação total e absoluta à pureza, sem hipocrisia, das leis do judaísmo, como rabino iluminado que era. E a indignação refinada com que falara de Pilatos, o esperto dominador do momento, usando sua superioridade e seu talento político para transferir a responsabilidade do crime da crucificação, transferi-la da sua autoridade absoluta, como chefe romano e governante, para alguns líderes judeus da época, que possivelmente se haviam aliado aos dominadores como freqüentemente acontece entre os povos dominados.

Era belo, ele todo, Josef, dominantemente belo, e o que dizia era belo, terminante, para sempre.

Mas Josef era formal na amizade, era com ela como era com os outros, rapazes e moças, até com os dois outros judeus que havia na turma. Na sua formalidade, contudo, tinha gestos afetuosos e delicados que chegavam a ser estranhos, tal a singularidade entre os usos gerais. Numa tarde de julho, correu entre a turma, ao fim da aula, que era o dia do aniversário dela, Ana Maria. Expandiram-se cumprimentos e abraços de parabéns, na alegria e na jovialidade do costume. À noite, pouco antes do jantar, que tinha, pelos dezoito anos que fazia, presenças adicionais, da avó, do noivo da irmã e de dona Ângela, amiga da família, soou a campainha da casa da rua Redentor, a empregada foi atender e voltou com um buquê de dezoito rosas magníficas e um cartão escrito em palavras de felicitações que falavam de um destino marcado pelo amor e pela felicidade. Era de Josef.

Os comentários se desenrolaram por todo o início do jantar, quem era, quem não era, todos os de casa desconheciam, mas não dependeu de nenhuma acuidade especial a percepção do sentimento que Ana Maria tinha pelo rapaz, que impregnava tudo o que brevemente dizia sobre ele, ainda que pretendesse disfarçar. Quando disse que era judeu, ouviu da mãe: "então desista, minha filha, é melhor cortar logo, antes que dê encrenca"... Uma daquelas flechinhas sutis, invisíveis, que um pequeno deus oculto dispara, atingiu o coração de Ana Maria. Só que o deus era outro, não era o Cupido do amor mas o seu contrário. O fulgor instantâneo no olhar para a mãe foi de uma descarga de ódio. Ódio de repente geral, da mãe, da casa, e até do pai, que ela amava, da vida naqueles dezoito anos de bobice e de vazio, dezoito anos de burrice. Que se via ali presente, com exceção de dona Ângela. Ódio também daquela idiotice dos judeus, de só se casarem entre eles.

Largou no meio o jantar e subiu para o quarto, deixando o silêncio. Não chegou a fechar a porta, recebeu uma força de iluminação e voltou à mesa sem dizer nada. Não precisou, sentiu compreensão.

Semanas depois, dona Ângela convidou-a a tomar um lanche de noite em sua casa no Flamengo, segundo o seu hábito, com presunto de Parma e vinho italiano, música suave ao fundo, e então voltou ao assunto que se havia interrompido com aquela centelha de ódio e não se retomara mais durante o resto do jantar, terminado em clima fenecido apesar dos brindes calorosos ao final, correspondidos por Ana Maria em grande esforço de concórdia.

O clima faz o tema e limpa a conversa. E na tranqüilidade da mesa delicada, em compasso terno, falou a velha amiga que ela escutava com atenção. Falou sobre o amor, foi dizendo, e como era honesto e sábio o dizer dela, do amor romântico, que em nossa cultura era a pedra de toque da felicidade individual, de homens e mulheres. De fato. Mas falou também sobre o amor em outras épocas, de outros povos e outras culturas, assim no geral, em notas mais longas, o amor de casamentos arranjados pelos pais, por exemplo, coisa tão comum tempos atrás, casamentos de conveniência que contrariavam preferências e mesmo paixões que sempre existiram, casamentos de obrigação que chegavam a causar desditas e mesmo revoltas fundas mas que muitas vezes findavam se transformando em carinho no correr do tempo e na necessidade de construção do enlace, pelos filhos, pela vida, pelos problemas comuns.

— Casamento por amor e amor romântico são coisas do nosso tempo, de uns duzentos anos se tanto, e aqui no Ocidente; podem parecer exigências da humanidade, mas na verdade são coisas que a humanidade não conheceu durante séculos e milênios, a maior parte de sua existência. Amor, sim, claro, sempre existiu, desde que existe o ser humano, segundo relatos milenares, o amor de Jacob por Rachel, o amor da literatura árabe, tão elaborado em refinamentos, o amor medieval, tão imaterial, irrealizável, cheio de suspiros, coisas de uma beleza incomparável, o patrimônio humanístico e artístico do amor é insuperável, e os nossos olhos, de hoje, vêem nele, no atual amor romântico, na sua materialização pelo casamento, a realização máxima de felicidade. E a busca da felicidade é agora um direito fundamental do homem e da mulher. Esperemos que para sempre. Mas a idéia de felicidade, o ideal de felicidade varia, não é coisa definitiva, e pode fazer curvas inesperadas; hoje parece muito ligado à realização do amor romântico, mas é um tipo de felicidade relativamente recente, inexistente e até impensável em outros tempos; logo, não é coisa da essência do nosso ser como é o amor em geral, pode ser ultrapassado por outros ideais humanísticos, outros tipos de amor, inclusive.

Serviu o vinho no copo esvaziado de Ana Maria, mais uma fatia de presunto no seu prato, tempo para pensar e continuar, e continuou dizendo que era coisa que podia acabar, podia até não durar até o fim do século, ficando cada vez mais claro que era coisa muito bela mas efêmera, que não devia ser proibida nem mesmo rechaçada mas que precisava ser reconhecida e tratada como efêmera.

Queria dizer, e repetia com doçura e intervalos em outras palavras, que coisa difícil de dizer, que o amor romântico era realmente uma coisa linda, que trazia aquela felicidade inigualável, sem dúvida, aquela intensidade de mover montanha, mas que durava pouco, aí estava, e que por isso mesmo talvez não devesse servir de base para um casamento, uma ligação de vida inteira, talvez fosse melhor que servisse de sentimento para uma ligação também fugaz, uma ligação entre amantes, que devesse ser desfeita em certo tempo, uma ligação que até mesmo fosse muito rápida, por exemplo, amor de uma viagem ou uma temporada fora de casa, enfim, era difícil de dizer essas coisas, muito difícil, principalmente para uma moça que acreditava tanto naquele tipo de amor como condição de felicidade. Dizia apenas porque queria chegar a uma consideração que justificasse aquilo que havia sido comentado com incompreensão, a atitude e o compromisso dos judeus de manter o casamento entre eles com exclusividade, como uma condição de absoluta conveniência ou de sobrevivência mesmo do povo, um povo muito perseguido ao longo da história, talvez fosse isso, talvez tivessem razões que para nós eram difíceis de compreender.

Conversa longa, alongada pelo embaraço e pelo propósito de sedimentação das palavras, alongada também pelo aviso da sensibilidade que ela tinha, dona Ângela, que comandava a conversa, e que na verdade era muito mais dissertar, falar e ouvir, que conversar, a sabedoria se mostrando no modo de falar, no timbre da voz, no ritmo da fala, até na respiração.

Estimulada pela atenção de Ana Maria, ela esticou o tema, e chegou às ligações entre o amor e o sexo, o amor romântico como sublimação daquela força da natureza que era o sexo, coisa proibida mas muito forte, proibida milenarmente por causa da procriação, das leis da família e da descendência, leis que também variavam com os tempos e as culturas, variando também a rigidez da proibição do sexo, citando o exemplo das culturas indígenas brasileiras, onde as regras proibitivas eram muito frouxas. O fascínio do conhecimento e da sabedoria era grande e prendia o interesse da moça. E dona Ângela quase chegou a dizer explicitamente o que Ana Maria havia já inferido de todo aquele filosofar da velha amiga. Já servia bananas fritas com sorvete de creme, e ainda tomavam vinho de outra garrafa aberta. Não chegou a dizer por delicadeza, cuidado com os sentimentos jovens, mais que medo de contrariar a moral vigente, deixou ver entretanto que num caso de paixão muito forte e proibida era melhor ter um relacionamento sexual de amantes do que bater-se contra a parede de um casamento fadado ao fracasso. E não disse também, não contou nenhum caso, mas deixou imaginar que ela mesma havia experimentado situações como aquela e as havia resolvido bem e prazerosamente. E disse que conhecia os judeus, sabia da força de resistência dessa raça, imensa, força de inteligência e de sensibilidade, força do amor que eles tinham pela vida.

A revelação é sempre um encantamento, maior até quando choca um pouco. Tanto mais quando a voz é densa e doce, de amiga. Aquela noite foi, para Ana Maria, um marco, um descortino. Tempo. Anos, muitos, mais tarde, teria ainda a lembrança perfeita de tudo o que foi dito e escutado naquela noite. A visão ou contagem da vida do fim para o começo revela com clareza os pontos do tempo que marcaram.

E os dias de então para a frente; novamente iguais. Os controles sociais sobre o comportamento agem com mais eficácia por dentro mesmo da pessoa. Ana Maria desejava, conscientemente intentava tomar coragem e afirmar-se diante dele, abertura, falar claro com Josef e dizer-lhe do seu amor, por inteiro, sem rebuço. Isso, só. Por necessidade de dizer, não por propósito qualquer. E nunca, de verdade, nunca nem sequer imaginar que sugerisse a ele um encontro sexual, oh, impossível, até porque não sentia aquele desejo assim explícito, sentia amor, mas amor de beijo e de afago, amor de namorado, não amor de amante. Imaginava diálogos, atitudes, tréplicas às respostas dele, ou ao possível silêncio dele, tudo era pensado e programado, e sequer tangenciava o sexo. Era assim.

E foi assim. Continuou amando e pensando, vendo todo dia seu amor e intentando, todo dia intentando, em casa, na cama, no banho, no café da manhã, no ônibus, e não executando o intentado, mesmo o mais simples, o dizer uma coisa simples, porque dentro dela havia uma força maior que impedia, a força do amor-próprio, o senso de dignidade, que censurava as palavras da verdade, mesmo os gestos da verdade, o olhar enamorado, seria palavra ou gesto de oferecimento, aí estava.

Josef dizia: "Deus é liberdade completa de ação, de agir, de fazer; a liberdade do homem é a sua vontade, seu querer particular, até o seu sonhar, estritamente individual." Ana Maria ficava pensando: a vontade dela era dizer tudo, a vontade, por necessidade dela, e calava aquele impulso, continha a força daquela vontade, a custo, batia-se contra a própria natureza dela, que talvez fosse até a vontade de Deus, o tempo escoava. Contra a vontade, mais forte, não permitia.

E nesse dilema passou-se o tempo, escoou-se, expressão que evoca o ralo pelo qual se esvai a própria vida do ser do homem. Ana Maria procedeu conforme o costume instalado nela, não disse nada porque o homem é que devia dizer, sequer demonstrou por gestos ou olhares, redobrou sim os cuidados com sua aparência, o chamado da mulher devia ser indireto, recorreu a cremes de pele, *shampoos* de cabelos, coisas que moças não usavam comumente, rímel, manicure vez por semana, além do apuro maior nos vestidos, na saia, na blusa, nas compras que a mãe começava a reclamar reprovando a vaidade excessiva. Esforço e nada. Chegou o fim do ano, e nada. Um dia chegou a pegar o telefone, falaria por telefone, mais fácil, diria só que precisava encontrá-lo porque tinha algo a dizer, ou talvez não, ele perguntaria logo o quê, talvez propor um filme e depois do cinema, na volta, abrir o jogo, iam separar-se daquele contato diário, então era hora de dizer só isso, que o amava, necessidade de dizer, mesmo que ele ficasse calado, impenetrável, provavelmente ele ficaria.

    Nem chegou a discar o número. Nada. Josef foi até o fim exatamente o mesmo dos primeiros tempos, cordial, afável, profundo — e distante, formal. E belo; cada vez mais bonito de formas e brilhos, o olhar, a segurança.

    Não falou porque era frágil, era moça. Ana Maria. Findou o ano e o convívio. Ela, Mario Sérgio e Josef, nadando os três a vida, cada um dali pra frente em seu caminho próprio, com força e fôlego de jovens, naquele mar de amenidades que era o Rio de Janeiro no final dos quarenta.

Depois da metade deste primeiro tempo trazido aqui, em dezembro do segundo ano dos quarenta, não no dia vinte e cinco mas um pouco antes, nasceu Maria Antônia, de pele moreninha, perninhas curvadas para dentro em movimento desconcertado, pessoa ainda tão pequenininha, de fragilidade enternecedora. Não foi em manjedoura mas em pobreza e modéstia equivalentes, na pequena favela da Chacrinha, em Copacabana. No Rio não havia ainda televisão, e muitas pessoas tinham tempo de ficar à janela antes de dormir, esperando o sono e contando estrelas no céu. E justamente àquela noite essas pessoas viram acender naquele céu, por cima do morro do Pasmado, uma luzinha nova e diferente, tremulante, como se tivesse nascido mais uma estrelinha.

Segundo Tempo

III

Maria Antônia, Maria Antônia, desde cedinho, um chamamento obsediante da mãe que ela não tolerava mais, fazer isso, fazer aquilo, desde o café da manhã até o estender as cobertas sobre as camas na hora de dormir, o Amâncio parecia que nem existia, saía de manhã bem lampeiro para o colégio, voltava para o almoço e passava as tardes vadiando com os meninos da Chacrinha, a mãe lavando roupa, passando roupa, entregando roupa na vizinhança, e azucrinando ela no trabalho de tudo em casa, na ajuda de preparação da comida, até para ir ver, toda hora, coisa mais injusta, onde é que estava o Amâncio, o que que ele estava fazendo, era o cúmulo do inferno. No ano seguinte, ainda bem, com sete anos feitos, ela também iria para a escola, e pelo menos de manhã estaria livre.

Foi assim o começo da vida, menina na casa de madeira velha, só uma parede de tijolos, e o telhado misto, meio de telhas, meio de zinco, entre outras quarenta ou cinqüenta, mais ou menos iguais, plantadas no princípio da encosta do morro que subia a partir da rua Guimarães Natal, uma rua ainda quase sem casas nos anos quarenta, que começava bem no início da Toneleros, em Copacabana. Era a Chacrinha, favelinha pequena de gente humilde e correta. O pai tinha feito a casa, ela nem se lembrava direito dele, tinha só três anos e ele tinha saído para trabalhar em Volta Redonda, um emprego melhor, pensando em depois levá-los para lá, a mãe e os dois filhos, mandou carta e algum dinheiro nos primeiros anos, e depois mais nada.

Maria Antônia, Maria Antônia, muito mais tarde, aos quarenta e tantos anos, trabalhando de enfermeira categorizada, tinha ainda viva na memória a voz instante da mãe, o acento angustiante mesmo nas ordens mais corriqueiras e desimportantes. A memória da vida começava praticamente com aquela chamada obsediante, e depois os labores da menina magrinha, de canelas finas e bem moreninhas, o cabelo preto e todo cacheado mas não carapinha como o da mãe, os olhos vivos e as feições finas do rosto com um narizinho levantado e uma boquinha de lábios ligeiramente intumescidos. A memória. E a identidade já formada, que vai pela vida toda: o ânimo já instalado na alma e as definições do corpo, a delicadeza explicitada no talhe e no rosto, a curvinha ascendente do nariz. Os cabelos da mulher provocam a sexualidade masculina, e povos orientais fizeram obrigatório o uso de véus e panos para encobrir esse chamamento perigoso; mas o fato é que em nosso meio ocidental os cabelos são tratados, cortados, penteados e recoloridos com tal freqüência que já não contam tanto na definição da identidade da mulher, como os olhos, a boca e o nariz. Os olhos contam quase tudo da alma, a boca diz da sensualidade, e é o nariz que revela a graça. Um nariz adunco é a desfeminização da mulher; a curva ascendente e afilada é a forma da graça. Maria Antônia.

Memória de uma vida plana e estreita, com ascensão lenta e suave, toda aceita como natural, sem nenhuma inconformidade, vida comum e agradecida pela elevação justa, evocada em vocabulário quase pequeno, aprendido basicamente nos quatro anos que freqüentou com alegria a Escola Dr. Cócio Barcelos, que ventura, na avenida Copacabana, esquina de Barão de Ipanema, o bonde na ida e na volta, no uniformezinho limpo de blusinha branca e saia azul-marinho, gravatinha da mesma cor, meias brancas e sapatos pretos, nunca ela tinha andado descalça como as outras meninas da Chacrinha, como o Amâncio, desde menina calçava sandalinhas e seus pés eram limpinhos e delicados, tinham sola fina. Quatro anos de aplicação e de interesse no aprender a ser moça e entender um pouco do mundo das pessoas importantes, sem ter levado nunca um pito da professora, menina cumpridora e estudiosa, sozinha em casa fazendo os deveres, "O Nosso Idioma", lendo e aprendendo o escrever e o falar corretos levados para a vida à frente, com pequenos enriquecimentos coloquiais até fazer o curso de auxiliar de enfermagem, novo descortino então, linguagem de outro nível, expressões e significados de outra qualidade, técnicos.

Vida longa sem diversidades importantes para contar além daquela ascensão essencial de empregada a enfermeira, vida quase toda a mesma na rotina dos dias, depois que saíra da favela, nas casas onde trabalhara até a entrada no hospital, depois até ser chefe, dias muito parecidos na grande maioria, na paisagem e na convivência, se tivesse que narrar, no que podia narrar, no que não era segredo seu, justamente os momentos mais intensos de vida, sim, os destaques da narração seriam de uma que outra pessoa mais bondosa, Everaldo, o marido, mais que todos, na estabilidade da correção e da bondade, no amor de todo dia, ou pessoa falante em verbo mais elevado, coisa que ela sempre apreciara, doutor Assad, diretor do hospital, ou o mais interessante no todo, palpitante por motivos dela, o doutor Mario Sérgio, homem bonito e carinhoso não viu outro, generoso, de lembrança muito forte, e Ana Maria, amiga e sempre tão solidária apesar das diferenças de meios, e os dois filhos que teve com Everaldo, naturalmente, principalmente, os encantos, graças do alto, um menino e uma menina, tal qual a mãe dela, esses sim, que foram as jóias de sua vida, as importâncias verdadeiras, mais que os três netos que tinha então, velha. A memória.

Um dia de aflição e medo que nunca lhe saiu da cabeça foi, ela menina, quando veio a polícia na casa deles, uma espécie de camionete preta que parou embaixo, na rua, e foi direto à casa depois de perguntar onde morava um menino de nome Amâncio, e graças a Deus que a mãe estava em casa àquela hora, não tinha saído para entregar roupa, e os homens perguntaram por uma bicicleta que o Amâncio tinha tirado de outro menino que morava na rua Toneleros, e o Amâncio sumido, tinha subido o morro correndo pelo capinzal, a mãe num choque, cadê Amâncio, quase sem fala, de medo, e os homens, cadê a bicicleta, aquele pequeno tempo de indagações e de severidade, pareceu uma eternidade, até que um menino chamado Jorge, vizinho, amigo de Amâncio, também com medo, mostrou onde estava escondida a bicicleta que o Amâncio tinha trazido na véspera e com a qual estiveram brincando, aprendendo a andar, numa ruazinha escondida, Maracanaú, que saía da Otaviano Hudson, para não dar na vista. Foi lá com os homens, atrás de uma pedra que tinha na subida, e desceram com a bicicleta. Mas os homens queriam falar com o Amâncio, os vizinhos foram juntando, o menino era bom, era criança, muito menino, tinha só doze anos, não podia ser levado, era bom, um tempão de conversa e parlamentação, a mãe chorando em desespero, ela, Maria Antônia, gelada, as pernas tremendo, estava bem, depois de muito, não iam levar o menino para o Juiz de Menores mas queriam falar com ele, faziam questão, daí que o Jorge subiu, achou o Amâncio e desceu com ele, os homens lá esperando, uma eternidade, e os homens passaram uma no Amâncio, de escuro ficou branco, sem palavra, e disseram que de outra vez levavam ele. E botaram a bicicleta na camionete, iam devolver ao dono, e foram-se embora, alívio enorme que foi, quase de desmaio, a mãe de tão pasmada, exaurida de forças, quase não ralhou com o Amâncio, só ficou dizendo, viu no que deu, essa vagabundagem sua de dia inteiro, em vez de estudar como sua irmã, viu no que deu? Memória.

Amâncio passou uns dias mais em casa, fingindo que estudava, ia fazer o admissão, já tinha repetido ano, e na verdade nunca chegaria a entrar no ginasial, perdeu mais aquele exame e voltou ao folguedo de rua, cada vez mais longe, o pior era que ele se metia com os meninos da gente que tinha casa na Toneleros lá pros lados da República do Peru, ficava jogando futebol no meio da rua, os meninos gostavam porque ele jogava bem, mas aquilo era preocupação da mãe, aquela convivência com gente que não era a dele, não podia ser boa coisa para ele, ficar querendo se igualar, a mãe se inquietava cada vez mais porém não tinha força de controlar, inda bem que por milagre do céu um dia apareceu o pai, devia ter outra mulher lá mas vinha ver os filhos, e soube das estripulias do Amâncio e resolveu que levava ele para Volta Redonda, botava ele logo para trabalhar em qualquer coisa, aprendiz de qualquer coisa, entrava nos eixos, e a mãe concordou, relutou um pouco, chorou muito mas acabou aceitando, era para o bem dele, só queria que o pai não sumisse de novo, deixasse endereço e mandasse o Amâncio todo ano passar um tempinho com ela. Assim foi feito dois anos depois, e no terceiro e no quinto também, uma festa quando Amâncio chegava, um rapaz, um homem crescendo, trabalhando de entregador de cartas nos Correios, levando telegrama de bicicleta, até gostando e ficando mais sério, falando da usina grande que fazia aço, da coisa enorme que era, do dia em que iria trabalhar lá também como o pai, um gosto para a mãe, apesar da saudade, da choradeira na chegada e na partida de volta. Depois passou tempo grande sem vir, anos, até que apareceu um dia com mulher e um filhinho de meses, que vinha mostrar pra mãe, uma alegria de nunca mais esquecer, ali naquela mesma casa, agora melhorada, toda de tijolo e telha, os vizinhos, muitos eram os mesmos, conheciam Amâncio de menino, a mãe orgulhosa do filho, que trabalhava então numa fábrica, não na Usina mas numa fábrica de estanho, em Volta Redonda mesmo, ganhava bem, tinha casa lá, e a mulher era uma moça decente, morena mas não escura, e um filho que era uma gracinha, alegria de nunca mais esquecer. Memória acumulando.

Com doze anos Maria Antônia foi trabalhar. Tinha terminado o quarto ano primário e gostaria de continuar, fazer o admissão e o ginásio, mas a mãe achou que, sendo menina, devia ficar em casa ajudando no trabalho. E tudo voltou ao que era antes de ir para o colégio. Pior; o inferno piorado, a mãe chamando mais e mais, exigindo cada vez mais, e ela, sonhando a vida, detestando aquele trabalho que era uma prisão, agora também no tanque, um pouco descansando a mãe que precisava, e cada vez mais repreendida, oh, a mãe vociferando ou resmungando, ficando velha e cada vez mais rabugenta. Inferno insuportável. A mãe disse: melhor ir trabalhar! E Maria Antônia aceitou, oh, que alívio, não podia deixar de ser melhor que aquele horror de vida que estava levando. E foi, a mãe perguntou daqui, perguntou dali e arranjou uma casa pra ela trabalhar, não era em Copacabana como queria mas era perto, em Ipanema, na rua Redentor, uma gente boa, casal com duas filhas crescidas, ia morar lá com eles num quartinho limpo, junto com uma cozinheira que a mãe conhecia, ia ser copeirinha, arrumadeirazinha, ia aprender a trabalhar, ganhar um dinheirinho e voltar pra casa todo sábado de tardinha, passar o domingo com ela. Foi. Tinha doze anos já feitos em dezembro.

Era a segunda virada da sua vida, a primeira tinha sido a escola, a segunda era um salto que parecia maior, e a alma inquietava-se, a pequena alma, naquele estado de aventura diante de um oceano novo, o risco de ser humilhada, ou de sentir-se de alguma forma mal considerada, maltratada não, Augusta garantia que era gente muito boa, mas de sentir-se mal situada, desconcertada, entre gente diferente, não sabia ao certo o que era, o risco do desconhecido, e também o fascínio do desconhecido, a vivência por dentro da vida de gente mais elevada, de categoria mais importante, não sabia bem como explicar, mas sabia o que era, gente mais acima, que podia fazer mais coisas, tinha muito mais dinheiro para comprar coisas, mas não só em coisas ou em dinheiro, em tudo, gente de outra qualidade, que não era igual a ela e à mãe, que falava, pensava e fazia outras coisas mais importantes, uma vez que andara de ônibus com a mãe tinha escutado duas senhoras conversando um tempão sobre fitas e artistas de cinema, gente que ela conhecia de ver na rua, não de falar, ou de falar muito pouco, trocar palavras simples, nas casas em que entregava roupa que a mãe lavava, gente de um mundo diferente, aquela segunda virada era uma mudança de mundo, coisa que a escola não tinha sido. Foi. A pequena alma em saltos.

A menina, os olhos negros bem abertos, vivinhos e assustados, aquele alerta no espírito que faz a inteligência mais aguda, chegou, foi olhada e indagada, captou certo sentido de humanidade na forma do falar da patroa, um sotaque estrangeiro, não muito carregado, mas parecendo um aviso de que não era brasileira, não teria a mesma tolerância, talvez nenhuma doçura, mas quem sabe uma bondade equivalente, ou um respeito maior, enfim, aquelas primeiras impressões, a mais forte foi a de sentir-se olhada, observada no detalhe do rostinho bem traçado, bonito, delicado, o corpinho bem delgado, perninhas finas e o todo gracioso, fazendo simpatia, avaliada e aprovada na aparência, sentiu-se bem recebida. Aliviada, foi conhecendo e distensionando, sentindo o amparo da cozinheira, Augusta, que já tinha visto quando da visita que fizera à mãe para falar do emprego que estava arranjando para ela, Maria Antônia. Conheceu a casa toda, andar de baixo e andar de cima, o quintalzinho cimentado de trás, onde ficava o quarto delas duas, o tanque e o varal, o banheirinho, o ambiente que seria o seu naquele novo espaço de vida que inaugurava.

Chegara de manhã, pouco antes das nove, e só a patroa estava em casa, dona Carla, que meia hora depois saiu para o trabalho. Então, sim, que foi conhecendo e distensionando mais, ganhou uma vassoura e uma pá, alguns panos, começando a varrer e arrumar os quartos de cima, Augusta ensinou só como devia fazer as camas: lençóis comuns de algodão e colchas de fustão, bem alvos e perfeitos, lavara muita roupa de cama ajudando a mãe e conhecia o luxo dos lençóis de linho e o desleixo dos rasgados ou manchados, de sujeiras que às vezes davam nojo, sujeiras algumas que até nem sabia bem de quê, e nem perguntava à mãe. Ali não havia luxo nem desleixo, tudo parecia limpo, foi gostando; de incomum, viu a penteadeira no quarto da patroa, muitos objetos de toucador, cosméticos, aquilo não conhecia, nunca tinha visto tantos, mexeu um pouquinho, como pondo ordem, não demais, para não parecer enxerida, mesmo não havendo ninguém que visse. Ficou na memória.

Antes do almoço chegaram as duas filhas, primeiro a mais velha, que nem falou com ela, como se nem a tivesse visto, e depois a mais moça, Ana Maria, esta sim, atenciosa, quis vê-la, saber dela, falar e ouvir, foi simpática, abriu uma atenção para ela e um entendimento que era claro e direto. Já tinha começado a reparar que na vida há pessoas que simplificam o pensamento e outras que o complicam, criam curvas sinuosas no falar e descrever que os outros ficam sem saber se é para mostrar melhor ou para esconder. Ela não gostava dessas pessoas e sentia que o demônio é que ensina a pensar complicado. E assim era em tudo, o complicado na vida era quase sempre obra do demônio.

No início da noite chegou o patrão, seu Amir: ficou olhando para ela uns dois minutos sem dizer palavra, olhando com olhos doces, escuros, atrás de óculos sem aros, as sobrancelhas espessas, escuras, os cabelos ralos, o nariz grande como as orelhas, ele todo alto e magro, branco, vestido em terno branco, olhando-a com doçura, para falar depois, palavras muito simples e claras, que tinha gostado muito dela, que ela podia sentir-se em casa, um sotaque estrangeiro também, diferente do da patroa, uma voz mansa, estava bem, sabia que ela era uma menina muito boa e que ia se dar bem ali naquela casa. Depois levou-a ao armário da sala onde estava a mesa de jantar, tirou um copo largo e curto, disse que era de uísque, como ensinando a ela, e pediu que fosse à cozinha e o enchesse de gelo puro. Ela trouxe de volta o copo de gelo, ele disse muito bem, voltou ao armário, tirou uma garrafa e derramou uísque sobre o gelo, Maria Antônia vendo pela primeira vez aquilo que se repetiria todo dia, seu Amir indo para a outra sala, onde tinha um sofá e duas poltronas, e sentando-se para tomar sua bebida, antes mesmo de subir para ver a patroa, mudar de roupa às vezes, e descer para jantar.

Foi o primeiro dia. Os outros foram ficando mais fáceis. Ganhou da patroa um uniformezinho, azul-marinho com avental branco, um tenisinho branco que devia usar em vez das sandálias abertas. Foi aprendendo, e muito rapidamente, em poucos dias a flor do seu pequeno ser se abriu de novo, a alegria franca da meninice, impulso da vida.

A vida correndo com o mundo, os mais velhos como que ficando no espaço a olhar, parados, vendo o planeta em movimento a se afastar, panorama, como um trem que se vai da estação. E o movimento do mundo parecendo cada vez mais intenso naqueles anos de tempo: o poder, a bomba H explode, quinhentas vezes mais forte e destrutiva do que aquela da hecatombe de Hiroshima; enquanto Crick e Watson deciframo mais complicado dos quebra-cabeças da ciência, a estrutura em dupla hélice da maior molécula da vida, o DNA, oh, quanta coisa vai desabrochar daí; coisas que chegavam antes ao Rio, chegavam ao Brasil pelo Rio; a força moral de Gary Cooper, sozinho na luta de vida ou morte, a cidadezinha inteira parada, esperando o duelo final de *Matar ou morrer*; enquanto Gene Kelly, embriagado de amor, dança na chuva depois de beijar a namorada, na cena mais representativa do amor romântico no seu auge, oh, os tempos daqueles anos, meados dos cinqüenta, a morte de Stalin, o gênio, era assim dito em muita repetição, tanto ele parecia imortal como os deuses antigos, e todavia o socialismo em ascensão irrefreável, economia pujante, enquanto a Guerra da Coréia, que chegou a ameaçar os jovens brasileiros, encontra seu fim num pequeno paralelo de Tordesilhas marcando os espaços das duas grandes potências; e a França entrega a Indochina, capitula na sua fortaleza inexpugnável de Dien-Bien-Phu, seu império se esvaindo, Ho Chi Minh se apresentando como o novo marechal da Revolução, que desafiaria e depois derrotaria a maior força militar do mundo; e Nasser, o coronel Gamal, fazendo também a sua revolução no Egito, derrubando Neguib, que tinha destronado o rei e os ingleses, assumindo o poder e começando logo uma reforma agrária, escapando de atentado em Alexandria e nacionalizando depois o Canal de Suez para pasmo geral com a ousadia. Ó tempos. Auge de Frank Sinatra, despontar de Marilyn Monroe, avanço firme da televisão no Brasil, a Tupi, absoluta nos lares da classe média, começando a entrar na casa do povo mais humilde. Tempos: 24 de agosto de 54, Getúlio Vargas se suicida com um tiro no coração e denuncia na sua carta a ganância e a força do imperialismo. Grande comoção sacode o Brasil por inteiro.

 O Rio parou aquele dia, desde o começo da manhã, com o anúncio emocionado transmitido pelas estações de rádio. Seu Amir não foi trabalhar; por telefone deu ordem para que a loja não abrisse as portas. Dona Carla achou melhor que Maria Antônia fosse para casa, ficar com a mãe, não sabia bem por quê, mas intuía um clima de grandes vibrações nas horas seguintes, quando as pessoas fossem se encontrando, fossem falando umas com as outras com os traços de drama no gesto e nas palavras.

 E foi a menina, sozinha e frágil pela rua como ia sempre todo domingo de manhã, já tinha mais de cinco meses de emprego, só o coração mais confrangido aquele dia pelo inusitado, não era domingo, pelo choque de espanto que havia no ar da casa, os olhos vivos um pouco mais abertos, uma palidez imperceptível no rostinho fino, moreno, sem atinar bem com as razões, captava a tensão nos sentidos. Mas o ar da rua estava tranqüilo, e ela andou até a Visconde de Pirajá, tomou o bonde e foi olhando o desfile das coisas e fachadas na calçada, que estava bem mais vazia aquela manhã, muita gente ficando em casa, decerto, com medo, o comércio meio fechado, ainda indeciso, e Maria Antônia foi perdendo o medo, as pessoas no bonde quase não falavam, havia calma, o bonde, em horas não enchentes, era um espaço de serenidade. A praça General Osório e o cinema em frente, acabava Ipanema, depois descendo um pouquinho e virando à esquerda começava Copacabana, um pouco mais de gente na rua, umas três paradas mais e passou em frente à escola onde tinha estudado, passava ali de bonde todo sábado na ida e toda segunda cedinho de volta, sempre uma pequena emoção, uma lembrança a realimentar o devotamento, aquele seria um dia comum de aula mas reparou que não havia movimentação, mesmo não podendo ver o que o muro alto tapava, o portão estava semicerrado e deixava entrever o vazio da área de entrada, sugerindo vazio em todo o prédio, uma menina uniformizada, parada bem na esquina, queria atravessar a avenida, parecendo ter saído da escola de volta para a casa, sozinha, como se fosse a última. Passou em frente ao cinema Metro, aquela atração, um dia, haveria de, na casa de dona Carla tinha televisão e ela via um minuto aqui outro ali, mas não podia ficar assistindo junto com os patrões, era o senso das conveniências que mandava, nunca ninguém havia proibido expressamente, ela sabia. Passou a Praça Serzedelo e logo no ponto seguinte ela saltou, na altura da Inhangá, e foi em passo rápido até a casa. Encontrou a Chacrinha em burburinho, aí sim pôde avaliar a gravidade, foi sentindo, os homens não tinham ido trabalhar; alguns haviam saído mais cedo e tinham voltado, juntavam-se na rua em comentários, o som dos rádios ligados enchia o ar agitado. Entrou em casa e deu com a mãe em olhos vermelhos e molhados, surpreendida ao ver Maria Antônia, mas logo compreendendo sem perguntar nada. E foi logo dizendo, a mãe, coitado do seu pai que adorava esse homem, que injustiça, que maldade fizeram com ele, e então abaixou o rosto e chorou, a menina chegou-se à distância de um abraço, houve o estremecimento de uma onda de sentimento que as ligou, os braços hesitaram, moveram-se alguns milímetros e recuaram, mãe e filha não se envolveram, não havia o costume desse tipo de expansão.

O dia passou-se em idas e vindas de casa em casa na favelinha, o rádio dando notícias, a carta de Getúlio retransmitida várias vezes, os homens emocionados, com vontade de ir à cidade, juntar-se aos que lá estavam amontoados e enfurecidos, os homens de pensamento simples, esbravejando protestos e espalhando quebra-quebras, enfrentando a polícia, eles com aquele impulso no coração, dizendo vamos, e contidos pelas mulheres que imploravam, não. No início da noite resolveram que iriam ao Catete ver o corpo do Homem, em homenagem, em adeus, em tristeza, em indignação, tinham de ir, e as mulheres então também quiseram, e combinaram, e foram todos juntos. Maria Antônia também foi, menina, vestidinho azul-escuro, pela mão firme da mãe, rostinho aceso naquela multidão, horas e horas na imensa fila tripla que varava a noite em vibração, sem cansaço. Chegou a hora delas e então viu bem, o caixão preto com uma janelinha, mostrando o rosto rijo e branco, o nariz aumentado pela morte, com chumaços de algodão saindo pelas narinas, a mãe chorando, parada, pessoas puxando com delicadeza, era olhar e sair porque a fila tinha de andar, a multidão queria ver, uma senhora bem gorda, bem escura, de cabeça branca, em vestido preto estampado, chorando em convulsão, sem querer sair do lado do caixão, tendo que ser retirada devagar por quatro homens. Aquela impressão na cabeça da menina. Para sempre.

Menina, sem avanços no corpo que outras já tinham na idade dela, percebia isso desde o colégio com certo travozinho de se achar retardada. Menina mesmo, sem ter tido ainda o sangue que anuncia a adolescência das moças, sem ter experimentado ainda qualquer mudança sutil no modo de ver os moços, de passar por eles em proximidade sem receber qualquer aviso em vibração especial. Tendo já, porém, dentro de si, sua pequena dignidade em formação, gostando de ser vista e considerada como pessoa, muito mais ainda de ser elogiada, como fazia com freqüência seu Amir, com bondade paternal que ela não havia conhecido até então, e que preenchia a cada vez sua pequena alma com uma lufada de gás refrescante e expansivo. Dona Carla não tinha a mesma doçura mas tinha um humor ameno, horizontal, era metódica e objetiva, ordenava, instruía, ensinava, com seriedade mas nenhuma rispidez, trazendo sempre um semblante calmo e amistoso, não tanto alegre mas passando confiança, mais ou menos como era Ana Maria, só que a moça se interessava muito mais por ela do que a mãe, conversava sempre, perguntava sobre a vida dela, sobre a casa, sobre a mãe, sobre os projetos dela, coisa inimaginável, alguém querer saber o que ela pensava em fazer da vida, seus sonhos, não, isso não dizia. Só a moça mais velha, Ana Paula, a incomodava naquela casa. Não que fosse bruta ou mesquinha, ou mesmo chata, impertinente, nada disso, mas era ausente dela por completo, talvez fosse pior, dirigia-se a ela secamente quando necessário, só, estritamente, para pedir, perguntar uma coisa, onde estava isso ou aquilo, e ali cessava a existência dela, entrava e saía, nem boa-tarde nem bom-dia, como podia ser tão diferente da irmã e dos pais.

Houve um acidente: alguém ligou para a casa de dona Carla para avisar à menina Maria Antônia que a mãe dela havia sido atropelada por uma bicicleta de entrega na rua Barata Ribeiro e estava recolhida em casa mas com muitas dores. Aquele alvoroço, Maria Antônia sem saber direito o que fazer, dona Carla no trabalho, felizmente passava de meio-dia e Ana Maria já tinha chegado do colégio. Tomou as providências, ligou para Mario Sérgio, ex-colega de curso de vestibular, cujo pai era médico famoso, e pediu socorro. Logo, logo veio a ordem para que levassem a mãe da menina para o Miguel Couto e procurassem lá o doutor Evilásio. Saíram as duas, pegaram um táxi, foram à Chacrinha, apanharam a acidentada, em sofrimento evidente, e levaram-na no táxi ao hospital, aquela viagem aflitiva que parecia nunca acabar, Maria Antônia condoída em lágrimas a acariciar a mãe, a fazer pena em Ana Maria, aquela figura tenra de menina cheia de um sentimento tão puro e tão profundo. Foram prontamente atendidas, bem atendidas, as radiografias mostraram fratura no úmero e uma fissura na costela, ambas do lado esquerdo, onde o triciclo com porta-bagagem na frente, com algum peso dentro, mercadorias a serem entregues, havia batido nela com certa velocidade, atirando-a ao chão. Foram quase duas horas de atendimento, passando por três médicos e várias enfermeiras, com dores fortes no ajustamento dos ossos e no engessamento das fraturas, até que a paciente, medicada e aliviada com analgésicos, pôde repousar e tranqüilizar a menina e a moça. E o amor da menina pela moça, a gratidão, a admiração, o devotamento, que eram sentimentos já presentes no pequeno coração, foram a uma altura onde as ligações não se desfazem mais.

Naquele dia conheceu Mario Sérgio, o colega de Ana Maria que havia intermediado todas as providências para aquele atendimento perfeito arranjado pelo pai. Ele foi também atencioso, e até carinhoso com ela, Maria Antônia, alisou sua cabeça duas vezes. Chegou logo depois delas e ficou junto o tempo todo até a conclusão do tratamento e o repouso da mãe.

Então ela permaneceu no hospital ao lado da mãe e os dois moços saíram. E ela pôde pensar nele, Mario Sérgio, no quanto era bonito e educado, e no quanto estava interessado, enamorado mesmo de Ana Maria, claramente, e a moça parecendo não ligar para ele, dando atenção mas sem nenhum gesto ou olhar de enternecimento, nenhum interesse de amor, pôde ver tudo isso, ela, menina, com bastante nitidez, com a percepção que já tinha naquela seara. Percepção apenas, ou prenúncio talvez da própria sensação, alguma coisa a mais, além do normal de um conhecimento novo, alguma coisa ficou no espírito dela a respeito daquele moço, Mario Sérgio, que ligava com freqüência para Ana Maria, ela atendia e chamava, ou às vezes mentia e dizia que não estava, quando a própria moça lhe pedia, porque não queria atender. Enfim, aquela relação, de querer dele e não querer dela, que já havia constatado nos telefonemas insistentes, desde que começara a trabalhar, tinha visto então bem ao vivo aquele dia no falar e no olhar entre os dois. Um rapaz tão bonito.

Sentimentos e apreciações podiam sobrevoar as divisões que existiam entre as pessoas. As casas, os objetos, tão diferentes na qualidade, as coisas da mãe e as da dona Carla, as comidas, as pessoas também igualmente diferentes no falar, logo também no pensar, no saber, mas não no sentir, isso percebia, a raiva e o amor, o bom e o mau humor, a pena, a maldade, a doçura, a vontade de ajudar, tudo isso era muito igual entre as pessoas de qualidade diferente, os julgamentos também, o que era certo e o que era errado, as pessoas tinham iguais, ela achava.

As doenças eram iguais também, o medo de morrer e o sofrimento na doença. Depois, quando fez vida de hospital foi vendo que a medicina melhorava, avançava, mas melhorava muito mais para as pessoas ricas, isso era perverso, verdade muito injusta. Mas o medo e o sofrimento eram iguais nas pessoas. E a religião também era, por isso mesmo. Via o padre Celso dando a mão a beijar com desprezo à mãe e recebendo com mesuras as madames da igreja, mas Deus não era assim, ela pensava, Deus era igual. Era coisa que ela pensava muito naquele tempo, quando conviveu de perto com a diferença pela primeira vez, trabalhando numa casa de família e morando na favela. O que era igual e o que era diferente.

O amor era igual.

IV

O ato de sexo dos cavalos era diferente, tinha algo mais de emoção do que o dos bois, dos cachorros, de todos os outros bichos, um frêmito de amor, tanto no cavalo quanto na égua. Mario Sérgio gostava de ver os cruzamentos daqueles animais grandes e elegantes, esbeltos, sedosos, a cabeça do macho vibrante a buscar a da fêmea, que se abaixava e se erguia ofegante em ritual de gozo, juntavam-se num quase beijo e separavam-se num hausto de prazer, a beleza sempre renovada daquele ato. Já estava no terceiro ano e ia sempre ao IZ, o Instituto de Zootecnia, especialmente para ver os cavalos manga-larga, montá-los um pouco ali por perto, com o cuidado de quem não tinha o domínio da sela, menino do asfalto. Tinha feito amizade com o vice-diretor do Instituto e ia aprendendo as coisas práticas ali mesmo, mais do que nas aulas. Tirava o curso de veterinária e falava de boi em casa para agradar o pai, que não sabia nada mas queria ser fazendeiro de gado, porém gostava mesmo dos cavalos, um amor que foi crescendo, vendo com emoção os cruzamentos. Saturnino dizia que cavalo tinha alma.

— Mas o que é a alma?
— Todo mundo sabe, essa coisa que tem dentro do peito ou da cabeça, lá no cérebro, e que faz o sentimento das pessoas. E dos cavalos também, que têm sentimentos iguais aos da gen-

te. Aliás cachorro também tem, só que cavalo tem mais amor, isso se vê, quem lida sabe, tem mais nobreza, essa mania de cachorro é de agora, mas a ligação do homem com o cavalo é coisa que vem desde a antigüidade, desde o tempo da nobreza, cavalo tem dignidade, um burro empacado você pode matar ele de porrada que ele não anda, se não quiser não anda, não é escravo, tem dignidade. — Saturnino era o vice-diretor do IZ, boa-praça, interessante, prático, mais vivido.

Descoberta nova também, ó juventude, além do gosto pelos cavalos, era o seu talento de meio-de-campo armador, especialmente lançador de atacantes dentro da área. Nunca, até então, mas nunca mesmo havia revelado qualquer aptidão para o futebol. Bem ao contrário, durante toda a meninice e a adolescência, a obesidade, a falta de agilidade do corpo e de firmeza na alma haviam feito dele uma nulidade no campo e no trato da bola, e por isso mesmo um desinteressado no futebol. E agora, de repente, por brincadeira, a instâncias dos colegas, e também por ser o único esporte que se praticava na Rural, começara a jogar, por experiência gratuita, quase como se fora pela primeira vez, a correr no campo, a chutar ao gol e a tentar controlar a bola, a descobrir que não era tão desajeitado quanto pensava, ao contrário, aos poucos foi vendo que, além de correr bem e ter resistência — seu corpo era bem conformado e sua caixa respiratória era boa — ele tinha o sentido de direção e de alcance nos passes que fazia aos companheiros, passes curtos no princípio, depois mais e mais longos, e foi reparando que tinha essa capacidade de, com a bola nos pés, olhar com calma a posição dos jogadores no campo e perceber a boa oportunidade para um lançamento. Alguém, ou mais de uma pessoa, tinha dito que esta era uma característica dos craques, olhar o campo com a bola nos pés em vez de olhar a bola e o adversário mais próximo, ele não sabia como tinha adquirido esta qualidade, sabia agora que a tinha, não se afobava com a bola, tinha calma e discernimento, e pronto, de repente, ele, Mario Sérgio, toda vida um errado no futebol, se transformara num meia-armador elogiado, requisitado na formação dos times que jogavam na Rural. Uma alegria nova na sua vida, sensação de preenchimento da alma, uma das razões que o levavam a gostar daquela universidade, apesar do desinteresse pelo curso propriamente dito, pelas matérias de aula.

Não era uma universidade americana, o clima era quente, as construções se degradavam, como as carteiras e os armários dos dormitórios, os banheiros estavam sempre meio sujos, molhados e estragados, nos laboratórios faltavam reagentes, o campus, no todo, era maltratado, e os alunos, e as alunas, muito poucas, eram amorenados e de estatura brasileira, com exceção de alguns paranaenses meio ridículos. Muitos professores não moravam na vila, vinham do Rio, concentravam as aulas em um ou dois dias por semana e faltavam muito. Falava-se português tosco, não havia basquete nem vôlei e a camaradagem era meio roceira, havia gente de todo o país, e dois bolivianos. Nada disso, entretanto, provocava ansiedade ou desconforto, e Mario Sérgio manejava com facilidade a rotina dos dias. Não captava eflúvios da terra, e começava a entender a motivação dos outros, que lhe faltava, o gosto do campo e a alegria do corpo que vinha dele. Até mesmo a linguagem da vida direta já compreendia, mas não a usava, era uma diferença que o punha um pouco à parte naquele meio, não falava com o mesmo jeito dos colegas, todos de origem rural. Convencido, sim, já estava, de que aquela não era a sua opção, fora enganado pela largueza e pela beleza americana do campus, mas agora tinha de concluir o curso. Para depois repensar a vida, outro rumo. Tempo ainda tinha, e inteligência, e confiança dos pais, especialmente do pai que o avaliava sempre com palavras estimulantes. Poderia, mais tarde, com apoio dele, fazer talvez um curso de química nos Estados Unidos, coisa assim como um projeto longínquo e enevoado, mal definido mas presente e digno dele. O dado real era o que agora tinha de ser vivido, e a bem dizer não chegava a ser ruim, nem pesado, levemente fastidioso, sim, mas de um fastio inteiramente suportável, corriqueiro e nada angustiante. E tudo vinha envolvido na alegria natural da juventude, tudo dava para ser jogado para a frente, naquele alvorecer de consciência humana. A infância é o tempo das fragilidades, quando se carrega o inconsciente; a adolescência é uma fase perigosa, quando o "genus" do homem se manifesta e se impõe; a juventude é a formação da consciência, da razão, é o começo da linha do ser, a emancipação e a vontade de experimentar, a grande e bela fase elástica de apostas da vida humana que vai veemente, infla, cresce, realiza-se e depois resseca, enrijece, para desembocar no remanso da velhice, quando o trabalho genético se vence, perde o sentido, e a vida se transforma em memória e sabedoria, quando não, mais freqüente, em decadência e ressentimento.

Mais do que a conversa com os colegas, com os três companheiros de quarto, por exemplo, que eram todos do norte do Estado, de Miracema e Itaperuna, Mario Sérgio gostava da cerveja que tomava na cooperativa com o vice-diretor e quase sempre mais um ou dois funcionários do IZ. O diálogo era também de simplicidades, na língua da terra, mas tinha outros ingredientes que começava a apreciar, a política, entre outros, porque Saturnino era vereador em Itaguaí e gostava de falar do assunto, com o agrado dos outros, comentários locais, da prefeitura, até da administração da Universidade, e do governo em geral; era aprendizado de expressões para Mario Sérgio, bacana, tinha interesse. Conversas que começavam de tarde e às vezes se prolongavam muito pela noite adentro, alargando-se em mulheres, cavalos, futebol principalmente, ele perdia a janta do refeitório, ficava beliscando batata frita e frango à passarinho com a cerveja, e a bebida com freqüência fazia seu efeito bem evidente de alegria e desprendimento, e de amizade que se ia fortalecendo. No dia seguinte, um pouco de moleza a mais no levantar, mas nenhuma dor de cabeça, Saturnino afirmava, com o assentimento dos outros, conhecedores, Antarctica não dá dor de cabeça, Brahma é que dá.

Às sextas-feiras de tarde voltava para casa, havia um ônibus para Campo Grande, que era a ligação com o Rio. Era alegre aquela volta, que era de poucos, porque a maioria, que não tinha casa no Rio, ficava mesmo na Universidade. Era alegre a chegada em casa, em geral o pai já estava e trocava com ele as primeiras palavras sorridentes, sentado na poltrona do escritório que era a parte da casa que se abria logo depois do hall de entrada. Muito iguais, sim, saudação e perguntas, e não muito fáceis no desdobramento, mas sempre algum alento verdadeiro possuíam, passado principalmente pela face irradiante. Depois o irmão, que já se distanciava estudando Medicina, a camaradagem se mantinha, e a mãe, ele ia até o quarto onde ela lia um romance deitada, beijava-a, ela de hálito fresco e ainda clara e bela na idade.

Só então ia ao quarto dele, que era um conforto, seu lugar de retiro, fechava a porta e deitava-se na cama, ficava imaginando, sozinho, o prazer de estar só que não tinha na Rural, olhando o teto e sentindo o espaço próprio, o cheiro conhecido dos lençóis, o mesmo de tantos anos, ouvindo os ruídos da vizinhança, a voz da garota do apartamento 302, a janela dele, do 401, virada para a área dos fundos, dava para a janela dela a uns quinze metros ou menos de distância, àquela hora, já de luz acesa, a visibilidade era muito nítida, mas ela nunca mudava de roupa sem fechar a veneziana, fingindo que não reparava que estava sendo espiada, só uma vez, numa troca rápida de saia, ele a viu de calcinhas. Não que fosse uma beleza, mas a proximidade era excitante, dava intimidade, mesmo mal falando com ela, bom-dia, boa-tarde, de vizinho, tinha os cabelos castanhos e lisos, abundantes, era cheia de corpo, redonda da cintura para baixo como ele gostava de mulher. Ouviu a voz, levantou-se e espiou, ela remexia no armário e depois sentou-se na escrivaninha, rabiscou depressa um bilhete, levantou-se e saiu. Mario Sérgio voltou para a cama e devagar, em gozo de relaxamento, livre, retomou os pensamentos e começou a excitar-se com a imagem dela, bem devagar, abrindo a braguilha da calça e sentindo a volúpia do toque, desfrutando aquela solidão especial que só tinha ali no seu quarto, que propiciava as imagens perfeitas, da boca e do corpo dela, as coxas que tinha visto uma só vez, para sempre, em paz e silêncio, virou-se de lado, ajeitou o travesseiro, puxou o lenço do bolso e continuou bem à vontade, apressando levemente o movimento das mãos, pouco, esticando aquele tempo de prazer, até chegar ao orgasmo, lento, muito prazeroso, derramado sobre o lenço.

O jantar de sexta-feira era da casa completa, os quatro, e às vezes Tia Hermínia aparecia, uma tia-avó, sequinha, que morava só num apartamento na Praça Serzedelo e vinha a pé fazer uma conversinha, não jantava, mas beliscava e falava, contava um pouco da família, conversa velha muitas vezes. Aos sábados, o pai e a mãe iam ao cinema e depois jantavam fora; e aos domingos havia ajantarado na casa da vó Isabela, mãe da mãe, na Praia do Flamengo. Nem sempre Mario Sérgio comparecia, dependendo da programação que tivesse com os amigos, assim como Timóteo, o irmão. Ultimamente, entretanto, ia com freqüência: o distanciamento na Rural naturalmente produzia um certo afastamento em relação aos companheiros antigos, que iam tendo outros afazeres e interesses. Só Ana Maria ele procurava sem desistir mas se defrontava com a evidência de que ela também já estava inteiramente mudada para outros grupos, agora começando a trabalhar. Então aparecia na casa da avó, mais do que Timóteo, mais do que os dois primos da sua geração. Ficava um pouco por inércia e voltava cedo; no dia seguinte madrugava para estar antes das oito na universidade, eram três ônibus que tomava, até a Rodoviária, até Campo Grande e de lá à Rural. Lembrava-se dos tempos de CPOR e muitas vezes cochilava no ônibus.

O jantar de sexta era, então, o da família; o pai fazia questão. Não era muito tarde, oito e um quarto estavam todos na mesa, Doutor Inácio tinha o hábito de dormir cedo; aos sábados não operava, mas desde as oito já marcava clientes no consultório; encerrava ao meio-dia.

O jantar de família era um hábito que vinha da sua infância, assim como de Lena também, era marca de gente educada, essencial na formação dos filhos. Mas a conversa maior atravessava a mesa retangular de cabeceira a cabeceira entre os pais, notícias que ele trazia do dia de trabalho, ou que já tinha lido no jornal da tarde, coisas que ela tinha sabido da família ou das amigas falando pelo telefone durante o dia, os filhos escutando, observando julgamentos e conceitos, aprendizado, concordando e divergindo em silêncio, rara vez comentando ou explicitando uma discordância, afirmando personalidade, devagar, de quando em vez uma pergunta feita a um deles, a Mario Sérgio ou a Timóteo, pela mãe, sobre a comida na universidade, sobre o que preferia para o almoço do dia seguinte, uma palavra sobre a camisa que um deles usava, sobre o corte do cabelo, uma indagação sobre a roupa lavada junto com a dos outros alunos na universidade, se vinha bem limpa, se nada havia sido trocado, ou era o pai que fazia uma graça sobre o sapato que um deles usava, ou perguntava a Timóteo sobre as aulas de anatomia, referindo um caso ou detalhe do seu tempo, fazendo ironia com a anatomia dos bois que era o saber de Mario Sérgio, ou perguntando sobre a qualidade da terra em Barra do Piraí, se havia alunos de lá ou de Vassouras.

O diálogo demanda um interesse comum, um tema que seja da real atenção de ambas as partes. Mas exige também uma linguagem comum, que tanto pode ser formal, na conversa formal, a língua das pessoas educadas que têm distâncias entre si, mesmo sentadas à mesma mesa, trocando palavras sobre um ou mais objetos do cuidado de ambos, como pode ser informal, fácil, quando a conversa se dá entre pessoas íntimas, capazes de dividir expressões que as identificam, em idioma e até em gestos, em modo de ver o mundo, de interpretá-lo e de falar dele, pessoas que compartilham os sentimentos do tempo, isso aí, que coisa importante nessa franquia no canal de comunicação, o sentimento do tempo. O hiato das gerações inibe essa aproximação identificadora, ainda que haja a vida íntima sob o mesmo teto. Inibe pela diferença de tempo e de expressão, a diversidade no sentimento do tempo, eis. E é claro que dificulta muito também pela relação de dependência e de autoridade que existiu antes e marcou a relação, perdurando em resquício, quando não plenamente; é um hiato inibidor da comunicação. Há filhos que se abrem com os pais em momentos especiais, quase sempre de tensão ou de agrura; muito mais raros são os momentos de abertura no sentido inverso, de pais com filhos. E esses são momentos mais de gestos que de palavras. A conversa aberta feita de palavras entre as gerações é quase sempre meio oca de substância, difícil de escapar da formalidade cordial, condescendente, de cima para baixo, no veio paternal e generoso, qual é o seu problema, como vai indo o estudo, como posso ajudar, ou no tom da admoestação, cuidado com isso ou aquilo. Mas o fato era que o jantar de família era importante também no sentimento dele, Mario Sérgio, o clima da família, pai e mãe, irmão, era de fazer bem, sentimento de comunidade e segurança, era um pequeno tempo de convivência e aconchego que mantinha vivo aquele laço fundamental que, embora invisível e não expresso em palavras, era tão real, tão palpável que sentia falta dele quando estava longe, na Rural.

A vida na Rural em dois anos tinha dissolvido quase todos os seus anteriores laços de amizade. Perdia Ana Maria, e na verdade não era mais nenhuma perda, aquilo era uma dissonância que ele mantinha sem nenhum propósito, uma relação de afastamento consumado, algo que não tinha mais nenhum traço da veemência de tempos passados, oh, até dava saudade, aquele amor jovem e impetuoso de Romeu que nunca tinha encontrado ressonância em Julieta. Perda porra nenhuma. Havia mais de seis anos que mantinha com ela uma relação difícil até de definir. Nunca fora o que ele desejara, o que mais desejara, uma relação de namoro honesto entre jovens. Desde os primeiros tempos mais insistentes, ela sempre rejeitara o sentimento que ele lhe propunha com tanta verdade e inocência. Aquilo chegou a ser para ele uma coisa esquisita, meio idiota, uma paixão e uma dor sempre juntas, ele sempre pensando nela cheio do mais puro lirismo, cantando sozinho em devaneio canções dedicadas a ela, "the more I see You, the more I love You", querendo e instando, e colhendo sempre umas reações de desagrado até meio escrotas por parte dela, ele sempre mastigando com desgosto aquelas frustrações que pesavam lá dentro, no coração, nos intestinos, nos ossos, e que, em vez de dar raiva, chamar o brio, corroer e reduzir o sentimento dentro dele, pareciam soprar as brasas e reacender o fogo. De lascar.

Aquilo chegou a um ponto absurdo e se transmudou em verdadeira depressão psicológica quando se convenceu de que a rejeição dela era mesmo definitiva, pois que então já se desencontravam fisicamente, ela na Faculdade de Filosofia, no Centro, a estudar Biologia, e ele no segundo ano de Medicina na Praia Vermelha. Depressão que o deixou prostrado e apático, que preocupou os pais, perplexos, sem saber o que fazer; depressão que lhe abateu mais a confiança em si mesmo, aprofundou a insegurança que já era uma face da sua personalidade, naquela dualidade traiçoeira, que o levantava num momento para jogá-lo num buraco logo adiante, um rapaz que o espelho mostrava bonito, um rapaz alegre e inteligente, que havia passado bem no vestibular de primeira vez, que conversava bem e era querido, mas que se via como um bobo na vivência e na malícia do mundo. Depressão que com certeza foi uma das causas decisivas de sua desmotivação em relação à Medicina, à carreira escolhida que tanto agrado produzira em casa e que ele abandonaria. Enfim, aquilo que fora amor vero durante muitos meses, anos, acabara se transformando, vencida a fase depressiva, numa droga de resignação, sem rancor, mas ainda assim um certo tipo de devoção, aquela merda, apesar de tudo, na própria ambigüidade dele, a verdade dizia dentro que era ainda um sentimento de amor, completamente desesperançado, que jamais havia sido recompensado com um beijo sequer, isso, sim, que era o mais revoltante, aquela mesquinhez dela em relação ao corpo, como se um beijo ou um afago mais sensual de pele pudesse macular sua pessoa, revoltante avareza de sentimento, dureza fria de caráter, que não conhecia a condescendência, mercê que fosse, de dar sua boca uma vez para o beijo que teria sido a graça definitiva, apesar disso tudo ainda amor, caramba, amor crônico, passivo, emasculado, mas presente, sentimento de interesse por ela, generoso, de vontade de satisfazê-la na sua realização pessoal, profissional, em tudo que não fosse, obviamente, namoro com outro. Sabia, aliás, e continuava acompanhando, do interesse dela por Josef, que era, para ela, bem feito, um caso muito semelhante ao dele, Mario Sérgio, para com ela, amor não correspondido, que começava, então, a também perder intensidade pelo distanciamento, Josef dedicando-se cada vez mais detidamente à Faculdade e às suas reflexões.

De Josef também acabara se apartando ele depois que abandonara a Medicina, naturalmente, pelas mesmas razões de circunstância. Para o bem, Mario Sérgio não sabia ao certo, porque Josef na verdade acrescentava-lhe muito no conhecimento e na acuidade do ver as coisas; mas para o alívio, sim, de uma certa tensão: Josef era inalcançável para ele, e incômodo por isso mesmo, uma amizade muito exigente em termos de esforço permanente de acompanhamento.

Alívio na distensão, no cansaço daquilo tudo.

A vida na Rural era coisa nova e arejada, saudável, e aquele amor antigo por Ana Maria foi parecendo cada vez mais doentio e incongruente, além de bem desvanecido, entrado em declínio acentuado depois das férias, no início do terceiro ano, quando voltou para retomar a rotina das aulas. Era um sentimento que se transformava em hábito cadente, meio pateta, aquele costume de procurá-la em tom de amigo, de avistar-se com ela para dizer insignificâncias, com certo prazer ainda, verdade, o prazer de estar com ela, ver-lhe a figura, contudo mais e mais ralo, já chegando ao ponto de aceitar sem lástima uma desculpa dela, mesmo equívoca, para recusar qualquer possibilidade de encontro durante um fim de semana. E então decidiu Mario Sérgio que era tempo de conferir e desligar, era hora de chamá-la e dizer, depois daquele tempo todo de dedicação, tempo de bobo que tinha sido, dizer que, se ela tinha convicção de nunca vir a querê-lo como namorado, que seria melhor então que não se vissem mais, que ele não continuasse procurando-a e alimentando para si uma inviabilidade. Sim, era hora, e hora velha, que perda poderia ter?

E assim fez. Depois achou que foi mais uma iniciativa tola, sem nenhum sentido, que teria sido melhor desaparecer sem conferir. Mas alguma coisa o induzia a fazê-lo mesmo sem compreender. Chamou-a, encontraram-se num sábado chuvoso de agosto para tomar um lanche na Colombo de Copacabana. E como estava com certa ansiedade, não a escondeu, achou melhor ir direto ao assunto. E ouviu dela o que esperava, também sem hesitações: "desculpe se o machuco, mas realmente é melhor... pelo menos por um tempo... será melhor para você".

Inverdade seria dizer que não machucou. O machucado, todavia, não veio tanto da declaração do desamor, que já tinha como certa, mas da forma tranqüila e segura com que foi dita, da facilidade quase afável daquela resposta, que revelava um estado de maturidade dela, de segurança interna que ele não possuía; o machucado veio mais da inferioridade que sentiu ali, diante da face bela e serena de Ana Maria. Desarticulou-se. Menino. Foi difícil a deglutição do chocolate com torradas que haviam pedido. No silêncio da mastigação, arrependeu-se muito de não ter deixado para o final a questão crucial. Porque não havia mais o que dizer naquele enorme tempo restante.

Levou para casa o trauma daquele olhar imperturbado que ele não era capaz de sustentar. E foram dias de pensamento remoído sobre a fluidez da vida que ele levava, a inconsistência da própria pessoa dele frente à dela, babaquice que era a vida dele, menino se sentia, daí o desprezo dela, justificado, era evidente. Dias de pensamento e de nova e curta depressão, até emergir uma reação positiva, um compromisso de dedicar-se mais à universidade, estava gostando da química, continuou freqüentando o IZ mas também o laboratório, interessado na química da vida, na diferenciação do crescimento de células alimentadas com nutrientes diversos, compreendendo que a vida era um conjunto complicadíssimo de reações químicas, os próprios sentimentos, o amor com certeza era também um processo químico, aliás assim dizia o professor de bioquímica. Sim, podia depois tirar um curso de bioquímica nos Estados Unidos, crescer por este lado, ganhar peso e respeitabilidade. Viu alargar-se ali o caminho dele.

E a vida na Rural era simples e saudável, a largueza dos dias claros, e Saturnino foi tirá-lo daquela oscilação de ânimo e desânimo, o que era, o que estava havendo com ele que andava sumido, e foram ao IZ ver os cavalos, e foram tomar no fim da tarde uma cerveja na Cooperativa, e muito bem, era aquilo mesmo, a vida era assim, altos e baixos, havia que compreender e tirar sabedoria, e tanto cavalo quanto cerveja e amigos davam muita sabedoria, Saturnino sabia de casos e casos que contava, tinha vida vivida.

Numa daquelas tardes, reparou na mulher que entrava na Cooperativa e olhava para ele com interesse indisfarçado. Era a terceira vez que a via e o jeito de olhar era o mesmo. E observou-a melhor e viu que tinha carnes incitantes ao tato, curvas acentuadas e consistências atraentes, era morena de olhos fundos e cabelos pretos cacheados. Vestia saias e blusas apertadas, as unhas eram bem pintadas de vermelho, a figura toda lembrava estátua de mulher-demônio em loja de macumba, pomba-gira, coisa assim. Não resistiu e perguntou sem rodeio a Saturnino. "É mulher do professor de genética", respondeu. Não sorriu, informou sem ironizar, só comentou "boa pacacete".

Na quarta vez, ficou patente, parecia que deixava para ir comprar o leite na Cooperativa sempre àquela hora em que ele estava lá com os amigos. E olhava, quando entrava e quando saía, e convidava quando olhava. Era quase uma questão de honra masculina procurá-la. Não disse nada a Saturnino, mesmo percebendo que ele percebia, e indagou por outros meios onde era a casa do professor de genética.

Em contato de sexo Mario Sérgio era um principiante, mau principiante, tinha falhado com suor frio na maioria das poucas vezes em que, com amigos, tinha visitado casas de prostitutas. Só uma vez, meio alcoolizado, tinha vencido a timidez e funcionado bem como homem. De fato, era um estreante. Mas tinha de procurar aquela mulher, Miriam, soube que assim se chamava, dona Miriam, primeiro por uma questão de dignidade masculina que estava em jogo, seguiria muito inferiorizado, sentindo-se um pirralho, se fugisse; depois porque, não sendo ela uma puta, dessas que entram no quarto e vão logo tirando a roupa, ele teria tempo para se excitar antes, até com o pudor dela em se despir, afinal era uma mulher de família, tinha dois filhos, ele nem sabia se ia com ela para a cama, nem onde podia se encontrar com ela, só sabia que era mais excitante do que uma profissional fria e calejada.

Rondou a casa umas duas vezes, viu as crianças brincando na frente, voltou à tarde mais ou menos à hora em que ela costumava ir à Cooperativa e deu com ela saindo. As pernas eram cheias e bem torneadas, via os joelhos e adivinhava as coxas abundantes na silhueta da saia. Os olhos dela brilharam e a boca saliente sorriu de regozijo. Ele fez menção de acompanhá-la e ela disse que não, as mãos dele nos bolsos e as dela à vontade, disse, quase sem olhar para ele, sem tensão no rosto, disse em menos de um minuto, muito diretamente, depois de olhar ao redor, que fosse encontrar-se com ela no dia seguinte às nove e meia no Quarenta e Nove, deu a rua e o número, só, como se tivesse tudo preparado, mais nada, apressou um pouco o passo e deixou-o aturdido.

No quilômetro quarenta e nove ficava o pequeno comércio onde a gente da Rural se abastecia e, no seu entorno, a vila de Seropédica com algumas centenas de casas modestas. Uma daquelas casas era de uma viúva pobre que fazia pequenas costuras, falava pouco e parecia a Miriam uma pessoa confiável. Até pouco mais de um ano antes, ela se encontrava naquela casa com um topógrafo que andava fazendo um serviço na Rural e conhecia a tal viúva, que tinha sido sua vizinha em Mangaratiba e ele a tinha ajudado depois da morte do marido, que era seu amigo. Enfim, por um pequeno aluguel eles podiam se encontrar sem perigo, muito discretamente, num quartinho dos fundos daquela casa.

Mario Sérgio dormiu pouco, agitado com a imaginação da manhã seguinte. Teria de matar as aulas mas não seria este o problema. O ponto nodal era o desempenho na cama com a mulher do professor, enfim, a questão masculina. E o desassossego não abre qualquer margem de espaço para a poesia. Chegou à casa, Miriam já lá estava, sozinha numa pequena sala, disseram bom-dia, houve hesitação, ele indagou que casa era aquela, ela disse que não se preocupasse, depois explicaria, ele olhou em volta, não sabia se sentava ou não em outra cadeira da sala, ela levantou-se daquela em que estava sentada e encaminhou-se logo para o quarto levando-o pela mão, sem nenhuma aura de romance, como se fossem velhos amantes. No quarto faltaram palavras, ele sabia o nome dela mas não o pronunciou, sem atinar com o que dizer, ela também já sabia o dele, havia indagado, mas não disse nada, ficou olhando com certo encanto a figura dele. Faltaram gestos também, e ele então, quase sem saber, começou a desabotoar a camisa sem olhar para ela. E ela foi também tirando a roupa induzida pelo gesto dele, sem demonstração de pudor, mas não tão desavergonhadamente e com presteza como faziam as putas, ele reparando sem olhar. E então seguiu, acompanhou o ritmo dela, mais devagar, tirando os sapatos e depois as calças, sentindo o olhar dela sobre a pele dele, teve frio naquele dia quente, esfregou as mãos sobre os braços e o peito descoberto e achou-se ridículo, sentou-se na cama e foi tirando as meias, só então olhou para ela e viu que num movimento rápido ela tirou as calcinhas e deitou-se na cama ao lado dele ainda sentado. Ele teve de tirar a cueca e pôr à vista sua impotência.

Uma hora de esforço e suor frio não trouxe outro resultado que o de agravar a disfunção erétil. Esforço físico e mental, apertando o corpo dela e tentando pensar em modelos de mulher atraente que tinha na cabeça, apertando-se a si mesmo, nervos e músculos de seu âmago masculino. Tudo absolutamente em vão. Foi ela que tomou a iniciativa de aliviá-lo da obrigação estrênua, dizendo com calma que aquilo era muito natural, que ele não se preocupasse, que eles teriam muito tempo pela frente, que voltariam outro dia, não no dia seguinte, para não dar na vista, mas dali a dois dias. Mario Sérgio ficou prostrado na cama enquanto ela se vestia, nu e extenuado, de corpo e de alma, sem condições de pensar em nada. Ela vestiu-se toda e antes de sair lhe deu um beijo carinhoso, repetindo as palavras animadoras que dissera, como a prometer êxito para a próxima vez. Saiu e ele continuou deitado como estava e ainda sem pensamento, mas já deixando irromper as primeiras imagens de lembrança do acontecido imediato. Catastrófico, sim, deprimente, no todo e em cada detalhe, não era homem e não havia nenhuma perspectiva de vir a ser, definitivamente era broxa, o membro além de flácido encolhia-se de nervoso até o tamanho do de um menino. Definitivo, nem a mulher mais gostosa do mundo daria jeito de fazê-lo viril. Miriam era gostosa, não a mais do mundo, claro, mas era carnuda como ele apreciava, um pouco dura na consistência das carnes, ligeiramente musculosa, mas gostosa, os seios grandes, um pouco caídos mas fartos de encher as mãos, os bicos rijos e eriçados, as coxas redondas e abundantes como ele esperava. Palmeando entre elas sentiu o calor forte do sexo grande da mulher mas recuou com medo de excitá-la mais sem poder corresponder. Fracasso completo. Levou tempo para ter forças de levantar-se, vestir a roupa, perguntar à velha quanto era, não era nada, dona Miriam já tinha pago, outra vergonha, mais papel de menino, e sair devastado pela rua. Um dia de sol quente; ainda bem que não encontrou ninguém conhecido, foi pensando, voltava dali a dois dias, ou não voltava, sumia, era impossível, estudava e morava na universidade, ou então ignorava tudo, meramente, não, era desdouro demais, ignomínia, tinha de voltar, tentar de novo até conseguir, ou simplesmente declarar sua impotência, sinto muito, não leve a mal, a culpa não é sua, você é uma mulher muito bonita, a culpa é inteiramente minha, sou impotente, definitivamente, já foi assim com outras, defeito meu, fiz vinte e quatro anos há duas semanas e vou carregar essa incapacidade para o resto da vida, problema meu, desculpe, mas não, não tinha essa cara-de-pau, podia até fugir, mas falar assim direto não ia conseguir. E entretanto era impossível fugir ou ignorar, não aparecer nem falar mais nada. Tinha mesmo de ir a segunda vez. Ou não, perplexidade atroz e sufocante. Iria, sim, mas ia broxar de novo e então seria melhor declarar o vexame total. Ia, não ia, passaram-se dois dias de alheamento em relação ao mundo e suas cores, deviam todos estar percebendo, pouco importava, ainda bem que Saturnino não o tinha procurado, seria impossível escamotear. Era uma quinta-feira e resolveu ir.

Foi mais cedo, chegou no Quarenta e nove meia hora antes, andou por ali respirando fundo para se acalmar. Procurou num bar uma batida de catuaba. Não tinha. Tomou uma de amendoim. Não adiantava porra nenhuma, sabia, mas pelo menos...Viu na cara do mulato gordo que o atendia uma expressão de gozação nos dentes amarelos apartados. Que se fodesse. Saiu, respirou mais e foi andando devagar para a casa da velha.

E novamente falhou. O mesmo empenho, esforço de tenacidade, o mesmo suor, e o resultado também foi o mesmo. Só que já estava presciente ao começar, e ao fim de meia hora ou quarenta minutos, metade do tempo da vez anterior, decidiu abandonar a porfia:

— Não dá; não vou conseguir; não adianta ficar aqui o dia inteiro nessa luta ridícula; nem tentar outra vez. — E virou-se na cama.

Era a primeira vez que falava com ela por iniciativa dele, e Miriam não disse nada, nem suspirou. Deixou correr o silêncio em resposta, ele deitado ao lado dela olhando o teto, e começou levemente a acariciar o peito duro que ele tinha com a mão densa mas suave que era a dela. E depois de um tempo, chegou-se a ele e beijou-lhe a face com carinho. Sentiu por ele uma ternura genuína, e foi passando pela pele o sentimento, naturalmente, sem propósito. E com a mão sobre o coração de Mario Sérgio disse então: "vamos dar um tempo; se você sentir amor por mim, aqui, neste coração, me procure que tudo vai dar certo; e vai ser ótimo". E levantou-se sem pressa, Mario Sérgio só então viu bem o corpo dela despido, redondo e compacto sem chegar a ser gordo, moreno, movimentando-se com vagar. Miriam vestiu-se e despediu-se, ia saindo, e ele então deixou a cama ainda sem roupa para abraçá-la enternecido, alguma coisa mais que agradecido. Beijou-a, sentiu a boca macia e quente de Miriam, lentamente, e por milagre, pela primeira vez com ela, prorrompeu nele o impulso do sexo, um engurgitamento. Miriam percebeu e a ternura brotou inda mais franca em sua face. Deu-lhe outra vez a boca, o tempo bastante para que aquela propulsão masculina se completasse com segurança, e então afastou com leveza o corpo dele e disse: "semana que vem a gente volta". Saiu. Mario Sérgio ainda viu as curvas grandes moldando a saia justa.

Era quinta-feira, voltando ao Quarenta e sete pôs-se logo a rondar a casa dela sem conseguir avistá-la. Na hora do almoço viu que vinha o professor e afastou-se depressa na convicção de não ter sido visto. Deixou o tempo avançar para chegar ao refeitório pouco antes do fim do horário. Assim mesmo deu com um dos companheiros de quarto: ô cara, que que há, você sumiu de novo, e teve de disfarçar, dizer qualquer mentira, estava no IZ vendo cavalos, achou que o outro acreditou e desvencilhou-se rápido, foi pegar a comida e sentou-se longe. De tarde voltou à casa de Miriam e ficou rondando de novo até avistá-la de relance na janela e poder fazer um gesto de falar com urgência. Ela veio, olhando para os lados, e ele pediu com veemência que ela voltasse à casa da velha na manhã seguinte. Miriam nem ponderou sobre o risco da freqüência demasiada, compreendeu a importância que tinha o encontro para ele e disse que sim, depressa, retornou a casa olhando em volta.

O mundo é feito pela alma do homem, e pode mudar profundamente num fechar e abrir de olhos; é assim a mágica da revelação. Ainda não tinham o que se dizer naquela manhã seguinte, mas havia algo novo e forte, um sentimento dele que havia brotado nos últimos minutos do encontro anterior. E Mario Sérgio, antes de tudo, ainda na sala, antes de irem para o quarto, a velha saindo para os fundos, Mario Sérgio abraçou Miriam e beijou-a, uma vez, duas, com carinho, deixando fluir o amor. E o mundo mudou completamente, virando para ele sua face venturosa.

Miriam em poucos dias se fez uma mulher apaixonada. Nem pelo marido, no casamento, nove anos atrás, ela tão moça, sentira aquela emoção. Menos ainda no caso que tivera com Salvador, homem vivido e perspicaz, que captara no ar circundante a incompletude da vida dela ali naquela vila, casada com um homem de estudos, a insatisfação somática daquele corpo moreno e estuante, e a levara a uma experiência muito prazerosa mas puramente carnal, que dava nela ímpetos, muitos, de largar aquele debochado, bruto, e era uma força viciosa, sem nenhum sentimento, era um comando mesmo muito forte, um grito do sexo, que a fazia voltar e deitar-se com ele. Quando ele terminou o trabalho que fazia e deixou a Rural, Miriam sentiu um alívio com a idéia de que nunca mais iria vê-lo. Só meses mais tarde voltou a sentir o que antes estivera adormecido e depois captado e avivado pela perícia de Salvador, um impulso vigoroso dentro dela. Foi quando viu surgir na Cooperativa aquele rapaz bonito e delicado.

Começou pelo impulso do sexo, e a inocência de Mario Sérgio despertou uma disposição de acolhida e iniciação, que logo se mudou em amor por aquele corpo jovem e belo de pele clara, de mãos carinhosas, e logo depois em paixão de verdade, em necessidade vital de tê-lo sempre, todo dia, era um sofrimento de ansiedade ter de controlar-se, sensatamente, para vê-lo somente duas vezes por semana, sem gerar suspeitas e sem prejudicar em demasia as aulas dele. Foi dolorida a separação do fim do ano, insuportável a idéia de passar semanas a fio, de Natal, de Ano-Novo, de janeiro e fevereiro naquela ânsia incontida de estar com ele. Fez Mario Sérgio jurar que telefonaria para ela logo no início de janeiro para combinarem em uma ou duas palavras um encontro no lugar de sempre, ele vindo do Rio, marcou hora, ficaria junto ao telefone esperando todo dia àquela hora, para garantir que ela mesma atenderia. Inventou razões para convencer o marido de que seria bom irem a Santa Catarina, em visita à família dele, só em fevereiro, pensando em dois encontros no mês de janeiro para cortar ao meio a asfixia da falta daquele amor.

E Mario Sérgio não telefonou. Não porque não sentisse, ele também, a falta dela, daquelas manhãs de gozo e certa doçura, mas por fraqueza de iniciativa, por influência de alguma força inibidora que, sem explicação nem razão, tolhia seu gesto de pegar o telefone e ligar, marcar o encontro e ir ao Quarenta e nove passar a manhã seguinte na cama com Miriam. Não era que pensasse que não valia a pena, porque avaliava bem que valia, tinha um prazer grande naqueles encontros. Sem poder dizer para si mesmo que amava Miriam como tinha amado Ana Maria, tinha entretanto por ela uma afeição, sim, importante, além da mera força natural, um gosto de estar com ela que ia além do gozo do sexo, muito deleitoso, um gosto de recolher o carinho dela, muito de mulher, de não falar nada mas escutar as coisas que ela dizia numa voz extremamente feminina, ela toda muito feminina, a expressão do gozo sexual que ela tinha como nenhuma outra que depois viera a conhecer, nunca viria a esquecer aquele jeito muito de mulher que ela tinha, raro, aquele gemer de gozo que lhe tocava tão prazerosamente uma corda sensível da alma, enfim, ele mesmo não entendia porque pensava nela com desejo e não tinha a determinação de telefonar e ir-lhe ao encontro.

No Rio, fazia a vida de zona sul em férias, ia ao Arpoador e passava as manhãs sentado ao sol com Arthur, único dos colegas da Rural que morava no Rio, reencontrava na praia antigos conhecidos, só não via Ana Maria, ainda bem. Dava mergulhos modestos porque não era bom de mar, não ia além de poucas braçadas aprendidas na piscina do Tijuca. Sentia só que a água do mar era refrescante e muito mais leve e benfazeja do que a clorada de piscina, fazia uma ligação do mar com a saúde, a disposição. Mas era na areia que se comentavam os assuntos, a morte de James Dean e a onda de juventude transviada que havia chegado ao Rio, a gostosura inigualável de Marylin Monroe, o mistério dos discos voadores, relatórios da aeronáutica americana. Dormia depois do almoço e às vezes saía mais no fim da tarde com Arthur, para um cinema ou uma loja de discos, acompanhando o amigo que gostava de música clássica e era freguês de ouvir disco em cabine de duas lojas em Copacabana. Se não, ficava mesmo em casa vendo revistas que a mãe comprava, a *Manchete*, que chegara e suplantava o *Cruzeiro* na competência gráfica e na perfeição das fotos, interessante, e escutando Sinatra, Nat King Cole, Dolores Duran, memorizando melodias e letras, escrevendo-as, para cantar com a voz que todos apreciavam. No jantar, sempre emergia um comentário sobre o fato político do dia, o pai, um velho getulista, cada vez mais indignado com o golpe que o levara ao suicídio, admirador de Juscelino que pintava como candidato forte, capaz de trazer uma redenção, uma verdadeira derrubada dos golpistas vendidos ao capital estrangeiro.

O tempo de férias estudantis é um tempo leve e desarticulado, incerto nos movimentos e nos estímulos. Mas a juventude tem imensas reservas de ânimo capazes de enfrentar o tédio das rotinas, e Mario Sérgio resolveu ficar, dar desculpas para não aceitar o convite de Eduardo, um dos companheiros de quarto na Rural, para passar três semanas na fazenda do pai em Itaperuna, no norte do Estado. Ficou no Rio, sozinho por quase um mês, não quis acompanhar os pais numa temporada em Friburgo e muito menos ir com Timóteo para Miguel Pereira. Ficou por ficar, inércia principalmente, não por qualquer encantamento que a poesia ou a tranqüilidade da cidade lhe oferecesse, a ele que dela se havia afastado sem muita pena no correr dos últimos três anos, tampouco por qualquer outra razão especial, uma garota nova em quem estivesse interessado, ou qualquer intenção de rever Ana Maria, Deus livrasse.

Ficou mesmo na planura dos dias sem propósito, por inércia, na cordialidade das noites, indo a festas, dançando, voltando tarde nos ônibus vazios, parando perto de casa para tomar ainda um chope antes de dormir. Um evento somente agitou-lhe o espírito durante todo aquele tempo: uma noite de aniversário na casa de um antigo amigo da Tijuca cujo irmão tocava piano e gostava de organizar serestas com instrumentistas amadores como ele, onde cada um podia exibir livremente suas aptidões musicais. E Mario Sérgio cantou aquela noite, cantou acompanhado ao piano para um público minimamente organizado, pela primeira vez, um público que comparecia principalmente para escutar, cantou e foi aplaudido, instado a cantar mais, foi efetivamente apreciado. E mais, havia uma pianista, que também tocou, e que era professora de música, que falava com o tom convincente de um certo profissionalismo, que insistiu com ele para que estudasse canto, que procurasse professor, ela podia ajudar se ele quisesse, para desenvolver aquele dom, a voz e o talento musical que ele indubitavelmente tinha. Ficou na alma aquele incitamento. Pensou, nos dias que se seguiram, no quanto era insosso para ele aquele curso de veterinária e no quanto seria excitante um aprendizado de música e de canto, um aprendizado novo, de um mister cheio de charme, até de gozo, para o qual ele sabia que tinha vocação e talento, tinha certeza, e um talento que podia ser trabalhado a partir daquela idade em que ele se encontrava, a professora havia bem ressaltado este ponto, que canto não se estuda desde criança como piano ou violino, porque a voz só se forma depois da adolescência, estava na hora de ele começar. Inquieto, ficou pensando e pensando por dias, em vibração, que se foi amortecendo pouco a pouco pelo peso da inércia, aquela massa gasosa e densa que sempre o envolvia e paralisava nas iniciativas, e também pela força do dever que tinha, até para com ele mesmo, mas principalmente para com o pai, de terminar aquele curso que já não oferecia mais nenhum apelo nem sentido, mas que não podia ser abandonado sem uma enorme desmoralização de sua pessoa. E a distância da Rural era incompatível com aulas de canto no Rio. Talvez fosse mera desculpa para si mesmo, mas valia.

Quando acabasse o curso, ainda seria tempo de começar.

E passou aquele tempo sem fatos, o escoamento das férias sem nenhum ponto renovador da vida. Festas, sim, quase todo sábado, mas sem nenhum toque de novidade, ia e dançava, gostava e o fazia bem, era musical e por isso mesmo tinha o sentido da dança, que é o mesmo da música. Só, em casa, escutando discos no devaneio, vinham-lhe aspirações de altura na dança e leveza no corpo quase sem gravidade, e dançava em pensamento, em volutas leves e amplas, etéreas, como era bom aquele movimento livre de alma, tinha também a vocação para a dança, bailarino, não, que aquilo além de ridículo era viadagem, mas dançarino de show, como Fred Astaire. Devaneios.

Em março voltou à universidade, à cadência rotineira das atividades que só trazia um certo tempero novo dado pelas matérias agora mais práticas, do terceiro ano, mais diretamente ligadas à zootecnia, que talvez lhe suscitassem interesse quando iniciou o curso, mas que àquela altura já não produziam nenhum estímulo extraordinário. Saturnino e sua conversa política, com a cerveja na Cooperativa, também já não tinham o sabor de novidade. Mas tinha Miriam. Sim, nela estava a graça que restava, que se renovou no reinício dos encontros.

Não era uma graça leve, a de Miriam, era um anseio permanente, uma insaciabilidade pesada, de corpo, assim começou a parecer a Mario Sérgio, parecer talvez ligado à força de vida que sentia no corpo dela, que era maciço e arfante de amor. O caso era um escândalo na universidade e na cidadezinha de Seropédica, assim lhe parecia, ele sempre tenso com os olhares que sentia caírem-lhe sobre as costas, e freqüentemente também sobre a frente do rosto, até com risos e comentários jocosos que o faziam enrubescer e não responder. Pensava no marido, o professor, impossível que aquilo não lhe chegasse aos ouvidos, por mais desligado que fosse. Mario Sérgio se imaginava falado por todos os quatro ou cinco mil habitantes daquela comunidade, onde tudo necessariamente era visto e observado. E Miriam, com certeza comentada com sarcasmos e expressões de crítica muito mais duras, fingia ignorar ou não dar importância ao falatório, ou não dava mesmo, tal a veemência do seu amor, que exigia a desconsideração de tudo que pudesse pôr freios à sofreguidão com que comparecia aos encontros com Mario Sérgio. Não que tivesse perdido a noção dos valores morais de todos, nem que desprezasse o marido e o que ele pudesse fazer, com toda razão, se descobrisse. Não era cinismo que pautava o seu agir, era amor, incontrolável, compulsivo. Miriam era uma graça pesada; mas era uma graça na vida dele.

Graça e peso, o incômodo da intranqüilidade, dos exageros de arrebatamento dela, havia vizinhança e Mario Sérgio temia que os sons do prazer dela fossem escutados, e até espalhados pela vila, não tinha certeza mas cada vez mais cresciam caraminholas na cabeça sobre uma espécie de clube da escuta que se teria formado no vizinho do lado direito, ele percebia que meninos e adolescentes, quatro, cinco, chegavam àquela casa à hora em que se encontrava com Miriam, terças e sextas às nove e meia. Essa freqüência, ademais, obrigava à falta constante nas aulas daqueles dias e prejudicava seriamente seu desempenho em três matérias, tendo tirado nelas notas muito baixas. Assim, no segundo semestre exigiu a mudança de horário, que fossem à tarde os encontros, quando não tinha aula. Mais difícil para ela, o marido por vezes ficava em casa de tarde, muito mais difícil, mas ela entendia as razões dele, não queria prejudicá-lo, seria a última coisa, e chegaram a um consenso, toda segunda o professor dava aula prática de tarde, podia ser um dia certo para eles, o outro seria quarta ou quinta, ela inventaria desculpas, desde que não fosse sempre no mesmo dia, ou então, vez por outra, para diversificar, eles se veriam na sexta de manhã, ele perderia uma aula ou outra, não teria maior prejuízo.

E em agosto tudo recomeçou naquela nova sistemática, com o mesmo ardor da parte dela e um principiozinho de fastio do lado dele. No mês de julho, nas férias, ele havia sido obrigado, sob juramento grave, a ir duas vezes a Seropédica para estar com ela. Foi, cumpriu, mas aquilo deixou um ressaibo que na mente dele se ligou à imagem dela. E de agosto a novembro o enfaro apontou nítido e cresceu no ânimo dele. Perto do início de dezembro, ansiava por um desfazimento. Foi quando a notícia caiu do céu: o professor tinha acertado uma transferência para a Universidade de Santa Catarina! Tinha pleiteado e acertado tudo em segredo; era evidente que estava sabendo daqueles encontros e aquilo era um castigo para a mulher; a bem dizer, um raio que caía sobre a cabeça dela. Que não tinha como deixar de ir, para longe de tudo que tinha sido sua vida, na periferia do Rio, para uma terra estranha e fria, de gente fria como a família do marido que conhecia, e o pior de tudo, para longe de Mario Sérgio, que era então a sua flama de vida, seu amor como nunca tinha conhecido. Era uma vingança, claro, teve ódio do marido, haveria de odiá-lo pelo resto da vida, mas tinha de ir, não podia pensar em separação, não tinha motivos que apresentar, não encontraria nenhum apoio dos pais para ficar com eles, era capaz de perder os filhos, tinha de ir, e chorava e chorava, de raiva e tristeza, aquela tarde de segunda-feira, a primeira do mês de dezembro, quando contou tudo para Mario Sérgio. Pareceu a ele inteiramente fora de si, chorando e apertando-o com voracidade, gozando em espasmos sucessivos cheios de lágrimas e gemidos, sem pausa de saciedade que desse ensejo a uma finalização por parte dele. Teve que afastá-la com certa decisão, gesto difícil para ele, mas estavam demorando demais, tinha medo de alguma interferência externa, ela quase gritava, afastou-a e disse que estava ficando muito tarde, inventou que escutara a velha batendo na porta.

Saiu com horror a um novo encontro. Ela queria agora todos os dias, queria também se vingar do marido, evidente, gozar e vingar-se, que todos soubessem que ele era corno, queria amar seu amor aqueles dias finais com toda a força da sua alma, e do seu corpo fervente, queria, queria, implorou e ele disse que viria no dia seguinte e nos outros. Nem que ela fosse a própria Marilyn Monroe! Voltou rápido para o dormitório, arrumou as coisas bem depressa, as roupas e os livros que ia precisar, correu à secretaria, anotou bem o calendário das provas e nem quis almoçar, pegou o ônibus para Campo Grande e foi para casa. Horror. E medo. Sabia lá o que o professor podia fazer. Marido cornudo era capaz de tudo. E horror dela, daquela sufocação dos abraços e beijos desesperados, sentia a boca ainda dolorida, horror, e felicidade do céu que as aulas houvessem acabado naquela semana e só tivesse que fazer as provas, viria nas horas certas e voltaria no mesmo dia para casa. Graças! Era meio vergonhoso fugir assim mas, graças! No ano próximo ela estaria em Santa Catarina!

Causou surpresa em casa. Seu rosto era uma estampa de alívio e felicidade.

Terceiro Tempo

V

Todos os dias fazia aquele percurso rico de sensações e pensamentos. Entre as sensações havia a brisa e o cheiro do mar, mas predominavam claras as impressões da vista, embora nas suas expansões para dentro da alma já não produzissem mais os primeiros deslumbramentos, porque a vista se fizera rotina, todos os dias seguia a estrada cavada no dorso liso da montanha sobre o mar aberto muito embaixo, espumando em brancura nas pedras, às vezes, mais escuro, arreliado, sempre imponente e infinito — a avenida Niemeyer, portento de engenharia do princípio do século, chamado pelos automobilistas "Trampolim do Diabo", com certeza pela atração do mergulho em alta velocidade naquele abismo fascinante. Preferia aquele caminho antigo e mais longo pela beleza e pela largueza do ar, e só quando tinha pressa usava o novo túnel escuro e esfumaçado que furava a pedra gigante dos Dois Irmãos. Planava em seguida entre os vergéis do clube de golfe cercados por aqueles colossos arredondados e lisos do maciço da Gávea, subia então a estradinha toda nervosa do Joá, no fusca cor de vinho, querido e tratado, e lá de cima, ela sobranceira, via progredir a obra do viaduto e do segundo túnel que iriam inaugurar os caminhos novos do Rio, beleza em alargamento, a Barra deixaria definitivamente de ser um canto clandestino da cidade, povoando-se de construções novas, baixas, com ar de bairro arejado e decente, um bairro esticado na beira do mar ventoso e cheiroso, muito jovem, várias ruas ainda sem asfalto, imensidão urbana por construir e ocupar, gente comprando terrenos, especulando, capitalismo é isso mesmo, Ana Maria ia pensando, correndo sem pressa pela orla do oceano aberto, Sernambetiba, os topônimos brasileiros eram quase todos de origem indígena, bonitos de sonoridade, sozinha em pensamentos, não tinha medo, tanta gente se espantava e ela nem nada, ia de manhã e voltava bem antes de escurecer, o fusca era um carro que não deixava ninguém no meio da rua sem avisar previamente, e bastante, se furasse um pneu ou acontecesse qualquer outro problema não faltaria socorro, a estrada não era um ermo, tráfego pequeno, sim, mas confiável, não tinha medo, e amava aquele tipo de solidão em largueza, que abria e relaxava os pensamentos, propiciava, mas amava antes de tudo a cidade, as belezas do campo só sentia quem lá não habitava, ia vez por outra como ela, vez por mês no máximo, variar em Itaipava, ou em Araruama, porque na verdade as coisas aconteciam, e esclareciam-se, na Cidade, a construção do homem, para o ser do homem, de longe via a pedra do Recreio, não tinha idéia da razão daquele nome, Recreio dos Bandeirantes, mas era bonito também, nada de índio, ia olhando, às vezes não pensando nada, com toda a certeza a conversa do dia ia rolar toda em cima do homem na lua, as imagens inacreditáveis do feito inacreditável vistas na véspera pelo mundo inteiro, Armstrong naquele belo uniforme branco com a bandeirinha americana, enfim a forra completa, depois de tanta humilhação com os sputniks, com o espanto de Gagarin vendo a Terra azul, a Apolo XI passara à frente, vencedora, tudo para muita gente não acreditar, de tão fantástico, que tempos se viviam, quase terminando os anos sessenta, que haviam iniciado com a inauguração de Brasília, agora já orgulho brasileiro, e também com a eleição de Jânio e de Kennedy, com a definição comunista de Fidel, com a primeira aparição dos Beatles, com a *Dolce Vita* de Fellini, e sobretudo com o lançamento no mundo da pílula anticoncepcional, muito mais revolucionária que todos os acontecimentos daquela década inquieta, tudo aquilo já no início dos sessenta, e agora, no final, depois de tanta coisa espantosa no ano anterior, o sessenta e oito, toda aquela explosão de juventude e rebeldia no mundo, o Rio vivendo os enfrentamentos duros da estudantada com a polícia nos arredores da Candelária, e agora tinha-se o homem na Lua, coisa de Júlio Verne, nunca tinha lido nada de Júlio Verne, leitura de gerações passadas, mas nem precisava ler para conhecer, seguia, subia e descia a Grota Funda (beleza maior era a descida de volta, em sentido contrário, a imensa baixada a perder de vista, ainda iluminada ao fim do sol, Vargem Grande, um clarão, até Jacarepaguá), do outro lado pegava a estrada de Guaratiba, outro nome indígena.

Ana Maria trabalhava no sítio do Burle Marx, no herbário que aquele homem fascinante acrescia com um gosto contagiante a cada viagem que fazia pelo interior do país, sempre trazendo plantas e mais plantas, cujos ramos, folhas, flores, frutos ela catalogava colocando com cuidado entre as cartolinas para secar. Com trinta e nove anos, ela era feliz. Tinha desejado trabalhar no jardim zoológico, fazer ciência com a vida animal, chegara a freqüentá-lo como estagiária no último ano da faculdade por arranjo de Mario Sérgio através dos amigos da Zootecnia da Rural, tentara com insistência uma contratação logo depois de formada, providência adiada, adiada, ela sempre lá, vendo que novos entravam contratados e ela não, insistindo, pleiteando, até o dia em que discutiu pesado com o diretor, não saía o contrato dela porque não tinha padrinho político, entrava gente que não queria nada, e rompeu com a instituição, tirou da cabeça aquela idéia que lhe era tão cara e passou dois anos procurando outra coisa que lhe agradasse, até aceitar uma contratação para o Horto do Estado, onde passou mais de dez anos, ajudando também o marido, que tinha montado uma empresa de jardinagem e paisagismo junto com um colega.

Foi então que conheceu Burle Marx, que gostava de trabalhar com mulheres, achando-as mais responsáveis, e recebeu o convite para cuidar no herbário, cuja diretora, dedicadíssima, tinha falecido recentemente. Pediu uma licença no Horto e foi, atraída pelo carisma. Não era só cara de gênio, cabelos e bigodes bastos, olhos vivíssimos atrás dos óculos grossos, era também, ela tinha certeza, espírito de gênio, cabeça de gênio que animava aquele homem, que possuía um gosto extraordinário para todas as coisas, inclusive comidas e bebidas, um senso estético como ela nunca tinha conhecido, uma sensibilidade finíssima, como tinham também, todos diziam e ela aceitava, os dois arquitetos brasileiros que formavam com Burle Marx a trinca dos três grandes, Lúcio Costa e Oscar Niemeyer, que ela conhecia de visitas que faziam ao sítio de Guaratiba. Só que aqueles dois outros eram gênios sensitivos calados, introspectivos, inibidos mesmo na comunicação, enquanto o seu líder era um palrador extrovertido, que cantava, bebia, vivia abundantemente e parecia saber de tudo desse mundo, muito especialmente, claro, do mundo das plantas. Havia mais ou menos dois anos que trabalhava e se encantava com ele, e agora se preocupava com a proximidade do fim da licença no Horto. Mas procurava afastar do pensamento essa preocupação, estava feliz, na hora precisa daria um jeito, ou faria sua opção se necessário, claro que não ia deixar aquele trabalho que lhe preenchia o ser de várias maneiras, sentia-se fazendo ciência como sempre desejara, junto a uma figura irradiante de inteligência e conhecimento, num ambiente de gente culta e cordial, civilizada. Era longe o trabalho, já não podia ajudar Bernardo na firma, mas a firma ia bem e o marido compreendia e aceitava, até estimulava. E Ana Maria era feliz.

Bernardo era arquiteto, era alto, claro de pele, era esbelto e atraente, longilíneo de mãos, de braços e pernas, tinha a voz grave e o olhar reto, descendia de italiano do norte, a mãe brasileira, e os pais eram amigos de dona Ângela, daí o conhecimento com Ana Maria, em casa de velha mestra, a atração direta de parte a parte, o namoro rápido, um noivado também breve e logo o casamento. O primeiro filho também veio logo, a natureza, quando é atendida em suas preferências, responde com grande produtividade, e o problema deles passou a ser o cuidado para evitar a vinda imediata do segundo, mais fácil nos últimos anos, com a bendita pílula. Tinham evitado, sem deixar entretanto de desejá-lo, sempre talvez no ano seguinte, e assim Bernardo Júnior era filho único com nove anos, já na escola quando ela começou a trabalhar em Guaratiba.

Ana Maria, quase quarentona, feliz, era uma bela mulher. Estivera gorda, durante e depois da gravidez, Bernardo não desgostava de todo, passava com prazer suas mãos grandes pelas curvas cheias do corpo dela, mas seu amor-próprio feminino fez com que ela tomasse a si a decisão de emagrecer, voltando ao seu porte flexível em talhe juvenil com um regime de quatro meses. Faziam um bom casal, com rusgas e brigas na faixa da normalidade, às vezes mais profundas pela teimosia que era do gênio dela, mas sem pensamentos de separação que durassem mais de meio dia. Viviam num momento de certa excitação que se propagava entre casais da idade deles, alguns amigos que espicaçavam com sugestões de casamento aberto, de liberdade sexual, até de experiências incitantes de trocas de casais em uma noite ou em um fim de semana, um modismo restrito da época. Continham seus impulsos pelo hábito moral, mas Ana Maria se indignava na desconfiança ou quase certeza de que Bernardo tinha relações com prostitutas. Este era o problema mais grave do casamento deles, mas Bernardo negava com firmeza e a vida seguia leve e trivial, com mais alegrias que tensões. Aos trinta e nove anos, Ana Maria era uma mulher bela e realizada.

Naquele mesmo dia, quando a conversa do almoço em Guaratiba tinha girado, sim, evidentemente, sobre a descida dos americanos na Lua, mas temperada com a revolta compartida entre todos, tirada do pensamento de que a humanidade era capaz de ir à Lua mas não resolvia a questão da miséria, da fome, da violência em várias partes do mundo, todos se lembrando das cenas horripilantes e recentes da Guerra de Biafra; naquele mesmo dia, na volta de Guaratiba, pouco depois das quatro da tarde, sentiu a dor, começou a sentir a dor que foi crescendo enquanto ela rodava pela orla em direção à Barra, e que era já muito forte quando chegou em casa. Sabia, porque já conhecia, tinha tido outras vezes, era a vesícula, mas aquela parecia ser uma crise diferente, muito mais forte do que as outras. O almoço do dia tinha sido uma feijoada, aproveitando o tempo fresco, não devia ter abusado, até uma cachacinha tinha tomado, mas não podia ser a causa de uma coisa tão violenta. Telefonou para Bernardo, pediu que ele voltasse logo, em pouco a dor era insuportável, mesmo tomando o remédio de sempre, que tinha em casa.

Falaram para a casa do doutor Américo, ele passou uma dose dupla por telefone e marcou um exame no consultório no dia seguinte antes do primeiro cliente, ele chegaria meia hora antes das duas. Feito o exame, a dor continuava muito forte, a recomendação foi peremptória: tinha de operar, tirar a vesícula, a inflamação era grande e havia risco de rompimento, mas não se preocupassem, a operação em si era banal, o risco estava no quadro clínico atual, a operação tinha urgência, era preciso procurar logo um cirurgião, aquele dia mesmo, se possível. Não tinham nenhuma preferência, nenhum conhecido especial? Ele faria uma indicação, um dos operadores mais competentes e respeitados do Rio: doutor Josef Wassermann, operava na Casa de Saúde Santa Lúcia.

O nome, a magia do nome, o significado e as evocações que ele traz, lembrava-se daquele certo momento em que ele mesmo, o próprio Josef, falava sobre o nome, tantos anos atrás, o nome das coisas, e com nitidez passou aquela lembrança fugaz, ele falando sobre Crátilo, um filósofo da Grécia Clássica, que teorizara sobre a importância do nome das coisas, e depois dizendo também das razões pelas quais o nome de Deus, para os judeus, é impronunciável, Eu Sou, tão-somente, Javé, daí o segundo mandamento, não dirás em vão o nome do teu Deus, tão bem se lembrava, até da camisa azul que ele usava e o suéter branco de tricô, e os cabelos bem pretos, brilhantes, meio em desalinho, a voz de Josef, a voz que dizia aos sentidos dela tanta coisa, a voz grave e imperturbada, a emoção palpitou forte dentro dela, o olhar perdeu-se no limite entre o espaço e o tempo, até voltar a consciência e Ana Maria retomar-se, preocupada com a percepção dos outros, sim, claro, iriam procurá-lo aquele dia mesmo, Bernardo nada sabia sobre Josef.

Hesitou entre ir e não ir, entre falar e não falar, Bernardo estranhou a profundidade pensativa em que ela caiu quando saíram do consultório com a decisão de procurar o doutor Josef, o próprio doutor Américo tinha feito o contato por telefone com a concordância dele. Marcação para o dia seguinte, já com a radiografia tirada pela manhã. Rejeitar a indicação era difícil, se não surgisse uma razão forte a alegar. Qual? Tinha de ir, e a emoção certamente iria traí-la, algum comentário seria feito, a própria expressão de palavras e de gestos no momento do reencontro com certeza revelaria uma história antiga e densa de significado, Bernardo veria logo, era preciso dizer, contar algo, e logo, antes que a demora fosse motivo de desconfiança maior. Sim, mas contar o quê? Quanto revelar? Bem, tinham sido colegas durante um ano, no curso preparatório para o vestibular, ele ia fazer Medicina e ela Biologia, colegas até bastante chegados.

— Foi seu namorado?

Sim, aquela pergunta, de chofre, mostrava bem que ela se havia traído logo de saída, na mera menção do relacionamento, no tom, certamente. Não, namorado, não, mas amigos muito chegados mesmo, ele era um tipo esquisito que falava muito de filosofia, de religião e não parecia muito interessado em garotas, era interessante por isso mesmo, ela tinha um outro namorado à época, mentiu, falando de Mario Sérgio.

E nunca mais o tinha visto nem a ele se referido, o que não acontecia em relação a Mario Sérgio, mencionado por ela muitas vezes ao falar do passado, Bernardo comentou sem malícia nem estranheza maior, mas comentou, e o comentário passou sem que Ana Maria acrescentasse qualquer explicação.

Josef entrou em passos grandes pela porta do lado, eles já sentados no consultório diante da sua mesa, austera e larga, de cor escura, duas gravuras de Chagall na parede, grandes, belas, iluminando a sala. Pareceu a Ana Maria mais alto e esbelto do que em jovem, o rosto marcado por vincos que não conhecia, a pele da mesma cor clara porém ligeiramente sombreada pela barba mais cerrada, feita pela manhã e já querendo aparecer à tarde, os olhos de uma profundidade maior, tocante, a primeira impressão, emocionante, os mesmos olhos, que ela tão bem conhecia, agora ainda mais profundos, cumprimentou-os na polidez formal e só então seu rosto abriu-se na expressão de surpresa e reconhecimento, oh, de alegria, sim, espontânea e clara, que alento no coração ela sentiu, o prazer dele em revê-la, que aquecimento no peito, emoção nos olhos dela, sim, reencontravam-se, após tantos anos que não tinham apagado muito do que haviam sido os tempos de convivência e sentimento, sim, ele também vivia muito mais que uma consulta naquele reencontro, era visível, entrava pela pele e por todos os sentidos, ele também queria dizer muito e ouvir muito, dizer a ela, ouvir dela, como tinham sido aqueles anos de ausência, refreado entretanto aquele impulso pela presença de Bernardo, mas presente e forte para quem quisesse ver, acabou resumindo algumas frases, e ela também, fazendo o contraponto no anseio sopitado, até baixarem as vibrações depois de alguns minutos e poderem entrar no assunto da consulta, Bernardo silente. Então emergiu a maturidade por inteiro, a segurança do profissional consciente, o doutor Josef Wassermann, cirurgião reconhecido, ali diante dela, circunspecto, perturbadoramente belo, professor de cirurgia abdominal da Universidade do Estado da Guanabara, perguntando, investigando, ela respondendo, anelante, mal disfarçando.

O exame. Depois de ver com demora as radiografias, pediu que ela passasse à outra sala para o exame. A enfermeira orientou, ela tirou os sapatos, deitou-se, afrouxou e abaixou a saia e levantou a blusa, a dor tinha sido esquecida na emoção do reencontro, Josef entrou na sala e pediu que antes ela se sentasse, auscultou-lhe os pulmões por cima da blusa mesmo, depois o coração, tirou pressão, viu-lhe os olhos, a língua e a garganta, as mãos, as dele tomando as dela com carinho, sempre no silêncio e na seriedade profissional, Bernardo na outra sala, ela de início com receio de se expor em palpitações incontroláveis, infantis, aos poucos se tranqüilizando, depois mandou que se deitasse, examinou-lhe as pernas e os pés, felizmente ela se havia preparado na limpeza e no cuidado, e só então tocou-lhe o abdômen, com delicadeza, os dedos longos passeando pela pele fina do ventre e apalpando levemente, sem mágoa nenhuma, até chegar ao lugar do fígado e, aí sim, a dor aguda repontou mesmo ao toque leve, sem dúvida, bastava, era realmente um caso de urgência. Voltaram à primeira sala onde Bernardo esperava. Era uma quarta-feira e ele achava bom que a operação fosse feita logo na sexta, só queria alguns poucos exames rápidos, hemograma e tempo de coagulação. Ele operava na Santa Lúcia mas, se preferissem, poderia ser no Pedro Ernesto, o hospital universitário, onde ele também operava, também muito bom e muito mais barato, mas Bernardo logo cortou, preferia a Santa Lúcia, conhecia, tinha confiança. E tudo se agendou.

E tudo se cumpriu conforme o programado e o esperado; a operação foi feita com êxito completo, realmente a vesícula estava muito inflamada e havia risco de rompimento, e a recuperação dela foi normal, sem imprevisto. Ficou três dias no hospital, recebendo as visitas dele, demoradas, atenciosas, carinhosas mesmo, mas sem extravasar em nenhum momento os limites do profissional. Voltou para tirar os pontos, questão dele de fazê-lo pessoalmente, assim como depois os curativos, talvez um tanto prolongados de propósito, ela queria intuir, até a alta, duas semanas depois.

O médico toca necessariamente a intimidade da mulher, por ofício, e o faz muitas vezes com carinho que vai além do profissional, resvalando para o humanitário e chegando freqüentemente ao emocional. As mãos do médico são seu instrumento essencial de trabalho. O homem constituiu seu ser pela destreza das mãos: quando empunhou uma clava pela vez primeira, fazendo-a sua arma, seu utensílio primordial, quando aprendeu a usar o polegar para despedaçar o alimento com os dedos da mão e libertou a caixa craniana do jugo cerrado daqueles possantes músculos maxilares indispensáveis ao estraçalhamento; quando suas mãos se fizeram humanas, ele foi homo, nasceu seu novo ser, e as religiões todas recomendam especial cuidado com as mãos, com a limpeza das mãos, com o uso das mãos. E com as mãos o médico toca a alma, além do corpo da mulher. Auxilia-o a voz, no diapasão terapêutico, suavemente autoritário, mas pode fazê-lo em silêncio, unicamente com as mãos, com maior ou menor profundidade conforme o grau de afetividade existente. É uma relação muito especial. No caso deles, não seria difícil antever que atingisse a escala de maior intensidade, em emanações e vibrações passadas de pele a pele, quando ele percorria com os dedos delicados o ventre dela, os braços e as mãos, as pernas e os pés, em movimentos lentos de perscrutação e de carícia, quando olhava indagador o fundo dos olhos dela a cada pergunta que fazia. O amor da mocidade, que existia nela, reacendeu-se em paixão forte de mulher madura e realizada. Não teria sido nada difícil prever: ela mesma, ao hesitar em procurá-lo segundo a recomendação do doutor Américo, tendo-o feito por não dispor de alternativa, estava quase certa do resultado daquele novo contato. Irresistível. Nem ela quis muito resistir, pois que sabia da fatalidade, sabia bem o que tinha lá dentro dela, encapsulado, conhecia aquele amor vivo.

No dia da última visita ao consultório, sabendo já que não teria por que voltar a vê-lo depois, antes de entrar para estar com ele a sós, na verdade muito antes, muitas horas antes, em casa ainda, na cama, sem poder dormir na noite que precedia aquele momento, já tinha tomado a decisão de falar com Josef sobre o amor que lhe tinha, antigo, que vinha, ele sabia, desde aqueles anos de juventude, e que agora havia retornado com uma força duplicada, ou decuplicada pela maturidade, pela urgência do tempo que escoava, completamente irreprimível, como um uivo que saía de dentro do mais fundo do ser dela, diria mesmo da sua disposição de tudo abandonar, toda sua vida anterior, marido, família, casa e até o filho, talvez, não, isso também não, o filho de nove anos, o pedaço de longe mais importante da sua vida, não seria preciso abandoná-lo, claro, mas era uma forma de expressão daquela força, até o filho talvez deixasse pelo amor dele, Josef, que era um magnetismo maior do que tudo que até então tinha sentido, uma força que suscitava uma vontade de chorar de dor pela frustração, logo ela, tão centrada na sua vontade, na sua racionalidade, quem poderia julgá-la se não tivesse uma vez sido tomado por uma força daquelas de paixão.

Mas durante a manhã, pensando aquilo e só aquilo, escolhendo as palavras e medindo o tom, foi achando que não seria talvez o melhor momento aquele, da consulta derradeira, quando havia ainda uma certa dimensão profissional que talvez ele não quisesse violar, pelo estofo ético que tinha. Moralmente, de fato, não era o melhor momento, e as questões morais para ele eram decisivas, ela bem sabia. Então, estava bem verificado, ao fim e ao cabo, que realmente aquela era a última vez, ela se despediria normalmente, com afeto, claro, com carinho até, mas sem dizer nada do amor, diria até qualquer momento, assim, precisamos nos ver de vez em quando, como relação de gente muito amiga que não se quer perder de vista. E depois, sim, passados alguns dias, telefonaria para ele e pediria um encontro fora do consultório, diria só que era um assunto muito importante para ela, certa de que ele não se negaria. E então diria tudo.

Foi assim, como tinha decidido.

Josef não se negou, ela sabia, mas perguntou o inesperado: "É assunto pessoal, nada a ver com a cirurgia?" Estava bem, com prazer, mas então seria fora do consultório, iria, sim, quando ela quisesse, preferia que fosse num horário assim de sete horas, sete e meia melhor, depois do último cliente; não pensou, no momento, que ela podia ter dificuldades, sendo casada, com filho, em hora de chegar para a família, e de fato ela tinha, mas resolveu passar por cima de tudo e não vacilou, estava disposta a abrir toda a verdade para Bernardo, tomada que estava, inteiramente, por aquela força de amor que exigia, mas inventaria ainda àquela vez, só aquela vez, uma desculpa, uma razão falsa, uma exposição que teria que fazer sobre o herbário, uma palestra para uma delegação de botânicos americanos, qualquer coisa assim, lá em Guaratiba, para desencorajar a ida dele, Bernardo, e depois contaria tudo, porque se Josef a quisesse ela lhe entregaria sua vida, completamente.

Encontraram-se no Alpino, na quadra da praia do Jardim de Alah, o mínimo risco, ou nenhum, de Bernardo passar por ali e vê-los. Era uma noite agradável de primavera que começava. Ela chegou, ele já estava, levantou-se e beijou-lhe a face em gesto amigo, sentiu-lhe as mãos frias de tensão. Fosse por isso, com o fito de relaxar-lhe os nervos, fosse porque a gravidade do assunto exigia o comentário, Josef, depois de encomendar um chope claro para ela — ele tomava uma cerveja preta —, foi logo ao tema do dia, antes que Ana Maria abordasse o dela. Tinha sabido, pela enfermeira, e Ana Maria também fora informada em Guaratiba, do seqüestro do embaixador americano aquele dia. Notícia tão chocante, inacreditável, reveladora de uma ousadia, uma determinação que não se podia normalmente imaginar de brasileiros, tinha de ser referida com espanto e desdobrada em interpretações, em ligações com a repressão violenta do ano anterior, com o ferrolho implantado a partir Ato Institucional número cinco, e com o quadro político em geral do país, agora marcado por uma atitude francamente revolucionária, ainda que de um pequeno grupo de oposição, atitude de guerrilha mesmo, indo às últimas conseqüências. Conversa torturante para Ana Maria, que só queria falar do seu amor e via o tempo dissipar-se. Escutava, procurando não alimentar o assunto para que ele findasse mais rapidamente, escutava, na ânsia do ponto final, frases que normalmente lhe suscitariam o maior interesse, que diziam respeito ao pensamento político de Josef, sua filosofia política, profunda como tudo que elaborava em sua mente. Josef tinha um compromisso próprio inabalável com a democracia e as liberdades fundamentais, não obstante reconhecer nesse sistema deficiências na consecução dos ideais de igualdade substancial, econômica, social. Reconhecia a validade da crítica marxista ao capitalismo, tinha uma admiração enorme pela força do pensamento de Marx, pela inteligência aguda e pela portentosa erudição daquele pensador judeu, mas não aceitava, nunca poderia vir a aceitar a proposta de uma ditadura de classe, no caso a dos trabalhadores, para a implantação do socialismo. Não chegou a desenvolver esta linha, para evitar a delonga, começou a sentir a pressão da ansiedade de Ana Maria, flagrante, movente, ficou na declaração de apreensão relativa aos atos guerrilheiros que, fatalmente, desembocariam em ditadura funda e forte, de um lado ou de outro, necessariamente.

— Mas você pediu este encontro, tem um assunto urgente, desculpe se me alonguei. — E voltou-se de olhos e atenção para ela.

Era a hora dela e, pois, na hora, Ana Maria sentiu a sufocação da dificuldade. Olhava para as próprias mãos postas sobre a mesa, mãos que ela tratava com cremes para conservar a maciez mas que ali estavam apertadas, uma sobre a outra, tensas, sem servir em nada para tirá-la do cerco inibidor em que se encontrava, tantas vezes ensaiara as palavras que agora não fluíam. Segundos imensos se passaram até que ela dissesse "Você sabe qual é o meu assunto, Josef, desde muito você sabe, desde os anos do vestibular. O que você talvez ainda não saiba é que, depois desse nosso reencontro, meu amor atingiu um ponto tal que eu não posso mais viver sem você..." Disse, teve coragem. Disse de uma vez porque não podia deixar de dizer, foi uma vitória, com enorme esforço conseguiu reprimir um soluço de emoção. Mas não encarou Josef, continuou olhando para as mãos claras e macias, bonitas, nem grandes nem pequenas, unhas pintadas com esmalte incolor, tratadas, uma esfregando lentamente o dorso da outra, depois, sim, olhou para Josef. Viu-o sério nos seus olhos fundos e escuros.

Era mesmo um homem atraente, consciente do interesse que provocava nas mulheres, sensível, de sua parte, aos encantos das mulheres e às vibrações líricas do amor, muito sensível até, a ponto de constituir essa inclinação uma das maiores preocupações da sua vida. Preocupações que o conduziam, através de meditações sempre renovadas, elaboradas, a um ideal de perfeição que exigia uma solidez de sentimentos incompatível com o afeto típico do amor romântico, da paixão incendiária que logo virava cinza, e cinza fria, e que era tão cultivada na civilização dos últimos séculos, séculos do romantismo, cultura que parecia estar chegando ao fim, tinha de estar chegando ao fim, depois do clímax do amor irresponsável, da vida irresponsável, simbolizada pelos hippies, marcada pelo festival de Woodstock, cujas descrições tinha lido com tanto interesse e minúcia semanas atrás, convencido de que era a marca de um fim de tempo, de amor leve e irresponsável, leviano, de música irresponsável, de arte irresponsável, de pensamento e de vida irresponsáveis. Tinha, sim, a intenção de se casar e de ter filhos, constituir família, e queria que sua mulher fosse bela, como Ana Maria, por exemplo, que lhe desse o prazer da beleza na convivência de todo dia, isso fazia parte do seu ideal de perfeição. E pensava que o tempo de dedicação integral ao saber e à sua profissão também chegava ao fim, estava mesmo na hora de pensar na escolha de uma mulher. Mas não podia ser Ana Maria, claramente não podia, e não só porque ela era casada e ele não aceitava a idéia de destruir um casamento, uma família constituída, mas também, e de maneira decisiva, porque não era judia. Essa exigência não era uma imposição religiosa, embora fosse ele religioso à sua maneira, não-ortodoxo, mas era um legado do pai, do pai e da mãe, dos seus antepassados todos, que ele não podia deixar de respeitar.

Quando ela o olhou de frente, ele, entretanto, não soube o que dizer.

Fugiram-lhe todos os pensamentos, que eram de sua vida inteira, vida muito dedicada a eles, vida organizada e pautada por uma satisfação sexual sistemática e permanente, pelo menos dia sim, dia não, fosse por contato com prostitutas, era freguês conhecido e querido de várias delas, fosse por masturbação ante fotos ou imagens mentais que guardava, fazia questão de ver-se permanentemente livre de tensões sexuais que, estava convencido, eram a espoleta e o combustível da paixão romântica. Fogo desestruturante. Todos esses pensamentos passaram como relâmpago pela cabeça dele naqueles poucos segundos, fugiram e o paralisaram. Sabia, sim, do amor de Ana Maria, sabia desde antigamente, ela tinha razão, estava mesmo ciente de que o encontro que ela havia pedido tinha relação com aquele sentimento que era uma paixão, sabia e tinha vindo porque não podia se negar, estava pois prevenido, mas não esperava uma confissão tão direta, que o deixava embaraçado, despreparado, não sabia o que dizer.

Se falasse, tartamelava.

E não disse nada, com o olhar perdido sobre a mesa deixou correr um longo minuto de silêncio, que esfriou Ana Maria, que decepcionou Ana Maria de uma maneira que ela também não esperava, que a agrediu e acabou por agastá-la, que fê-la pensar em covardia, algo assim vil que não condizia com ele, que atingiu em cheio a imagem idealizada que fazia dele.

Ele percebeu e se incomodou ainda mais, pelo desaire, e porque nem de longe sua vontade era de cortar o arroubo dela pela decepção súbita. Refez-se então com rapidez:

— Ana Maria, você é uma das mulheres mais belas e sedutoras que eu já conheci, e ainda por cima agradável, muito, inteligente, interessante, educada, eu posso mesmo dizer a mais, dentre todas, em vez de uma das mais, posso dizer sem medo de errar, nunca conheci outra, de verdade, não é consolo que estou aqui tentando improvisar, é verdade o que estou dizendo – e pôs sua mão direita sobre a esquerda dela abandonada sobre a mesa. Distendeu o estado de espírito que se havia armado dentro dela. E continuou falando em tom amigo, mais, carinhoso mesmo, da relação deles cheia de afetos, desde a juventude, que se havia conservado apesar dos anos sem se verem, relembrando imagens passadas que evocavam sentimentos brandos e ternos, ganhando tempo, também, ele, enquanto falava, tempo e inspiração para imaginar o que poderia dizer sem deixar mágoa funda no coração dela.

E no silêncio cabisbaixo dela aos poucos foi encontrando a senda das razões do impedimento, a relatar o sentimento de alegria quase religiosa que tivera no reencontro com ela, vendo-a casada e ainda tão bonita, tão fresca de vida, casada com um marido que lhe dera tão boa impressão, pela preocupação que demonstrava em relação a ela, sinal mais evidente de amor, pela seriedade que saía da face dele, um quadro tão exemplar de casal feliz que eles faziam, com um filho que naturalmente devia ser bem formado naquela convivência familiar, e foi avançando na senda, falando do fundo religioso que havia dentro dele, ela devia se lembrar que eles conversavam sobre isso quando eram colegas, um lastro religioso que valorizava profundamente a instituição da família, que constituía a defesa mais forte, ou única, agora que a religião se desarticulava ante as conquistas incríveis da ciência, defesa única dos valores morais e humanísticos imprescindíveis à própria sobrevivência da humanidade. Preocupava-o muito a crescente dissolução da família no mundo inteiro, via aquele processo como uma calamidade verdadeira, e seguiu pela via dessas razões até declarar que nunca ele poderia contribuir para a destruição de uma família, ainda mais uma família saudável como sabia que era a dela com Bernardo.

Eram palavras de grandeza e de pureza que não tinham como ser contraditadas. A Ana Maria só restava o silêncio como reação, não de acabrunhamento ou de embaraço mas silêncio de acatamento, com os olhos afinal levantados e postos nele, aqueles que eram os mesmos de outrora quando o escutava discorrer sobre os mais variados assuntos com uma luz sempre nova para ela, um brilho que vinha de dentro dele, aquele ser superior que ele era, e belo, e másculo sem ser bruto, olhos de moça apaixonada, os mesmos olhos de mulher madura que amava.

E não se falou mais na paixão que ela havia confessado tão direta e francamente. Era preciso todavia continuar falando com ela, com a atenção que ela merecia, com a estima que ele realmente lhe tinha, era preciso não magoá-la mas mostrar-lhe razões e alternativas, com carinho, com a bondade grave de um sacerdote pleno de doçura; Josef sabia assumir este papel, porque o sentia em verdade dentro dele. E o desempenhava com gosto no caso, mantendo a aura da afetividade mas desviando-a do vício do romantismo apaixonado. Cultivar a afetividade cristalina, chegou a dizer, era o que ele tentava fazer havia anos com as pessoas que amava. Que pessoas essas que ele amava, a sombra esvoaçou pela cabeça dela. Mas continuou escutando, e como escutava com interesse profundo, Josef foi aos poucos ingressando em outras sendas, esticando aquele encontro que não podia acabar abruptamente, por esgotamento de assunto, como uma negativa, apenas, da paixão que ela propunha, um seco e contundente malogro para ela, como se não houvesse mais nada entre eles que valesse a pena entreter. Por envio do bom destino apareceu então um pequeno grupo musical bem brasileiro, pandeiro, violão e cavaquinho, cantando e tocando, passando o chapéu, tradição do Rio. Bem-vindo.

Duas horas, quase três, duraram aqueles chopes que tomaram entremeados de queijo provolone cortado. Enquanto Ana Maria pensava no que diria em casa quando chegasse, resolvendo-se a confessar tudo para Bernardo. Enquanto Josef discorria sobre suas crenças maiores, crenças de sua vida, que no fundo eram sua própria vida. Falando dos planos inacessíveis ao nosso entendimento, que entretanto existiam como realidade, e o ser humano intuía esta existência desde que se constituiu como homo, ser da razão e da palavra. Todas as religiões, no fundo, queriam expressar isto, com a linguagem acessível ao ser da época, expressar a dimensão metafísica de Deus, absoluta e completamente inalcançável para a nossa mente, assim como a dimensão metalógica do mundo, do cosmo, que também nos é ininteligível, embora não tanto inacessível como a de Deus, se se pudesse avaliar um grau de acessibilidade dos conceitos, inacessível mas não tanto, diria assim, porque a ciência ia se aproximando dela, dessa metalógica do cosmo, através da pura matemática, de conceitos não físicos mas abstratos, puramente matemáticos, porém ainda muito longe, tão longe que a esperança de atingir um dia sua compreensão praticamente se anulava, na verdade continuaria se aproximando sempre mas nunca a atingindo. E assim também a dimensão metaética do homem, esta menos impossível de compreensão, constituindo deveres do homem que se põem além da ética, entendida a ética como o conjunto de regras da moral, dos julgamentos do bem e do mal na convivência, deveres da convivência que têm de ter caráter universalista, como queria Kant. A metaética iria além, estabelecendo deveres do próprio ser, antes mesmo da moral, independentes da convivência, deveres inerentes à própria essência da existência do homem, como o dever da vida, o dever da evolução e do aperfeiçoamento, o dever da perpetuação da espécie para possibilitar este aperfeiçoamento, o dever, que aí se coloca, de constituir família como condição para esta perpetuação e este processo de aperfeiçoamento.

Ana Maria. A escuta. Os olhos. O princípio do verbo.

Josef falou então do seu propósito, da sua determinação de se casar e ter filhos. Ana Maria recebendo as palavras com sentidos e vísceras, presa pelo fascínio, aquele homem que ultrapassava em qualidades, de longe, todos os que até então tinha visto e conhecido, todos os que haviam até então existido no mundo dela. Inacreditável era que ele existisse, com aquele olhar luzente em órbitas fundas, com aquele formato escultural do rosto fino e musculoso, claro e sombreado pela barba escanhoada, com aquela boca determinada que escandia tão bem as palavras certas e lúcidas, com aquelas mãos longas e esbeltas como o seu corpo todo, as mãos que haviam tateado sua pele com toque dissolvente e enternecedor, com aquela inteligência fulgurante, incrível que pudesse existir. Escutava fascinada e imóvel, até ouvi-lo dizer que ia se casar, "em breve, Ana Maria, em breve", e então não pôde evitar o estremecimento, certamente percebido por ele, isso que não queria, algo que incontrolavelmente perturbou a atenção tão presa na locução dele, sentiu vergonha do estremecimento, fez força para retomar a concentração no mesmo grau de escuta mas já não conseguiu, aquela revelação desarranjou seu espírito, exigiu ressonância e reflexão imediata, indagação, em breve? com quem? As pessoas que amava, tinha dito antes, uma daquelas, especial, era aquilo mesmo, tinha escutado bem? Aquilo desmanchou em definitivo o fio do entendimento que vinha dedicando tão prazerosamente ao discurso de Josef.

— Eu gostaria muito de conhecer essa moça de quem você está noivo, com quem vai casar; deve ser uma pessoa maravilhosa. — Esforçou-se por dar uma expressão de candura ao que disse. Ao que teve de dizer.

Cortado assim, Josef parou de súbito; agora ele se desentendia e se perturbava, não tinha dito que estava noivo, ela havia compreendido mal, não estava noivo, nem sequer conhecia a moça com quem um dia ia se casar, foi dizendo tudo isso aos arrancos, ar inseguro, suspeita repentina de que talvez estivesse fazendo um papel idiota, era apenas um projeto, uma intenção, ainda que firme, mas nada havia de iniciado, objetivamente, repetindo, era só um pensamento.

Sim, ela sabia, ela tinha compreendido bem, estava só imaginando como devia ser a mulher dele, a mulher digna dele. "Sim, claro que você compreendeu" — Josef retomou-se —, "não pode ser uma mulher casada que desfaça sua família, e, depois, você também sabe disso, tem que ser judia como eu, é um compromisso que tenho, não me pergunte a razão porque eu mesmo não sei."

Ficou menor um pouco, de repente, ela não podia explicar por quê, mas baixando ao nível do real Josef diminuíra um pouco, ela viu, voltara quase à dimensão de um ser comum que tinha também suas fraquezas e precisava de justificações. Viu e decidiu que então ia dedicar-se a ele, mesmo ele casando depois com outra, não importava, ia separar-se de Bernardo porque havia-se esgotado aquela relação, e dedicar-se a Josef, ajudá-lo em tudo que pudesse, servi-lo, mesmo que tivesse de ficar à distância, claro, teria de ficar à distância, e ficaria. Tomou-lhe as mãos:

— Josef, não se preocupe comigo, você vai fazer sua vida, grande como sempre foi, brilhante, vai ter sua família e eu vou te acompanhar de longe, vou porque preciso, sem pedir nada, sem esperar nada, não se preocupe, de vez em quando a gente se encontra e conversa, eu compreendi tudo, acho que entrei na sua alma e vou ser uma amiga de fé, foi bom este encontro de hoje, eu precisava, precisava entender e agora entendo.

Assim. Não era preciso dizer mais, ou não havia modos de mais dizer, ambos fizeram cada um seu entendimento. Josef ainda sem alcançar plenamente o que ela tinha querido significar com aquela declaração de dedicação. Despediram-se com afeto e sem mais grandes tensões. Ana Maria foi andando em busca do carro; ultrapassou-o e chegou a pé à praia, olhando a massa enorme do Dois Irmãos iluminada pelo luar, mostrando seu contorno contra o céu, aquela pedra lisa tão bela e típica do Rio quanto o Corcovado e o Pão de Açúcar, bela e grandiosa, bela e suave nas suas linhas simples, bela como o mar que trazia aquela brisa fresca e carinhosa nas pequenas ondas que esparramava na areia. Foi andando um pouco em direção ao Leblon e voltou, ô Rio de Janeiro, que coisa boa é a gente tomar com clareza uma decisão que estava encruada e indefinida. Foi andando sobre os saltos altos de suas sandálias que realçavam o torneio perfeito das suas pernas de mulher, seus pés bem-tratados e atraentes, detalhes de importância no traço tão feminino que ela tinha. Trazia a satisfação da alma refletida na face. Não tinha acontecido nada do que havia projetado no seu devaneio, não tinha sido beijada, não tinha sido levada para um motel, não tinha sido acariciada, não tinha feito amor com Josef, mas a face estava ali mostrando a satisfação daquela noite serena que iluminava os desenhos ricos do Rio. Ana Maria, andando, tinha uma razão maior de viver, uma dedicação de amor, como as religiosas de antigamente que se davam a Jesus.

Era uma decisão.

VI

Mario Sérgio não sabia que ela era virgem.

Não que tivesse pensado explicitamente que não fosse e houvesse sido surpreendido com a verdade. A figura delgada de Maria Antônia até sugeria um certo toque de meninice que compreendia a virgindade. Mas o fato era que não tinha pensado sobre aquele detalhe; estranho, talvez porque não fosse importante para ele, certamente, embora continuasse sendo para muitos homens, apesar da reviravolta do mundo nos últimos anos. Yolanda era virgem quando se casaram, mas na verdade não teria sido motivo para não querê-la se ela não o fosse, se fosse viúva ou separada, ou mesmo se tivesse tido um relacionamento com outro sem casar, coisa impossível naquele tempo. Sim, pensava assim, acreditava que a importância da virgindade era dogma do passado, embora recente, e que ia acabar logo, mas o fato era que ainda se pensava sobre essa qualidade das moças, no final do terceiro quarto do século, e ele não havia sequer cogitado sobre a virgindade de Maria Antônia. A única virgem que tinha conhecido tinha sido sua mulher; outras, não tão poucas, contando as putas, eram todas mulheres experimentadas. Diferença relevante? Não certamente na questão da virgindade, nenhum prazer especial, físico ou psicológico, até talvez ao contrário, lembrava-se do embaraço físico na primeira noite com Yolanda, o esforço de consumar sem machucá-la, embora fosse ela uma jovem de corpo hígido, nada tão delicado como o de Maria Antônia. Psicológico? Certeza de ela não ter conhecido outro com o qual pudesse fazer comparações? Incrível como havia gente que pensava besteiras desse tipo. A diferença que tinha havido no caso de Yolanda estava na ansiedade do amor, aí sim, claro, na paixão de corpo, tão urgente, no anseio de ter Yolanda, de possuí-la como sua mulher, trazia ainda bem nítida essa lembrança, quase um ano de namoro arrebatado, essa a grande diferença em relação aos outros relacionamentos, sempre meio fugazes, embora veementes por vezes, mas sem atingir as tensões da paixão, daquele bruto desejo reprimido, exceto no caso de Heloísa, oh, sim, que também tinha sacudido seu ser por inteiro.

Sim, com Heloísa tinha vivido uma emoção toda especial, talvez até maior que com Yolanda, nos primeiros encontros que tiveram, ele quase sem respiração, ela também, Heloísa, sim, o belo espaço de vida que teve com ela naqueles momentos de ternura, de tesão frenético de amor entre gestos e afagos, tantos beijos degustados, tirando peças de roupa dela, vez por outra inda sonhava aquele tato, a sensação de penetrar o interior do corpo dela, aquoso e fértil, fitando seu rosto, entregue e belo, compreendendo pelos sentidos todos do corpo que sua vida atingia ali um auge, alcançava um ponto decisivo de destino. Ali estava a grande diferença em relação aos demais casos, mesmo os que haviam sido algo duradouros, como o caso com Miriam, o seu primeiro, inesquecível, ainda pensava nela com um suspiro de afeto, coisa como gratidão.

Virgindade não era de fato questão importante, mas era estranho que durante aqueles meses em que havia desejado

Maria Antônia, praticamente desde o primeiro dia em que ela começara a trabalhar na casa, tempo em que a havia observado e depois cortejado, com muito cuidado, que nunca Yolanda pudesse perceber que a tinha namoriscado às escondidas, meio à brinca, meio à vera, para aos poucos, sentindo o interesse dela, passar a uma aproximação mais ousada, um carinho na mão, um beijo na mão, no braço, no rosto, arriscando e colhendo a ventura excitante de um sinal de aceitação por parte dela, com uma advertência só, fugidia e meio falsa, "cuidado com dona Yolanda", não um rechaço de quem não queria, até o dia em que conseguiu beijá-la na boca e sentiu o frêmito, o arquejo fundo de amor que saiu de dentro dela, depois o encontro no automóvel quando ele foi buscá-la na saída do curso que ela fazia, aí já um encontro de amor mesmo, com beijos completos e toda espécie de carícia, ela deixando excitada; então não havia mais nenhuma dúvida, outros encontros até aquele dia final, pouco tempo depois, em que fingira uma forte indisposição gastrointestinal para ficar sozinho com ela em casa e poder tê-la inteira para ele de corpo despido, até aquele dia, até ver no lençol da cama dela a pequena mancha de sangue, sem ter notado sequer qualquer dificuldade especial no ato da penetração, sem ter percebido qualquer reflexo de dor por parte dela, até aquele exato momento, era realmente estranho que não tivesse pensado, não tivesse se perguntado sobre a virgindade da moça. Aquilo de repente pareceu-lhe um espanto: como? Será que pensava, no imo, que sendo ela uma moça pobre tinha de ter uma vida sexual pregressa, tinha de ter dado já para algum cara da favela, quem sabe até à força, ou ter cedido a algum patrão anterior, seria? Era realmente estranho, mas ao ver o sanguinho derramado sentiu subir do peito à face uma onda inundante de ternura, e beijou com um carinho mais profundo o rostinho dela sorridente, como aliviado. O rostinho que era bem formado em traços delicados, de cor morena e dentes alvos, narizinho afilado e olhos brilhantes. Olhou bem o corpo dela por inteiro e ela o deixou condescendente, dadivosa, o corpo delgado mas cheiinho, quase alongado e todo gracioso, sentiu gana de beijar aquela maciez inteira, dos pés à cabeça, demoradamente como foi fazendo, a pele feminina, sedosa e receptiva, até o tempo de ficar beijando a face, os olhos, o nariz, a boca repetidamente, ela sem dizer nada, sorrindo prazerosa.

Era amor, agora, um sentimento mais denso, nada raso.

Mais um sucesso, sim, entre outros que havia tido; era sua vida, afinal, sua real carreira neste mundo, uma certa vergonha na constatação, aquela compulsão para as mulheres, aquele impulso dominante entre suas preocupações, mais importante e mais forte que os esforços que fazia para a afirmação profissional, ou não fazia, pra valer, mais forte que a dedicação à família, que tinha, especialmente aos filhos, os dois mais velhos já meninos, precisando tanto da ligação, da referência paterna, ele se esforçando, pretendendo de verdade ser bom pai e bom marido, no sentido normal do termo, nada de santidade, tão-somente repetir o exemplo que trazia na memória de casa, e no entanto dominado de fato por uma lei imperativa, como a própria gravitação universal, dominado pela irresistível atração do feminino.

Era aquele então mais um sucesso sexual, constatação um pouco cínica mas realista que fez depois que a deixou. E ao fazer saltou quase automática a pergunta pelo cotejo com as frustrações, o balanço entre sucessos e fracassos, que podia ou não ser favorável, a avaliação era impossível, e idiota, sem sentido, cínica demais. E entretanto. Nos grandes embates, tinha perdido Ana Maria, esta a grande cicatriz que ficara.

Outras frustrações eram inconsistentes, vaporosas, ou neuróticas, na verdade, imagens que passavam pela mente como sugestões do que poderia ter sido sua vida amorosa se fosse mesmo uma coisa dominante, muito mais rica, encontros leves depois de uma apresentação em casa de alguém, muito prazer, e logo a sugestão de uma carícia virtual, palavras ditas pela luz dos olhos que depois se desdobravam mentalmente em cenas de erotismo, momentos de amor perdidos por educação, pela inibição no dar um telefonema ou numa insistência que era quase pedida e não realizada, enfim, belas e muitas cenas, de carne e de poesia, muitas vezes a partir só de uma troca de olhares no cinema, com uma desconhecida atraente e atraída, num restaurante, até na rua, encontros fortuitos que poderiam ter gerado amor, que pena, nunca mais; era assim a vida, a vocação existia mas não era determinante, concluía assim. Por vezes ficava a imagem feminina retida na memória e na excitação, como a pálida loura argentina que se movimentava toda, de mãos e de olhos para ser vista por ele numa recepção de casamento, bonita e melindrosa, extremamente, como a mostrar o quanto queria mas o quanto seria exigente em detalhes e provas de amor, espécie de tara, atraente por isso. Ele se masturbava à noite com tais fantasias, a mulher ali ao lado na cama dormindo.

 Aquele, entretanto, era um momento real e Mario Sérgio sentiu um carinho maior, deitado em estado de amor ao lado dela, na cama dela, no quartinho dela, um momento breve, porque eram quase quatro horas e logo Aninha iria acordar, e Maria Antônia dela deveria se ocupar. E naquele breve estado recordou o encontro primeiro com a nova babá que Yolanda tinha contratado para cuidar da filha de três anos, coisa de seis meses antes, a surpresa do reconhecimento, o estalo, era a antiga empregadinha da casa de Ana Maria, só que mulher, não mais menina, mulher formada, moça e bonita, esplendorosa até pela vivacidade, porte pequeno mas elegante, sorrindo para ele, o coração de homem desde logo disparando, aquele coração tão conhecido, sensível à beleza feminina, ali, beleza encarnada diante dele em desenvoltura de gestos e olhares, em calças jeans, blusa branca com bordadinhos e sandálias de salto, cabelos crespos esticados e presos atrás numa espécie de coque deixando bem à mostra o pescoço dúctil e a nuca maviosa, ficou tocado naquele mesmo instante.

 Assim foi. Mas uma paixão leve, sem nenhum traço dramático, como deviam ser as que tinha ao correr daqueles anos de sua mocidade adulta, de homem casado e pai de três filhos, os dois primeiros que se seguiram ao casamento e aquela pequerrucha que chegara sem querer, mas cheia de graça, anos depois. Leve e entretanto amor, sim, marcadamente erótico mas amor sem dúvida, era crítico de si mesmo o bastante para avaliar realisticamente o grau de leviandade de seus namoros, e via que ali havia amor, de fato, por Maria Antônia, a empregadinha, a babá da filha, não era só desejo bruto, aliás não vicejava nele este desejo bruto sem nenhum amor, mesmo com as putas que freqüentava era incapaz de sexo só pelo sexo, para descarregar a tensão do sêmen, sexo sem carinho, sem carícia, sem beijo, por exemplo, beijo de amor, as putas o chamavam de beijoqueiro, reconhecendo nele o homem carinhoso, diferente.

 Assim foi. Sabia que ia conseguir, captou logo nos olhos dela a vontade original e indisfarçável, que só precisava ser trabalhada com cuidado e persistência, não se enganava. E agora tinha ali o deleite, vivia-o, até maior do que o esperado, deleite do corpo dela, tão formoso, deleite inda maior do sentimento dela, aquela entrega que era dádiva, e finalmente aquele sanguinho que mostrava a primazia, ele o primeiro a ter, a possuir aquela jovem bela e tão amorosa. Momento muito raro aquele ali ao lado dela. Levantou a cabeça, olhou-a nos olhos e disse "obrigado". Ela disse o que sentia com um sorriso sem palavra e um afago de devoção sobre o rosto dele.

Era assim, tinha sido sempre assim, começava com empolgação, um arrebatamento mesmo, como tinha sido com Yolanda, para depois de um tempo, dez ou doze meses, desdobrar-se em rotina com o encanto em declínio, como fosse lei natural. Com Yolanda, curioso, algum interesse se mantinha ainda pelo olhar daquele corpo magnífico, excitante pela brancura incomum, fazer amor com Yolanda não chegava a constituir obrigação, cumpria seu dever conjugal com prazer e freqüência razoável, não precisava simular interesse por aquela mulher que, quase incrédulo, sabia que ainda amava de verdade. O poeta é um fingidor, finge tão completamente que chega a fingir que é amor o amor que deveras sente, Mario Sérgio gracejava com a paródia cuja origem os amigos não sabiam, usava-a com freqüência e se tinha com alma de poeta pelo lirismo com que via as mulheres.

Mas o fato era que o desencanto se dava, implacavelmente, até no caso extremo de Heloísa, o caso mais belo e mais profundo, o caso mais ardente de Heloísa, irmã da mulher de Timóteo, casada, ou melhor recém-casada e sem filhos, quando começou o namoro, isto é, o namoro na verdade havia começado antes do casamento dela, Heloísa ainda noiva, freqüentando as festas na casa de doutor Inácio, Natal, réveillon, aniversário de dona Lena em março, como cunhada de Timóteo muito ligada à irmã, indo por último com o noivo, e deixando Mario Sérgio em estado de veemência erótica irradiante pelos olhos, potente irradiação que alcançava regiões muito íntimas da sensibilidade da moça, impossível desaperceber, aquela paixão tão clamorosa que a levava a atender telefonemas dele e até aceder em mais de um encontro que ele propunha com insistência. No segundo desses encontros, dentro do carro, parado no alto do Joá, depois de repetir sentenças de amor inflamado, Mario Sérgio ousou e conseguiu que ela cedesse ao seu erotismo, deixando-se beijar várias vezes, demoradamente, acariciada com uma voracidade masculina que ela não pôde mais esquecer. Era uma paixão que o tomava por inteiro, um arrastão de alma irresistível, ele queria, não podia passar sem o preenchimento daquela ansiedade. Foram dias difíceis em casa, Yolanda percebendo toda a perturbação dele, procurando descobrir a causa, e ele disfarçando como podia, pretextando problemas no gabinete do governador, planos e confabulações para retornar à Secretaria e ficar mais livre para uma candidatura no fim do ano seguinte, em sessenta e seis, desenvolvendo acrobacias de despistamento, como tinha praticado também em casa dos pais para que ninguém percebesse seu desvario pela cunhada do irmão.

Mas Heloísa não chegou ao desfazimento de sua vida programada. Recusou frontalmente novos encontros, contra a pressão instante dele, do sofrimento dele, que chegava a uma espécie de choro convulso de amor recusado. Incomodada com o que lhe parecia mais loucura que qualquer outra coisa, afastou-se dele e casou-se no tempo previsto. Só que a impressão forte daquele amor de homem ávido não mais a deixou. Recebia o jovem marido e vez por outra pensava em Mario Sérgio. E, menos de um ano depois, voltando a encontrá-lo na casa do doutor Inácio, não teve que dizer palavra àquele irmão mais velho do seu cunhado, bastou olhá-lo e deixar fluir a irradiação do desejo que sentiu de se entregar àquele amor que continuava avassalador.

O destino quando quer faz as coincidências mais espantosas. Heloísa era arquiteta e trabalhava num escritório no centro da cidade, na avenida Rio Branco com Almirante Barroso, onde Gilberto, amigo de Mario Sérgio e vereador de Niterói, tinha uma lanchonete no térreo e uma sala com banheiro no terceiro andar, que ele fazia de garçonière e esporadicamente emprestava a Mario Sérgio. Foi fácil fazer o acerto para o uso não ser mais esporádico porém regular, duas tardes por semana, quando passava horas de plenitude com Heloísa depois das cinco. Muitas semanas, vários meses, plenitude em sensibilidade, sobre aquela pele imaculada que ela tinha, aquele invólucro maravilhoso das formas perfeitas do corpo dela, em gozo de felicidade, mais de um ano, ano e meio, já depois se transmudando aos poucos em sensação que não era mais de plenitude, mas começava a ter algo de rotina que amainava o contentamento, a delícia degustada tantas vezes. E o desgaste começado se acentuou nos meses seguintes, e ele passou a faltar algumas vezes, e a não ter mais os arroubos espontâneos e demonstrações que tinha antes, e a dar a sentir a Heloísa essa transformação, como preparatória de um fim que seria inevitável, cada um deles casado, com seus compromissos próprios; tinha nascido Aninha, nova graça da sua vida. Foi. Até a tarde em que, ao primeiro toque feito já com dessabor, Heloísa despejou de surpresa uma torrente de palavras, sentimentos, mágoas, decisões e fatos: sabia que ele não a amava mais, que preparava o fim daqueles encontros que começavam a ser desinteressantes para ele, sabia de tudo, mas ela ainda o amava muito, ficasse sabendo, ainda estava apaixonada, mesmo ferida pela indiferença dele, e queria guardar uma lembrança bem forte daquela felicidade que tinha vivido com ele, por isso nas últimas semanas não havia mais usado o diafragma e agora anunciava que estava grávida e que o filho era dele. Mas que ele não se preocupasse, ela guardaria esse segredo só deles dois; teria o filho e depois se separaria do marido porque simplesmente não suportava mais ter qualquer relação de sexo com ele.

Disse. Mario Sérgio estuporado. Depois refeito, em minutos, e logo indignado, declarando-se traído. Aquela mulher linda que tinha sido dele, agora ali cheia de raiva. Ele também. Terminou.

Depois ficou pensando, remoendo no imo o incômodo daquela inconstância, ou inconsistência, não podia continuar naquela vida sem foco, fazendo do amor e das mulheres uma razão única, um empenho absoluto de vida, aquilo era mais que simples leviandade, era uma deturpação, oh, crítica dura sobre si, machucava, tinha de se ocupar de outras coisas mais sérias, de sua vida profissional, por exemplo, até então completamente medíocre. Fora-se o tempo do projeto do pai de ter uma fazenda de gado no vale do Paraíba, andaram vendo umas e outras, ele recém-formado, opinando tecnicamente, avaliando, todas tão decadentes, doutor Inácio chegou à conclusão de que alguma coisa havia, naquele ramo, que impedia o sucesso empresarial, não podia ser só uma questão de competência e dedicação dos fazendeiros, o preço do leite, muito baixo, talvez fosse isso, impossível remunerar um investimento de melhoria, de modernização; gado de corte nem pensar depois que o frigorífico de Mendes foi fechado, enfim, veriam, e ficaram vendo, e pensando, e a idéia se foi extinguindo por si mesma. Por iniciativa do pai, que tinha ligações fortes com Amaral Peixoto, ex-interventor e principal líder político do

Estado do Rio, conseguiu ser nomeado para a Secretaria de Agricultura do Estado, e lá continuou mesmo depois da derrota do PSD para o jovem governador do PTB, Roberto Silveira. Foi ficando, conhecendo aos poucos as figuras influentes de Niterói, independentemente dos partidos, passando sua imagem de simpatia, sua personalidade leve e alegre, adaptável, e acabou sendo requisitado para o gabinete do governador Badger, irmão daquele que se tornara ídolo do povo fluminense depois da morte trágica.

Veio a Revolução de 64, deposto Badger Mario Sérgio conseguiu permanecer, discreto e atencioso, no gabinete dos governadores seguintes. Anônimo e prestativo. E então começou a pensar em candidatar-se a deputado, tinha relações, todos diziam que ele levava jeito para a política, o senador Vasconcelos Torres o estimulava particularmente, prometia apoio, dizia que ele sairia eleito de Niterói. Inscreveu-se então na Arena, o partido do governo, e matriculou-se num curso de relações públicas muito em voga no Rio. Sentiu que era a sua vocação. Cursou os dois anos, motivado, achando que havia encontrado o seu caminho. Tentou candidatar-se então mas não teve seu nome aprovado na convenção do partido, havia grande excesso de pretendentes, sentiu-se enganado e tomado por uma amargura de dupla origem, a frustração da oportunidade que se perdera e a revelação de que havia sido iludido. Viveu então uma depressão de ânimo, curta, porque não tinha a vocação dos deprimidos.

Diluiu-se a depressão mas o ânimo não se recobrou. Ficou aquele tempo vazio, longo. Voltou então a pensar em tomar aulas de canto, tentar a música, sua verdadeira aptidão, a voz que era um destaque reconhecido, mesmo um pouco enrouquecida pelo cigarro, talvez em Niterói, mais fácil, a experiência daquele curso no Rio depois do expediente havia sido desgastante, tinha ouvido falar de uma escola de música muito boa perto do Campo de São Bento onde havia professores de canto, pelo menos para iniciar, e enquanto indagava, como quem não queria nada, certa vergonha, para adiantar o aprendizado comprou um violão e um método, começou a dedilhar em casa, era importante uma noção de música e um instrumento que servisse ao acompanhamento, começou a estudar pelo livro, Yolanda sem dizer que sim nem que não, desconfiada. Começaria autodidata, depois tomaria aulas, uma vez consolidada a autocertificação do seu talento. E resolveu entrar mais no ramo, observar mais os cantores e seus timbres, escutar, assistir a shows, procurando interessar Yolanda, comprou discos de Roberto Carlos, Jair Rodrigues, Cauby Peixoto, beleza de voz, Chico e Caetano faziam justo sucesso pelas músicas que compunham mas eram péssimos cantores.

Durou uns bons meses sua nova dedicação. Quando surgiram os primeiros sinais de estiolamento e o violão foi ficando chato, apareceu Maria Antônia, matinal, uma estrela nova em gravitação ali dentro de casa, logo pautando o comportamento dele, aqueles acordes insossos de violão principiante eram vergonhosos, percebeu.

Moça bonita Maria Antônia, no conjunto e nos detalhes, moça morena e bonita. Até nas mãos e nos pés, que eram bem desenhados e bem proporcionados, com graça nos movimentos e com trato apurado, mesmo tendo a pele espessa nas palmas, denunciando o trabalho manual e o andar descalço, mas unhas sempre bem cortadas e pintadas com esmalte sem cor. E trazia algo ainda muito mais tocante que a beleza dos traços e das formas, mais que a simpatia, era uma aura de inocência benfazeja que impressionava logo ao primeiro encontro. Saía dos olhos, naturalmente, mas saía da expressão de todo o rosto e todo o corpo, impossível deixar de sentir aquele influxo, expressão de pessoa abençoada. Era ela. Por quê? Era religiosa, sim, mantinha vivos os laços com a igreja que a mãe lhe inculcara, sentia-se bem mantendo-os, acreditando, indo à missa aos domingos, comungando freqüentemente, rezando toda noite antes de dormir, ganhando uma força especial nessas práticas, ganhando com elas algo que lhe penetrava e fortalecia o ser como um estofo denso capaz de aparar choques e pressões. Mas tanta gente tinha essa religiosidade, ou até maior, e entretanto não transmitia aquela irradiação do bem. Que tinha, afinal, Maria Antônia?

Graça, essa coisa metafísica. As pessoas chegavam perto e logo reconheciam, mesmo os brutos, movidos pelo sexo, incitados pelo chamamento daquele corpo, que não era feito de curvas voluptuosas, características da morenidade que ela tinha, mas era formado em beleza esbelta e elegante, pois até os brutos arrefeciam os impulsos vis na radiação daquela aura. E assim era virgem, em decorrência provável da sua própria natureza. Havia um rapaz que se aproximara ao tempo em que ela ainda trabalhava na casa de dona Carla, um rapaz que era enfermeiro e que vinha quase todo dia, em horários variados, cuidar de seu Amir nos meses em que ele esteve mais doente. Um rapaz que continuou procurando-a depois que seu Amir morreu e ela deixou a casa de dona Carla, deixou porque na verdade não tinha muita simpatia pela patroa, e Ana Maria, já casada, não morava mais lá; adorava, sim, o velho que tinha morrido, sempre tão bom para ela, que a tinha amparado tanto na ocasião da doença da mãe, operada de um rim depois de sofrer muito. Havia, sim, aquele rapaz bom que telefonava para ela, que ia à missa só para se encontrar com ela e acompanhá-la até em casa, que não era mais aquela da sua infância, na rua Guimarães Natal, que havia sido comprada para uma construção, como todas as casas da Chacrinha, que agora era a casa do seu emprego no momento, que não foi sempre o mesmo, variou um pouco desde que começou a trabalhar de babá, ganhando um pouco mais, quando saiu da dona Carla; um rapaz que não era muito bonito, que tinha uma pele feia, marcada por muitas espinhas que tivera na adolescência, um rapaz tímido e bom, de olhos grandes e pestanas longas que quase pareciam postiças, que não tinha coragem de declarar-se, de confessar que a amava e queria se casar com ela, e ela preferia que fosse assim, porque não queria casar-se com ele, nem o namorar, não sentia nada por ele em matéria de amor, sentia, sim, muita simpatia, amizade e principalmente muita pena dele, e não queria dizer um não redondo na cara dele, um rapaz bondoso, correto, que tinha um bom emprego, que era enfermeiro, que era insistente e contido, muito educado, que a queria mas não pedia, que uma vez lhe deu a mão para descer do ônibus e manteve-a na sua andando até a casa, uns quatro quarteirões, evidentemente enlevado, mas sem dizer nada; um rapaz, Jorge, que a procurava fazia dois anos, e que nunca a tinha beijado, nem sequer tentado, nem pedido. Uma vez, sim, tinha sido beijada, meio à força, meio não, por um outro rapaz que morava na Chacrinha perto delas, tinha sido beijada e bem apalpada, coisa de alguns minutos, mas isso havia acontecido muito tempo antes, ela ainda menina na verdade, ou mocinha recente, coisa assim, tinha sido uma vez e ela dali para a frente sempre fugia quando via aquele outro rapaz que era ousado e atraente. Ficou aquela impressão forte, não sabia direito se mais pra boa ou mais pra ruim, única, isso sim, excitante, mas nunca mais, era já moça feita, bela, desenvolvida, e nunca tinha tido um namorado de verdade. Não que evitasse, que tivesse horror à idéia, até, ao contrário, confessava para si que gostaria de ter, havia conhecido alguns, pelo menos uns dois, que lhe tinham inspirado um certo sentimento de vontade de namorar, uma inclinação, coisa assim de desejo, mas nenhum deles havia tomado qualquer iniciativa de procura. Quem sabe fosse aquela aura de pureza que ela tinha, e que ela mesma ignorava, e continuava tendo, cada vez mais nítida e presente, quanto mais bela e madura ia ficando.

Foi quando reencontrou Mario Sérgio. Quanta coincidência.

Havia deixado o emprego anterior porque a patroa não queria concordar em que ela se ausentasse todo dia, de segunda a sexta, a partir das sete e meia da noite, para ir à aula. Estava começando um curso técnico de enfermagem em Botafogo e fazia questão de levá-lo adiante, tinha tomado esta decisão, sugerida por Jorge tempos antes e então inarredável. Ficava o dia inteiro no emprego, sem qualquer folga, aceitava trabalhar também aos sábados, e até aos domingos, excetuando a manhã, que era da missa, não se incomodava de ficar algumas horas com a criança, porque na verdade não tinha muito o que fazer, não tinha mais a sua casa nem muitas amigas, a mãe tinha ido morar na Mangueira, e lá, olha só que coisa, a mãe depois de velha tinha arranjado amizade com um velho e ele estava instalado na casa dela; assim que Maria Antônia não gostava muito de ir lá nos fins de semana, não que não gostasse do velho, não tinha nada contra ele, parecia até um homem bom, mas é que tinha uma espécie de vergonha da mãe, não sabia bem explicar, achava aquilo uma coisa tão absurda que evitava visitas, ia só de raro em raro. O irmão e os sobrinhos em Volta Redonda, e quase não tinha mais notícias deles. Procurava então ocupação para não se sentir muito sozinha. Era cordata e cooperativa, pela sua natureza, mas fazia questão de estudar, queria melhorar, saber mais, para valer mais, mesmo que não ganhasse mais de imediato, queria ser mais.

Augusta, a velha cozinheira da casa de dona Carla, continuava sendo uma referência para ela, uma pessoa bondosa e amiga. Vez por outra, assim de dois em dois meses, procurava-a para conversar um pouco, recordar tempos e saber das coisas, manter a amizade, e sempre que largava um emprego avisava-a para que ela, sabendo de outro, e ela sempre acabava sabendo, porque era uma pessoa muito relacionada e referida, encaminhasse Maria Antônia com uma recomendação. Assim foi que apareceu na casa de dona Yolanda, para tomar conta da Aninha, recomendada pela Augusta.

Foi, combinou tudo direitinho, gostou da nova patroa, figura clara e simpática, que aceitou a saída dela toda noite para as aulas, não haveria problema porque aquela hora ela mesma estaria em casa diariamente, enfim, acertou tudo, a menininha era um amor, estava tudo bem, e, a coincidência, viu quando ele chegou, o marido de dona Yolanda era aquele rapaz que sempre queria namorar Ana Maria nos primeiros tempos da casa de dona Carla, tão simpático, que a tinha ajudado tanto quando a mãe se machucou e foi atendida no Miguel Couto. Reconheceu logo, agora doutor Mario Sérgio, homem já chegando ao grisalho mas ainda tão bonito, alto, elegante, bem-vestido de terno e gravata, os olhos brilhantes em cima dela, dando boas-vindas, ora, coincidência, destino, Deus que mandava.

Da parte dela, foi muito amor, de entrega e abandono. Claro que isso não se passou do dia para a noite. Houve pensamento, ajuizamento, ela que não tinha tido namorado, de repente se apaixonar por um homem casado, de esposa boa, bondosa, tanto rapaz solteiro por aí, a vida tinha esquisitices de não se compreender, foi cedendo, mas não de uma vez, foi caindo, caindo naquele redemoinho, nunca tinha sentido nada igual, o pensamento volteando lá por cima, nas nuvens, o devaneio longo e prazeroso, com ele sempre presente, a fantasia que vinha naturalmente e se desenvolvia por horas durante a noite na cama sem que o sono chegasse, ele carinhoso e apaixonado sem dizer palavra, falando por beijos e afagos, ela também sem palavras, deixando só que ele a tomasse toda em prazer, aquele sonho muito real, muito prazer e nenhum dizer que não fosse uma que outra expressão de ternura que ele suspirava a respeito dela, da lindeza dela, da pureza dela, e ela sem responder, dificuldade que tinha de falar com ele, mundos diferentes que tinham, o dele tão mais alto, atividades, assuntos, e ela sempre pensando na diferença social, não sabia como chamá-lo, doutor ou não, você ou senhor, não dizia, deixava, e aquela passividade completa e feminina era o que mais o excitava.

E a realidade aos poucos foi cobrindo inteiramente o sonho, ele era assim mesmo na verdade e ela também, sonho e realidade se realimentavam permanentemente, e ela findou cedendo, só que as dificuldades do real eram imensas, ela não podia sair de tarde; de noite, no horário das aulas dela, era ele que não podia, só muito raramente, quando inventava uma desculpa intrincada, às vezes pouco convincente, uma reunião política em Niterói, inventava que estava pensando em se candidatar outra vez, depois de ter jurado para si e para Yolanda que nunca mais, mas o governador parecia encorajar o projeto com promessa de apoio, Yolanda suspeitosa e definitivamente resistente àquela idéia maluca, ele imaginava uma desculpa atrás da outra e então pegava Maria Antônia na saída do curso e iam fazer um amor complicado, inconfortável, no automóvel, no fim da praia do Leblon, não tinha como levá-la a um dos apartamentos de aluguel rápido em Copacabana, lugar onde só iam putas, era constrangedor para Maria Antônia; podiam ir à Barra da Tijuca, havia hotéis próprios, novos, mas acabava ficando muito demorado e a desconfiança de Yolanda era arriscada. Prazerosos, sim, completos, porém muito raros, eram os encontros de domingo, que loucura, quando inventava também desculpa de política e levava Maria Antônia depois da missa para a sala do Gilberto no centro da cidade, o edifício era misto e abria aos domingos, quase ninguém no Centro, ruas vazias, podia estacionar o carro com facilidade, ele só tinha de combinar antes com o amigo e pegar a chave, não tinha mais o acerto permanente do tempo de Heloísa. Então, sim, podiam passar horas maravilhosas, e passavam realmente, ele e ela, de prazer inteiro, de amor calmo e transportado, em silêncio, só gozo, ela naquela passividade que o excitava cada vez mais, recebendo de olhos fechados, abrindo-os, lindos, para ser mais receptiva, em dádiva feminina, rosto perfeito, boca sempre em estado de beijo, aquela pele jovem de mulher no corpo inteiro.

Sim, era a coisa mais importante da vida dele, criticava-se a si mesmo mas findava por entregar os pontos àquela compulsão. Bem, a família também, os filhos, não viveria sem eles, e mesmo Yolanda, se ela adoecia ou tinha algum problema que a atormentava ele sofria junto, sinal evidente de amor, mas o arrebatamento de uma paixão nova ultrapassava tudo, era um comando que o corpo e a mente não podiam deixar de obedecer.

Era de fato a coisa mais forte da vida. Mario Sérgio continuava a recriminar-se pela falta de objetivos mais sérios, mas curvava-se àquela realidade argumentando que não era um viciado, um caráter fraco, não era um preguiçoso, um corrupto, nem bêbado nem jogador, era um homem normal e até bom de atitudes, era um bom sujeito, na verdadeira acepção, e tinha seu valor, era inteligente, aprendia as coisas, era até um cara respeitado, mas o amor era o mais importante de tudo, e era o amor, não o sexo, a diferença era enorme, sexo podia ser controlado, adiado, até posto em segundo plano para priorizar isto ou aquilo, o amor, não; sexo ele fazia bem com Yolanda, sentia o mesmo prazer físico, o orgasmo era o mesmo, não era nem menos, nem mais, era o mesmo, o que era diferente era o carinho, a ternura, o que vinha antes do orgasmo e ficava tempos depois.

E, entretanto, acabava. Mistério. Por que acabava? Pelo desinteresse, aos poucos, sim, mas por quê? Era. A natureza. Inútil revoltar-se, Deus tinha feito os homens assim. Tesão e depois a indiferença. Coisa de homem. E o arrebatamento se extinguiu também com Maria Antônia.

Depois de tantos meses de amor e de cuidados, fazia com que ela se alimentasse bem, informava-a sobre cuidados de saúde, fazendo coro com o que ela ia aprendendo no curso de enfermagem, falava quase todo dia com ela por telefone, em horas que Yolanda não estava em casa, marcou e pagou médico para ela, tinha de ter um ginecologista, tinha de tomar pílula anticoncepcional com acompanhamento médico, custeou dentista para ela, imagine se ela perdesse aqueles dentes lindos, imagine, cuidava dela, sim, interessava-se pelo curso dela, via as apostilas, ajudava na leitura de uma e outra, admirando a inteligência dela, a rapidez no aprendizado, ela tinha de terminar o curso mas não só, tinha de assimilar mesmo, ficar sabendo das coisas, ser uma enfermeira competente, sim, meses e meses de amor e de desvelo, pensamento sempre nela. E, entretanto, tinha de acabar. Inevitável curso das coisas, ele procurando adiar o desfecho, receio de humilhá-la, de fazê-la sentir-se inferior. Foi, devagar, foi acabando. Vieram outros interesses, ele resolveu mesmo se candidatar a deputado na eleição de 74, dali a dois anos, mas tinha de começar desde logo uma campanha. As oportunidades de encontro até aumentavam, Yolanda quase não o acompanhava e era sempre possível programar um encontro com Maria Antônia e debitá-lo à campanha. Só que a paixão tinha esfriado, e os encontros se foram espaçando até se extinguirem.

A campanha eleitoral foi interessante, motivação dominadora naquele momento. Mario Sérgio esforçou-se, o pai ajudou com algum dinheiro e com conhecimentos que tinha, interessou-se, embora tivesse preferido que Mario Sérgio fosse do MDB e não da Arena, ele um velho getulista, velho amigo de Amaral Peixoto, mas compreendia a realidade da política, a eleição anterior tinha sido um massacre para o MDB em todo o país, a oposição havia perdido muito com a campanha do voto nulo, embora na Guanabara e no Estado do Rio ainda tivesse conseguido vitórias importantes, elegendo Nelson Carneiro e Amaral Peixoto os respectivos senadores. E a próxima se desenhava igualmente favorável ao partido governista. Só que os ventos mudaram completamente e a derrota da Arena em 74 foi devastadora. Mario Sérgio não se elegeu, amargou a decepção, ficou como sexto suplente sem nenhuma possibilidade de assumir, sentiu-se traído em vários lugares, o senador que tanto havia prometido não ajudou nada, decepcionado e amargurado, mas, muito bem, tinha de refazer-se, sair para outra, não mais na política, nunca mais mesmo, resolveu largar o gabinete do governador e voltar à secretaria de Agricultura, ia pensar em algum trabalho, algum programa sério a desenvolver lá, coisa técnica, voltaria a estudar para atualizar-se tecnicamente.

Maria Antônia, também, ele sentia que não dava mais, não podia retomar o que tinha terminado por esfriamento; gostava dela, sim, tinha belas recordações, mas não dava mais para se deitar com ela numa cama, difícil de dizer, mas nem era necessário, havia tempos não se encontravam, ela sabia bem que da parte dele tinha acabado o amor, restava a amizade, interesse por ela, pela vida dela, pelo sucesso dela, só isso, e muito sinceramente, não precisava, mas sentia um certo dever de dizer, e uma noite, de carro, passeando, sem parar, disse, até com carinho, que tinha saído muito triste da derrota eleitoral e que aquele desânimo tinha contaminado toda a vida dele, e que então ia mudar de procedimento, ia romper com o passado, completamente, até mesmo com ela, apesar do amor que ainda tinha, mentiu, não podia machucá-la.

Ela entendeu, inteligente e sensível, com certeza percebeu tudo, porque era tudo mais que evidente, a ausência dele durante os últimos meses. E aceitou. E disse que achava melhor que saísse também da casa dele e arranjasse outro emprego. E ele concordou. Era óbvio. E não foi difícil para ele arranjar para ela um emprego de enfermeira no Antônio Pedro. Que bom que ela tinha concluído aquele curso, que sorte, para ele e para ela.

Uns dois anos depois, ou menos um pouco, encontrou-se com ela na lancha, indo para Niterói, viu-a antes que ela o visse e o coração bateu acelerado por recordações doces. Mas não falou com ela, cumprimentou e ficou de longe, discreto. Ela estava acompanhada.

Creditou-se. Foi para o trabalho e voltou para casa verificando que só tinha feito bem àquela moça, que aliás merecia, elevando-a socialmente, estimulando-a e ajudando-a a construir sua carreira, uma nova etapa de sua vida. Ademais de ter-lhe dado muito amor durante um tempo, amor que sempre faz bem à alma e ao corpo da pessoa amada.

INTERMEZZO

No meio dos anos setenta o Rio foi integrado ao seu Estado, feito capital do seu genuíno território. O Rio, orgulhoso de seu vanguardismo, de sua criatividade, de sua rebeldia, sempre votou na oposição, no MDB mesmo travestido, e analistas classificaram aquela decisão de fazer a fusão sem consulta ao povo de manobra militar para virar o resultado eleitoral com os votos mais conservadores do interior. Falsos analistas. O interior, fascinado, sempre acompanhou a metrópole, os generais sabiam disso. E o presidente da República, artífice da formatação, era um general ético e judicioso que se perguntava sempre se o que ia fazer era para o bem ou para o mal. Achou realmente que era o bem, mas o Rio cidade até hoje repete a mesma indagação de tempo em tempo sem encontrar resposta convincente, e olhando-se para o belo umbigo descuida do seu ansioso e degradado território.

Dez anos depois, no meio dos oitenta, o Rio elegeu no voto pela primeira vez o seu prefeito, que se lembrou de Pedro Ernesto e quis antes tratar do povo que da urbe. O povo não gostou. A Barra chegou a revoltar-se e tentou a secessão. Não conseguiu, mas findou impondo ao Rio o seu padrão. Nos anos noventa o Rio virou-se todo para a Barra. Os antigos não gostaram.

Já no século seguinte, logo no segundo ano, o Rio empossou a primeira governadora negra da história do país. Não apenas mulher negra, porém mulher tenaz, de estampa grandiosa mas de origem muito modesta, nascida em favela, filha de lavadeira como a Maria Antônia do nosso quarteto. E o Rio mais uma vez se orgulhou do seu vanguardismo político, democrático, humanístico, cultural.

As cidades vivas estão sempre a mudar, como as pessoas. E quem está presente nelas, quem é parte delas, não percebe as transfigurações no compasso dos dias. Como ganhar a perspectiva necessária à observação? Como fazer a leitura da evolução? Hoje não é mais tão difícil, há registros, jornais e revistas que podem ser consultados no contrafluxo, vistos de frente para trás, sim, destacando notícias, lendo ali o modo de ser da cidade antes e depois, comparando fotografias de bairros, de praças e ruas. E fotografias de pessoas, principalmente de pessoas, a cidade antes de tudo é a sua gente, que a constrói e que também vai mudando: vendo e inquirindo, conversando com as pessoas mais antigas. Sobre o modo de ir à praia, e todos vão falar com saudade do píer de Ipanema, dos maiôs das mulheres, da sensação de ousadias que chegaram e saíram, o *topless* envergonhado, o fio-dental calipígio, as curvas secas da anorexia, moda antinatural derrotada por um sortimento irresistível de barraqueiros e ambulantes sertanejos. E outras modas não efêmeras, os bandos de surfistas, os caminhantes, corredores e ciclistas disputando as pistas nas primeiras e nas últimas horas do dia, a mania de cachorro, os pombos, a invasão da Barra pelo povo via Jacarepaguá.

Conversando também sobre o modo de ir ao cinema, que caiu na freqüência e levantou com os Estações, filmes brasileiros, iranianos, chineses, e com os multiplex nos shoppings, na onda da pipoca; sobre o modo de ficar em casa, o magnetismo idiotizante da televisão, o sedentarismo do vídeo e das novas tecnologias extinguindo a conversação e o hábito dos livros, restando as revistas e as colunas de jornal; o modo também de gostar de música, em novos tempos e ritmos, até uma certa assonoridade assombrosa e contundente puxada a *hip-hop*, *raps* e *funks*; e não esquecer do modo de se apresentar no carnaval, isto é, no desfile das escolas, não esquecer o velho samba agora tão brilhante e colorido, tão enfeitado de musas, cada uma mais bela, cada uma mais gostosa, sorridente e mais despida.

É preciso também, por muito importante, conversar sobre o modo de ser nas favelas, nos morros do Rio, de onde desapareceram a ave-maria e a lata d'água mas não a solidariedade da pobreza, as mães que cuidam dos filhos das outras, cada vez mais, mais necessidade, os filhos das mães convivendo ali com a sedução de uma certa vida destemida e bem paga que desafia a polícia e as leis do asfalto. Mudou muito. O mercado mudou as pessoas e mudou também, obviamente, as favelas. O mercado fez o tráfico e toda uma população cresceu operando nele, modernamente, isto é, sem valores antigos e com equipamentos modernos. População jovem que vive o perigo do dia, não vive tempo porque morre de altivez mas não de insignificância, nem vive espaço, porque não desce mais do morro, ali tem o seu mundo completo, privilegiado, mundo de respeito, de acatamento, de poder. Comem as meninas mais bonitas por sedução e não à força, que isso seria contra a lei do crime. E o resto do povo pobre compreende, as mães temem pelos filhos, pelas filhas, mas entendem, é a força do mercado, do dinheiro, é a única via da dignidade.

A elite sonha com o Primeiro Mundo e desperta assustada com o tiroteio da favela. Mas esquece logo e volta a sonhar no fascínio do consumo, os jornais e as revistas vivem desse anelo e alimentam o mercado, e todos vão comprando telefones celulares para falar no meio da rua, no restaurante, na direção do automóvel, no ônibus, no meio de qualquer conversa, deixando alvar o interlocutor ali em frente, em dúvida se foi ou não desconsiderado. O risco do assalto e do seqüestro amplia o mercado de equipamentos e especialistas em segurança. É o emprego que mais cresce no mar de desemprego do mercado. E a fenda que parte a cidade também cresce, passando cada vez mais gente da parte do mercado para a parte da favela. Paciência; faz parte do processo de modernização, a cupidez é necessária porque é o que faz a riqueza, o jeito é modernizar mais rapidamente, correr mais depressa que a degradação, porque quando a cidade fica rica entra no Primeiro Mundo e então consegue resolver todos os problemas. Qualquer um pode ver indo a Miami, a Nova York.

A gente viu acontecer nas suas mil e uma faces a evolução do Rio, nos setenta, oitenta, nos noventa, e pôde acompanhar em passos muito largos a linha que baliza o curso da vida dos nossos quatro personagens. Pôde observar sem ter de contar cada pernada, que seria fastidioso. Porque se trata de quatro pessoas que não cometeram extravagâncias nem foram protagonistas de escândalo, não possuem nenhum traço de loucura, não são extraordinárias em nenhum aspecto, são pessoas normais, medianas, medíocres nem sempre, mas nunca se transformaram em notícia, nada deles deu no jornal ou na televisão. Neste *intermezzo* de trinta anos aquelas vidas não deram romance nenhum. Artifício de narrador, então, este pulo? Respeito, talvez, pelo leitor.

Josef esteve ausente na maior parte desse tempo. Não viveu a transformação, só constatou quando voltou. Viveu no mundo rico e enriqueceu. Modo de dizer, mas ganhou bastante dinheiro para ser no Rio um habitante do mercado; voltou e foi morar na Barra, casado com uma uruguaia, médica que conheceu na Califórnia, trazendo um filho que ele queria que fosse brasileiro. Trouxe pensamentos também, sempre foi, aliás, um homem de pensamentos.

Os judeus prezam, sim, o dinheiro, e desde Jacob, filho de Isaac, acreditam que o enriquecimento é um sinal da graça divina. Mas o que Josef ganhou foi pelo mérito, com a graça de Deus, admitia, não sendo muito a crença dele, mas ganhou pelo esforço e pelo trabalho, foi cirurgião renomado por seu valor, chefe de clínica lá também, e lá poderia ter ficado muito bem, a mulher preferia claramente, não era boba, judia também. Mas os judeus prezam também o pensamento, não só o que se aplica às diferentes operações — o pensamento da ciência e da técnica, mas aqueles que procedem de outro campo, da religião, da moral, da justiça, sobre a felicidade e o destino do ser do homem. Josef sempre foi muito aplicado nesse campo. E prezam também o sentimento do homem; e Josef tinha um sentimento muito enraizado no Rio. Voltou. Não viu mais Ana Maria.

Ana Maria não pensou mais em Josef e conseguiu recolher o saldo de contentamento do balanço de cada dia naquelas décadas, o que contava mais, Bernardo, Júnior, e o trabalho que gratificava muito. O suporte econômico havia melhorado em substância, com os patrimônios de herança que se foram somando aos rendimentos acumulados do casal, com a morte do pai, depois da mãe dela e por último da mãe de Bernardo. Passaram a ter folgas que permitiam aumentar a acumulação e gastar mais relaxadamente, viajando à Itália, à Austria, à Grécia, rodando pela Europa quase toda, Chile, Argentina, Cuzco e Brasil do Sul ao Nordeste.

Em todos esses anos Ana Maria só chorou de verdade em novembro de oitenta e nove a morte da irmã, um choro denso, acumulado e entranhado no coração durante os sete meses em que acompanhou a extinção dolorida daquela vida cheia de imbricações tão antigas, indissolúveis, com a sua. Gânglios de ressentimento também naquele passado distante e difuso, a ascendência da irmã mais velha que tinha autoridade e sempre ficava com as melhores coisas. Até o primo, que no início parecia gostar mais da mais moça e acabou noivo e marido da mais velha. Tudo passado e digerido, tudo transformado no final em lástima e piedade. Câncer de mama já avançado, metástase no pulmão e na omoplata, o tratamento aflitivo e extenuante, a figura prostrada e desenganada de Paula na cama semana após semana, no final já sem olhar. Compaixão, condolência, oh, comiseração naquele fim desolador.

Passou. Mas ficou um certo abandono em sombra, já tinha perdido Sônia, amiga tão boa e antiga, Verinha, outra, e agora a irmã, a geração começava a findar-se, era o tempo da morte que chegava.

Mas não, ainda tinha gosto no trabalho, o que alenta a vida, a consciência do vigor produtivo, era reconhecida e chamada. Desde a mocidade tinha desejado fazer ciência e nesse campo ganhar seu destaque. E aos poucos, nesse longo tempo de *intermezzo*, foi sendo mais e mais referida como botânica e convocada para consultas, artigos, entrevistas quando o tema era a flora brasileira. Viajava, Rio Grande do Sul, como gostava, interior de São Paulo, Bahia, ia falar e mostrar sobre organização de herbários. Autoridade, que bom.

Convidada pelo Instituto de Pesquisas da Amazônia, foi a Belém para um seminário e depois voou até Manaus, onde ficou uma semana, honrada, escutada. Sobretudo encantada com aquele mundo que era brasileiro sem que as outras cidades do país, o Rio, por exemplo, tivesse consciência do tamanho daquilo, da beleza daquilo, da importância e da riqueza daquilo. Passou três dias no hotel da floresta e viu orquídeas em flor dentro da mata, emocionada, o monumento da sumaumeira florida, manhãs e tardes em botes penetrando furos, igapós, paranás, vendo tudo, escutando por longos minutos o silêncio comovente da floresta. Viu nos cipós e nas raízes que desciam do tronco para o chão os desenhos do espírito da floresta. E mais, as araras, os macacos, o fruto do guaraná, teve diante dos olhos bem abertos a biodiversidade gigantesca, inclassificada, não identificada, o Brasil; voltou maravilhada, só conhecia a Amazônia por descrições e fotografias, oh, como o real era muito maior e impactante. Mas também indignada com o desconhecimento dos brasileiros, dela mesma, até então, e logo ela que era profissional, cientista do ramo, imaginasse o povo comum, que idéia podia ter daquilo. Indignada com o descaso do governo, que tinha de ser do Brasil e era só do Centro-Sul, de São Paulo, mesmo o daquele presidente que era nordestino, alagoano, mas filhinho de família rica instalada no Sul, elite podre, tinha horror àquele Collor, tolo, mau-caráter, idiota, convencido, pretensioso, vazio, cabeça-oca, tinha ódio e ele tinha sido eleito, difícil a democracia com um povo sem cultura, sem um mínimo de saber. Tinha horror a homem vazio, idiota metido a inteligente, Breno, o cunhado, marido da Paula, ainda vivo por aí, já velho mas ainda um caso típico. Quantos conhecera assim, Mario Sérgio era assim também, coitado, hoje tinha até pena, distante, não o via, não dava mais raiva.

Mario Sérgio, homem de bela figura, cabelos alourados e ondulados da mãe, Lena, tão bonita, olhos daquela cor quase de amêndoa, também dela, estatura desenvolta, mais que média, rosto e gesto cheios de confiança, aparentemente, sorriso espontâneo de dentes cândidos, namorador, não era um trepador, atleta sexual, gostava mais que tudo de namorar, acariciar, porque ele mesmo gostava, não por estratégia, porque as mulheres adorassem. Envelheceu. Viver dá muito trabalho ao corpo, manter o sangue circulando e alimentando as células, os músculos lisos funcionando, o metabolismo atuando, o sistema nervoso sempre alerta, despendendo energia, a química interna operando vinte e quatro horas por dia, sem descanso, tudo no funcionamento do corpo, que não depende da mente e seus estímulos, funciona sem descanso, e ainda tem que combater os invasores, os que entram para infectar, parasitar, matar sua própria fonte de vida. É um trabalho extenuante e impercebido. Que desgasta, não podia deixar de. Envelhece implacavelmente. Uma década, outra, depois outra, e o homem desvanece, fica lento.

Mario Sérgio envelheceu sem acionar nenhum esforço maior, só gastando no cotidiano. Não realizou nenhum dos seus projetos de vida, o político, o musical cantado, o agropastoril, o bioquímico, na verdade nem tentou, exceto no caso da política, aquela tremenda decepção eleitoral. Não foi consagrado, sequer realizado no sentimento interno, mas foi feliz, isto é, normal, e seguiu as obrigações naturais do ser, foi saudável, procriou, amou.

O ser do homem é assediado por duas obrigações principais que dividem sua existência: a de ser normal, seguir a sua natureza, ser feliz; e a de aperfeiçoar-se, desenvolver talentos e levar-se ao próximo, ver a humanidade, o que demanda esforço grande e diuturno, disciplina, produz inquietações e neuroses, no extremo vai a desarranjos muito graves do corpo e da mente, corta, enfim, a felicidade.

Mario Sérgio seguiu a primeira linha, a natural, e cuidou da saúde, envelheceu, foi perdendo suas capacidades mas mantendo os mecanismos físico-químicos vitais da carne em estado razoável. A memória, que é o núcleo fundamental do ser, o eu sou, também vai perecendo em certa melancolia. Danado. Os nomes, os tempos, os fatos mesmos se esfumam pouco a pouco. Mario Sérgio nunca mais avistou Maria Antônia, mas a figura dela, de fada, mantinha-se ainda na mente dele, se cruzasse com ela na rua, abraçá-la-ia com certeza, e com ternura, talvez a beijasse.

Maria Antônia também ganhou dimensão naquele tempo. Esse do *intermezzo* não foi um tempo propício a melhorias de vida em geral como haviam sido os três tempos anteriores no Rio. Foi, ao contrário, um tempo de estreitamento econômico, principalmente na década final do século, pesada de dificuldades e desalentos, e descréditos em geral, anos carregados de tensões. Mas as três pessoas já referidas aqui, além de normalmente aplicadas e preparadas para a ascensão patrimonial, Yolanda suprindo com firmeza alguma fraqueza de Mario Sérgio, tinham tido pais que legaram bens ao desaparecerem. E mesmo Maria Antônia, que não teve esse dote da mãe, que não soube mais do pai e vagamente recebia notícia do irmão, Maria Antônia apesar disso também conseguiu melhora na vida material, fruto do esforço rijo de cada dia, dela e do marido, exemplo aos poucos reconhecido, responsabilidade, sem necessidade de qualquer rasgo de talento extraordinário, genialidade, Deus livrasse, nada de excepcional, mas a constância, o juízo e o bom senso.

Ela também perdeu a mãe, foi em noventa e cinco, morreu a bem dizer de tristeza, de ausência, finou dia-a-dia durante quatro meses depois da morte do velho bom que era então seu marido de quinze anos. Foi triste e Maria Antônia também chorou, como todas as pessoas que perdem a mãe, chorou e depois aceitou a lei da vida, Everaldo ajudando com sua presença sensata e carinhosa, ela pensando nos filhos, dor que não passa nunca é a do enterro de um filho, Deus que livrasse.

Mas deu de ver coisas antigas da mãe que recolheu lá na Mangueira, coisas de que não se lembrava mais, fotografias, cartas do pai de Volta Redonda, uma folha só, aquela letra difícil que não podia escrever muito, uma notícia e pronto; o Santo Antônio e o quadro do Coração de Jesus, a fita azul e branca de filha de Maria, um velho xale português, presente de dona Augustina, de repente se lembrou, coisa lá de mil novecentos e cinqüenta, só essas peças de lembrança guardou e as ficou vendo por uma ou duas semanas. Também o radinho, a televisão e uma cadeira de balanço pequena, de palhinha, bonitinha e jeitosa, em bom estado, onde a mãe passava os dias finais da sua solidão olhando a parede. O resto, móveis, roupas, uma velha mala de couro, deu tudo para as vizinhas que eram as amigas dos últimos tempos.

Saudade. Deu então vontade de ir ao local da Chacrinha, da sua infância, sabia que a favela não existia mais, nem nenhuma casa, que tudo era prédio alto colado um no outro, mas tinha ouvido falar num parque que havia sido criado na encosta do morro, justamente onde começavam os barracos da favela. Foi. Havia uma cancela na entrada da rua, o medo grande da gente de classe um pouco melhor. Entrou e viu o parque. Não conseguiu identificar nenhuma árvore, nenhuma pedra antiga, nenhum recanto, nenhuma das trilhas que subiam pelo morro, nenhum dos miquinhos, oh que graça, já existiam naquela época e eles nem ligavam, hoje eram uma graça, comendo bananas deixadas em comedouros postos nos troncos das árvores. Nada de antigamente, mas o lugar era aquele mesmo, se ficasse mais horas talvez captasse alguma brisa, alguma radiação ou sonoridade de outrora. Mas não quis ficar, havia beleza, crianças brincando, era um parque e estava cuidado, havia guarda, mas sentiu aperto, achou a área pequena e muito limitada, sentiu o peso que vinha dos edifícios que cercavam o parque, enormes massas de concreto e de gente, aquela opressão que a fez respirar e ir saindo devagar, olhando em volta, sem chorar.

Tempos. As coisas mudam, a cidade e a gente. Nossos quatro personagens no Rio, e outros que apareceram e atravessaram o trilho ameno no qual eles seguiam.

Quarto Tempo

VII

O Rio: tão cediço o falar bem de sua paisagem, o espantoso deslumbramento verde, azul, praiano e montanhoso, como o falar mal de sua gente, de seu inabalável compromisso com o presente, sua fruição dessa cultura elusiva que só ela sabe manejar, e que os malfeitores da palavra chamam de irresponsabilidade, de leviandade, infantilidade, superficialidade, falta de austeridade, tudo por esta linha, tudo dito com certa dose de raiva puritana, que revela espinhos de inveja dessa vocação para a felicidade que tem essa gente, esses dançarinos prodigiosos, músicos por excelência, craques, poetas, artistas. Trabalhadores. Fato é que essa filosofia própria tem um lugar que de maneira nenhuma é irrelevante na intrincada composição ontológica do mundo vivido de hoje, filosofia destilada dessa alegre e afável insensatez tão elogiada por Erasmo, faz quinhentos anos, como atributo divino da natureza humana.

Rio, famoso também pelos seus arquitetos, citados no mundo com respeito, inventivos, estetas finos; cidade frondosa e heterogênea no seu plano urbano, como nenhuma outra talvez, e ainda cheia de recantos antigos, silenciosos, deixados à margem dos dinamismos econômicos, no bairro antigo de Botafogo, por exemplo, rua Assunção, ladeira do Mundo Novo, arredores bem centrais, vilas, casas e árvores centenárias, limosas, completamente escondidas da circulação maior.

Rio, famoso ainda pela amorosidade da sua gente, não propriamente o generoso amor de família e de proximidade que muito bem nele existe mas não dá fama, nem o amor mais profundo de humanidade, que se encontra também em larga escala na cidade mas não sai na mídia e não ganha atenção, essa solidariedade entre pessoas que se ajudam e dão as dicas, acolhem crianças, dividem o único quilo de açúcar, que moram por três, quatro gerações em comunidades pobres, agregando cômodos em suas pequenas casas; mas famoso, aí sim, especialmente midiático, o Rio, pelo amor apaixonado e clamoroso que grassa na sua cultura da estética e do desfrute, amor intenso mas sem brutalidade, cheio de vozes e gestos delicados, amor sensual e oleoso, romântico, amorenado e aquecido pelo sol.

O Rio de Janeiro.

Ana Maria, com setenta anos feitos, pensava justamente nessa e nas outras formas de amor do Rio, gostava de percorrer em pensamento solto essas circunvoluções da vida humana, deitada na tarde do primeiro dia do novo século, que era também milênio. Tarde de uma amenidade envolvente, pela beleza da luz do céu azul refrescada no ar condicionado, pelas ressonâncias dos eventos felizes da véspera, pelo descanso na maciez da cama conjugal, Ana Maria gozava, o gozo brando e largo da felicidade sem arroubos, a entrada do novo milênio, que na verdade não era, seria só no ano seguinte, na passagem para o dois mil e um, aquele era ainda o do fim do século, o estrepitoso século vinte, o século dela, no vinte e um seria apenas uma observadora, talvez uma intrusa, pensava, mas a verdade é o que dá na mídia, e todos falavam já no novo século-milênio, e a família comemorou toda junta à meia-noite, os netos também, brindando em alegria desabrochada naquela afeição que só a família propicia, um pouquinho de álcool no sangue, nada de mais, coisa de pureza, alegria de família, sentimento comum de moços e velhos, crianças também, regozijo de estarem juntos na vida, alegria simples mas bem plantada, viçosa. Gozava bem, ali na cama, as repercussões daquele sentimento e rememorava o tempo de sua vida em que esteve enredada no outro tipo de amor, o amor romântico e dominador, oh, esse tema recorrente, sempre voltava, chegava a ser engraçado. Tempos esparsos de juventude, anos cinqüenta, anos de alumbramento, de abertura de sua vida pessoal, que era o tempo em que o Rio era unanimemente maravilhoso, principalmente na zona sul onde ela morava, Copacabana, Ipanema, para onde confluíam arrastados os tijucanos como Mario Sérgio e Josef, atraídos pelas novidades que só ali repontavam, em busca da felicidade que parecia vagar por ali ao alcance de qualquer um.

Tijucanos envergonhados "eu moro no Flamengo", mentia um, "moro perto da Saens Peña", porque aquela praça ainda tinha alguma nobreza, centro de alguma cultura, Josef nem tanto, aliás Josef, não, nunca tinha sido um cara dissimulado, tinha personalidade e não escondia, podia morar até em Cascadura. E os suburbanos de verdade, coitados, nem chegavam, tinham dificuldade total em se enturmar na zona sul, ficavam mais pela Lapa até a Glória. Rememorando à vontade, Ana Maria concluía que no Rio daquele tempo, do meio dos novecentos, todo mundo era feliz e não sabia, como dizia o samba de Ataulfo Alves, uma cidade onde se podia ser inocente com pouco dinheiro, entoando em paz aquela vocação coletiva para a alegria e o desprendimento.

E foi também o auge do amor romântico, o amor de cinema americano, o único amor pensável como tal naqueles tempos. Que dubiedade tinha ela agora na resposta, passados tantos anos. Se lhe fosse feita de chofre a pergunta sobre o amor de sua vida, ela talvez respondesse, no primeiro reflexo, quase um espasmo, com o nome de Josef. Era uma cicatriz marcada a fogo que tinha ficado na alma, a lembrança ainda viva do impulso avassalador que tinha tido no vigor da juventude perdurando até a primeira maturidade. Teria mesmo deixado tudo por ele. Besteira grossa, mas... Ela sabia bem o que era, conhecia porque havia experimentado aquele amor imperativo. E no entanto não era, era ilusão, sabia agora, melhor, era doença, moléstia psicológica. No entanto, tinha ficado a frustração, apesar do saber que vem com a vida transcorrida, apesar do estar tão feliz daquele momento de relembrança em rédea frouxa, apesar de ter estado assim em tantos anos que vivera com Bernardo, momentos de anos e anos, felicidade acumulada e bem verdadeira, risonha, entretanto, com distância e tudo, oh como queria ter tido o gozo daquela doença rolando na cama com Josef, alma com alma, pele com pele, sem nenhuma indecência de expressão, pouco tempo que tivesse sido, semanas, mas preenchidas com ele da manhã à noite. A frustração é um vácuo, um oco na vida que deixa para sempre uma reclamação corporal, uma revolta peristáltica no corpo. Josef, Josef, aquela retorcida frustração.

Ora, sabia agora, não era amor, era doença. O tema havia perseguido sua vida, seria uma coisa de mulher ou seria o mesmo com os homens? Homens de sensibilidade, sim, de acuidade feminina.

O amor era uma força mas não podia ser só um impulso, por mais forte e escravizador que fosse, o amor teria de ser uma construção demorada, que se enraíza e aprofunda ao mesmo tempo que cresce como uma grande árvore, mais ou menos o que dizia dona Ângela. O amor de sua vida era Bernardo, indubitavelmente. Era bom deixar rolar o pensamento sem relógio, sempre o mesmo, indo e voltando como ondas.

Numa consideração retrospectiva mais ampla, não podia deixar de pensar no pai, no amor que tinha tido pelo pai, que sentimento forte, e duradouro, ainda pensava nele tanto tempo depois de ele desaparecido, e ao pensar ainda sentia o coração abrir-se numa espécie diferente de alegria, uma vênia de prazer, claro que um amor cercado de censuras muito fortes, mas amor sem dúvida, que chegava a tocar no sexo também, ele era carinhoso, e o carinho excita o sentido do tato, que é o sentido do amor e do sexo, sim, a lembrança do carinho do pai e da excitação doce e tranqüila que aquele contato trazia, como coisa da mais pura fantasia, enlevo completamente implausível.

O amor mesmo, então, o verdadeiro, da sua vida, tinha sido o de Bernardo, sem sombra de dúvida, ele ali ao lado na cama, dormindo a sesta serena enquanto ela pensava sem medidas, naquele primeiro dia do ano. A família, Bernardo e os filhos, a planura solar do dia-a-dia em anos, afetuosa e quase inconsciente, doçura sentida só depois de passada, era assim a felicidade, era plana, não tinha acidentes, os picos de agitação, mesmo os mais altos, eram aquilo mesmo, agitação, excitação, tempero de graça mas não bulbos de felicidade em substância, a felicidade era clara e rala, uniforme como o céu.

Chegara mesmo a separar-se de Bernardo, também se lembrava daquele disparate com muita nitidez, a noite bela do encontro com Josef, da conversa aberta e do desengano, e a decisão firme de deixar Bernardo para se dedicar ao outro, apesar de ter sido recusada por ele, o que era capaz de fazer a doença da paixão, impedindo-a de continuar a convivência com o marido amado, tolhendo completamente o sentimento com o marido amado, tendo que fingir amor com ele na cama, com certo asco até, Deus, que absurdo, levando-a àquela decisão radical comunicada a ele logo ao chegar em casa, antes que se arrependesse, a verdade prorrompida, não tinha recebido botânico americano nenhum em Guaratiba, era mentira, tinha se encontrado com Josef para confessar seu amor por ele, sem subterfúgio, ele a recusara frontalmente mas ela continuava apaixonada, mais ainda depois da recusa, e não tinha a menor condição de continuar vivendo com ele, Bernardo. Pronto. Mania de falar a verdade, que ela tinha e sempre ressaltava. Caráter. Ou não, naquela hora talvez não, fosse mesmo uma compulsão irresistível de falar daquela sua paixão. Foi ao bar e pegou um uísque, derramou no copo e tomou um gole, puro, ardente. Pegou um cigarro e acendeu; trêmula. Bernardo mudo e quedo, olhar de pasmo absoluto.

— Ana, eu não estou acreditando. Será que é isso mesmo?
— É, Bernardo. É. Eu tenho que viver a verdade, não agüento mais.
— Mas Ana...
— Desculpe.
— Mas é loucura, Ana, você está tendo um ataque de loucura!

Era. Estava mesmo. Era uma compulsão completamente insana. Mas negou porque não sabia. Negou honestamente, disse que estava lúcida, que aquela era uma decisão amadurecida, que havia muito vinha querendo tomar, só não tinha tido coragem porque gostava muito dele, e achava que o Júnior ia sentir muitíssimo, mas agora não podia mais, não suportava mais, era questão de não poder mais viver assim.

Sim, lembrava-se detalhadamente daquilo tudo, trinta anos passados, a absurda repulsão que de repente passara a ter pelo marido. Coisa de mulher, repentes assim não muito incomuns, pelo que ela sabia. Tempos depois, numa conversa descompromissada de almoço em Guaratiba, quando alguém na mesa grande se referiu ao fato de não ter nunca havido uma mulher na vida de Burle Marx, outro acrescentou que a falta de tesão do homem, deficiência de hormônio masculino, quando existia, tornava o amor impossível, para o homem e para a mulher; explicando melhor, sem tesão masculina não podia haver ereção masculina, e sem ereção não podia haver cópula, ato de amor para os dois. Mas com a mulher seria diferente, ela era passiva, podia deixar-se penetrar mesmo sem tesão nenhuma, sem vontade, e o ato se realizava, pelo menos para o homem, e podia até procriar. E isso era até comum, se não houvesse isso, essa faculdade da mulher dar sem participar, a população do mundo seria muito menor, e as coisas seriam muito diferentes, não poderia existir a prostituição, por exemplo, e o mundo viveria uma calamidade, um inferno. Sim, concordância, todos riram, ela também, mas depois de uma pausa acrescentou que não estaria dizendo novidade se falasse sobre a dificuldade maior da mulher em fazer sexo sem amor, mesmo esse sexo passivo de que se falava, mesmo esse dar sem gozar era difícil sem amor, senão todas as mulheres podiam ser prostitutas, e na verdade era difícil ser prostituta, enquanto o homem não tinha nada disso, desde que tivesse tesão realizava o ato com qualquer mulher, e mais ainda, continuou, o que muita gente não sabia era que a mulher, além de ser normalmente mais seletiva, quando estava apaixonada podia ter uma aversão ao contato com outro homem, e uma aversão que podia chegar a uma náusea, uma repulsão invencível, mesmo por um homem que não tivesse nada de repelente. Disse e todos ficaram olhando, fitando-a em curiosidade, mas aceitando o que ela dizia.

Sim, lembrava-se bem de tudo, e olhava Bernardo ali ao lado na placidez do sono. A dor da separação, tinha bem na memória, a arrumação das coisas dele, a saída dele, a tristeza dele, e a necessidade dela, a necessidade que a fazia determinada e cruel, o imperativo. Foi loucura, claro.

Pouco mais de um ano tinha durado aquela separação. Pouco mais de meio ano tinha ela perseverado na sua dedicação a Josef, alternando esperança e desilusão, muito mais desengano que esperança, sustentada na decisão inabalável de servir ao seu amor, servir no sentido cristão de assistir àquele que dava sentido à sua vida através daquela paixão, ser uma fiel e eficaz coadjuvante que estava sempre a estimular Josef em todas as suas atividades, esperando-o ao final do dia no consultório para jantarem juntos, não todo dia, para evitar a demasia, cortar qualquer sensação de rotina que pudesse ser maçante, dosando tudo com medido cuidado, cuidado com ela, com sua imagem, física e espiritual, escolhendo mais as roupas na medida certa e minuciosa da sensualidade, não demais, que fosse vulgar, mas nunca de menos, que deixasse de revelar alguma linha ou sinuosidade que pudesse atraí-lo, chamar seu interesse, refazendo o penteado e escolhendo a cor certa do batom, variando também, e o *shampoo* que trouxesse mais sedosidade, as unhas da mão e do pé, trato delicado e permanente, todo dia mesmo, o saber feminino instintivo do requinte no detalhe, e o sorriso e a seriedade, isso principalmente, distribuídos na proporção justa, o humor e a leveza de alma, aquele cuidado apurado e permanente, que já não permitia mais o mesmo desvelo no trabalho, o gosto que tinha antes com as plantas que classificava e colocava para secar, aquela atenção na face das folhas, nas nervuras, nas contexturas, na leitura das superfícies pela vista e pelo tato, diferenças que marcavam individualidades, quase personalidades vegetais que compunham o herbário, impossível mais a mesma aplicação, aquele toque de interesse se tinha volatilizado, o cuidado era inteiramente outro, transformara-se na apuração dos sentidos para com a respiração dele, os pensamentos dele, e na atenção que tinha na captação das menores vibrações do espírito dele, para poder melhor servi-lo, fazê-lo exitoso e feliz, interessando-se pelos seus sucessos profissionais, compartilhando-os com ele, querendo saber sobre seus alunos na universidade, do interesse que tinha naquelas aulas em que formava novas gerações.

E conversavam, ele falava, e ela sentia que lhe agradava a oportunidade de falar, expressar pensamentos que não tinha muito com quem dividir, pelo estilo de vida solitário que levava. As pessoas que gostam de pensar gostam também de transmitir seus pensamentos, que são seus produtos de arte, suas obras de elaboração. Ana Maria compreendia e fazia com gosto aquele papel de ouvinte atenta.

Conversavam também sobre política, que era tema de interesse dele, desassossegado com os acontecimentos no Brasil, a guerrilha urbana que os militares não conseguiam dominar apesar das brutalidades que estavam praticando. Fez questão de jantar com ela no dia seguinte à eleição de Salvador Allende no Chile e brindar ao êxito daquela primeira experiência no mundo, importantíssima experiência, decisiva talvez, de um governo socialista democrático, que chegava ao poder pelo voto popular.

Conversavam sobre temas do momento, a espetacular demonstração de superioridade do futebol brasileiro na conquista da Copa pela terceira vez, a importância que tinha aquele esporte na cultura nacional. Todos os temas, a incompreensível separação dos Beatles depois de tanto sucesso, mostrando a grande dificuldade de convivência entre seres humanos aparentemente tão felizes e descontraídos. E a morte de Bertrand Russell, um dos maiores e melhores pensadores dos últimos tempos, melhor no sentido humanístico da palavra, um pensador que tinha sido também um ativista coerente com suas idéias, admirável. Para Ana Maria era uma festa que se desenrolava dia a dia naquela convivência que só aumentava o encanto. Josef gostava de cinema, e iam juntos ao cinema quase todos os sábados ou domingos. Josef gostava de música erudita e iam a concertos muitas vezes, no Municipal ou na Cecília Meireles. Foram tempos lustrais para ela, lembrava-se de tudo.

Sobre projetos em vista ele falava muito pouco, ou nada, e ela não procurava muito extrair, com medo de que ele voltasse um dia a falar sobre um propósito de casamento. Queria, sim, que ele falasse sobre o passado, sua infância, sua adolescência, sua família, queria, sim, extrair e conhecer as raízes da vida de Josef. Mas também era pouco o que ele falava, algumas vagas lembranças que tinha de Bratislava, onde vivera seus primeiros anos, lembranças mais claras da viagem difícil até chegar ao Brasil e dos primeiros tempos aqui, também difíceis para seus pais. O pai tinha, afinal, conseguido se estabelecer no comércio de bolsas para senhoras, após um tempo grande, mais de ano vendendo no meio da rua, as bolsas a tiracolo, penduradas nos braços, até conseguir a loja em parceria com outro judeu recém-vindo, depois a fábrica de bolsas, tinha tido sucesso, mas as dificuldades e tensões da vida anterior tinham comprometido sua saúde e ele morreu de um infarto relativamente moço, com cinqüenta e três anos. A mãe era ainda viva e Josef a visitava todo domingo, almoçando com ela, velho costume ligado à observância do *shabat* que o pai mantinha e o filho conservava com afinco. Um dia Ana Maria manifestou o grande desejo que tinha de conhecer a mãe dele, sugerindo que Josef a levasse a um desses almoços de domingo.

— Melhor não — ele disse, seria uma comunicação muito difícil, até pela língua, ela ainda falava mal o português, mas não só isso, dificuldade maior seria talvez uma incompreensão da parte dela, e Ana Maria não voltou a falar no assunto, nem para tentar esclarecer o que ele tinha querido significar com aquela incompreensão.

Foram meses de encantamento para ela, apesar de uma ansiedade que lhe apertava a alma permanentemente, observando a falta do pai na vida do Júnior. Sim, claro, o amor do filho estava ali também, perturbador, embrulhando-se nas ondas fortes do amor do sexo, indo ao fundo, mergulhado meio à força, mas logo emergindo à consciência. Procurou uma amiga psicóloga em busca de orientação, e ouviu dela um certo conforto vindo da experiência que a psicologia já tinha da adaptação sem maiores problemas dos filhos de pais separados, afinal já constituindo uma grande massa de casos. Ainda assim, não conseguia eliminar aquela intranqüilidade. Só que o clamor da paixão e dos hormônios era mais forte, e ela seguia em frente.

Meses de grande encantamento, era a personalidade dele, a figura dele, nervosa e contida, suas palavras e seus gestos. Meses de esperança e, entretanto, muito mais de desengano. Josef era delicado, paciente, mas inarredável na sua postura de afastar o amor de carne naquele relacionamento. Desconversava e desviava-se ante qualquer sugestão de contato amoroso. Sugestão que nascesse espontaneamente da conversa, das palavras que trocavam sobre outro tema, não de iniciativa explícita dela, de maneira nenhuma, Ana Maria mantinha seu amor-próprio muito vivo e prezado.

Josef evitava porque temia os desdobramentos de um contato sexual. Sobre ele e sobre ela. O médico acaba cumprindo alguma missão de confessor e ele sabia bem de histórias contadas, a ele mesmo e a outros colegas, de casos numerosos que confirmavam plenamente o ditado chulo pelo qual o amor que fica é o amor de, oh, que expressão mais grosseira, e contudo verdadeira. Continuava satisfazendo-se regularmente com as prostitutas, como medida profilática, de manutenção da saúde, naturalmente sem deixar que Ana Maria percebesse nada, que não queria de modo algum decepcioná-la, nem de longe magoá-la com aquela torpeza.

Uma noite Ana Maria, num gesto que brotou num clarão, sem que ela tivesse tempo e aptidão de controle, no carro dele, depois de um jantar particularmente agradável, Josef tão belo e masculino, mãos finas e nervosas de cirurgião postas no volante, esperando um minuto que o motor esquentasse, respirando um hálito nobre e confiante, no silêncio, Ana Maria voltou-se e o beijou, na boca, por iniciativa dela, sem dizer nada, de repente, beijou-o demoradamente, ele não correspondeu ao gesto tomando-a nos braços, mas não afastou o rosto retirando o beijo, simplesmente deixou-se beijar por ela, passivamente no início, depois não tanto, bastante tempo, até que ela terminou, ela que havia começado. E seguiu-se um silêncio maior, expressivo, ele engrenando e movimentando o carro devagar, ela confusa e envergonhada, com uma sensação amarga que depois em casa iria trabalhar e transformar numa certeza definitiva de que Josef não a amava nem um pouco, nem a amaria nunca, comparando mesmo aquela situação à que tinha se dado anos atrás, com sinal contrário, com a insistência de Mario Sérgio em querer namorá-la.

Aquela noite, aquele beijo teve seqüelas de sentimento e de comportamento. Continuaram se encontrando como antes, conversando mesmo como antes, mas no espírito de cada um havia mutações. Ana Maria tinha então a certeza total do desamor de Josef. Não era frieza, ela continuava tocando as mãos dele, como fazia antes, e sentia a vibração do sentimento, uma amorosidade especial que saía no sorriso dele para ela. Até mesmo a comoção do sexo ela sentia nele, um calor irradiante, principalmente quando ele beijava sua face em cumprimento de chegada ou despedida, mas tudo era contido e elevado a um plano quase religioso, ela o sentia assim um sacerdote que amava e sublimava o amor, fazia-o transcendente. O resultado figurava como uma secura completa, uma algidez quase desumana. E não era, oh, ambigüidade, ela tinha a certeza da intuição e dos sentidos, e isso acabava virando uma tortura, realimentando seu amor por ele. Mais amor, mais empenho e persistência, mais desencanto, um vaivém aflitivo, cogitação única que dominava a vida dela como insânia.

Por fim o desengano acabou sendo completo, sem esperança nenhuma. E então, continuar naquela dedicação pura e espiritual, de monja? Bela, sim, ela achava, e não se queixava intimamente, não poderia se queixar, tinha sido sua opção consciente desde o início, e tinha vontade de seguir assim, moças de outrora, muitas, se jogavam nos conventos com este mesmo sentimento. Só que, o pior, um dia ele ia se casar, e aí as coisas iam complicar, a relação dela com a mulher dele só podia dar numa inviabilidade. Certo. Então tinha de terminar.

Rememorava aquilo tudo lentamente, mais uma vez, sem se importar com a monotonia. Aqueles meses de tormento, vistos de longe, chegavam a provocar um sorriso de incredulidade. Um sorriso, não era uma dor. Tinha vivido tudo aquilo, inacreditável, ela mesma, seu ser, aquele eu fui, a memória, eu vivi isso aí.

A conclusão de tudo obviamente já estava há mais tempo na mente de Josef, e fortalecendo nele a idéia de sair do país por um tempo. O cardiologista que acompanhava sua mãe tinha um filho, pouco mais moço do que ele, Josef, um jovem que era cirurgião de cabeça, Josef o conhecia da sinagoga, e que era então interno de um grande hospital na Califórnia. Esse rapaz pouco antes havia escrito para Josef sugerindo que se candidatasse a uma oportunidade de contrato de médico visitante que o hospital estava abrindo para cirurgiões de abdômen. Josef preenchia perfeitamente todas as condições e tinha títulos que o credenciavam. Era o momento. Duas semanas depois da noite do beijo escreveu para o amigo e para o hospital. Mais duas semanas e recebeu a resposta da sua aceitação.

Tomou nas suas as duas mãos de Ana Maria, ela percebeu pelo gesto e pelo olhar que era a sentença. Ele falou, disse que iria dentro de um mês, tinha só que fazer as cirurgias que já estavam programadas e não assumiria novos compromissos, ficaria lá por algum tempo, alguns anos, não muitos, não queria desligar-se do Brasil, era sua terra.

E não houve despedida. Ambos não queriam. Ana Maria sentiu então o que era a solidão, com um peso que antes não imaginava. Havia Júnior, claro, havia o trabalho, podia revigorar o interesse, seus colegas, as conversas interessantes do almoço, mas nada que aliviasse o vazio da falta de Josef.

E da falta de Bernardo, sim, como então começou a sentir. E rememorar, dia após dia, cada vez mais, o que tinha sido sua vida e seu amor com ele, seu marido de altar, para a alegria e para a dor, na saúde e na doença, ele ali agora dormindo na sua cama, cama comum deles dois, que nunca tinha tido com Josef, espalmava o lençol no tato suave, com vagar e apuro, sentindo a importância daquela cama.

Mario Sérgio sequer lhe veio à cabeça naquela relembrança toda. Tinham sido também anos de assédio de amor, amor intenso de jovem por parte dele, e o que havia ficado de significativo na memória dela? Nada. Melhor, talvez um certo ressaibo. De quê? Por quê? Não tinha resposta e não a buscava por falta de interesse, a imagem que ficara dele era desinteressante, de menino bonito, mas vazio, insistente e tolo, menino inconsistente, uma relação de amor com ele seria quase um caso de pedofilia de mulher, nem nunca ouvira falar disso, deturpação grave enfim, nunca. Jamais o evocaria numa recontagem de sua vida amorosa.

Nos últimos anos, entretanto — ambigüidades da vida —, tinha tido oportunidade de lembrar-se dele até com certa benevolência, bem, afinal aquela persistência de anos não deixava de ser uma virtude, e por isso mesmo veio a convidá-lo para a festa dos seus sessenta anos, era um aceno biográfico, bem, por que não, passado é vida, mesmo o passado maçante, e chegou a ser um reencontro alegre, Mario Sérgio mostrava uma face nova no olhar e na fala mais madura, veio até a aceitar complacente, depois da festa, alguns chamados dele para saídas em conjunto dos casais, uma ou duas vezes, curiosidade feminina de conhecer um pouco melhor a mulher dele, figura meio hierática mas sem muito sabor, na terceira vez começou a espaçar, não tinha muito sentido. Mas o fato era que naqueles dias de vazio após a viagem de Josef, que agora recordava, Mario Sérgio sequer lhe havia vindo à lembrança, nem de longe. A imagem dele, quando ocorria em ligação a qualquer circunstância, trazia sempre, não sabia bem por quê, uma sensação de desprazer, algumas coisas próprias dele, do corpo dele, que causavam aversão, o formato da boca que lhe era tão desagradável, a dobra dos lábios, que sugeria sempre uma visagem de arrogância boba, o lábio superior um pouco virado para cima deixando entrever os dentes, que pareciam pouco escovados, até o feitio das unhas, curvadas para dentro em forma de garras de rapina. Não, naquele momento de calma, reversão e juízo da vida dela, Mario Sérgio não tinha nenhuma presença, não fazia nenhum pensamento.

O trabalho foi o piso firme de sustentação que não deixou ela mergulhar em depressão mais funda naquele tempo. A ocupação do trabalho, retomada com vigor, a disciplina necessária, que não era coisa comum entre as mulheres, ligadas ainda inteiramente na pauta da família, foi mesmo salvação naquele momento. E foi piso firme sempre, para o resto da vida. Graças a Deus, foi a opção certa que tinha feito, pelo trabalho profissional, fora de casa, entrando pelas brechas que a sociedade deixava abertas, jogando-se decididamente no fazer pessoal dela, em busca do reconhecimento de um valor social, por que não? Graças a Deus, e ali, naquela quadra depressiva, o trabalho foi a sustentação. Tentou a ajuda da mãe, chegou a passar uns dias na velha casa da rua Redentor, recordando a juventude, a figura balsâmica do pai, a figura delicada de Maria Antônia, onde andaria ela, ultimamente sumida, a personalidade fascinante de dona Ângela que os visitava sempre naquela antiga moradia, agora morta, levou Júnior, que estranhou tudo na casa, que não tinha um laço afetuoso com a avó, que certamente captou todo o odor de decadência que impregnava o ambiente. Enfim, voltou para o seu apartamento, a sua cama, onde flutuava a lembrança grande e boa de Bernardo. A tristeza, o vazio que sentia tinha um nome, aquele tempo escorrido e insosso que custava a passar, a melancolia tinha um nome que voltava com constância à consciência, era o de Bernardo.

Conhecera Bernardo na casa de dona Ângela. Era também filho de um velho amigo italiano, até meio aparentado de longe com ela, que a mestra intuiu que faria um belo e durável par com Ana Maria. Organizou um pequeno jantar para exibir uma coleção de excelentes slides de palácios, castelos e paisagens da Itália que havia recebido recentemente e chamou umas dez pessoas amigas e interessadas, entre os quais os dois jovens. Foram os que mais apreciaram a coleção, o jantar e o vinho servido, e a conversa que se desdobrou depois dos slides; foram os dois últimos a sair. E quando saíram já tinham combinado para a semana seguinte uma visita a um sítio arqueológico em Araruama, guiados por dona Ângela.

Bernardo era claro, alto e belo como uma estátua de Miguel Ângelo. Era inteligente, recém-formado em arquitetura e interessado em artes plásticas, em música, em história da arte, em história em geral, e especialmente em uma beleza viva, jovem e feminina como a de Ana Maria. E para ela Bernardo era uma composição de atrativos irresistível, uma figura bonita que iluminava um campo de visões inteiramente novas que ela ia aprendendo a observar e degustar, a paisagem da cidade apreciada em nova pauta, a da arquitetura dos prédios, os estilos, os edifícios do Lido, da Ronald de Carvalho, o Itahy que tantas vezes vira na Avenida Copacabana sem reparar, outros núcleos no Flamengo, na Glória, o Biarritz, o Ipu, seus conhecidos sem saber o significado, Bernardo tinha estudado as construções art déco dos anos trinta, mostrava-lhe os exemplares no Centro e nos bairros, com interesse de estudioso, tão diferente para ela, não que fosse uma preferência dele, na verdade não gostava daquilo e era ligado mesmo no encantamento dos modernos, mas tocava-o a força daquele estilo que deixara marcas tão nítidas no Rio, ele havia estudado o Plano Agache, impressionado com a transformação que o Rio poderia ter sofrido, maior que a de Pereira Passos, se a revolução de trinta não tivesse engavetado aquele plano abrangente e monumental do francês, na sua visão de cidade-arquitetura, cidade-monumento, horrível, ele achava, cidade nazista, grandiosa e feia, como eram as idéias artísticas daquela ideologia tão forte na época, horrível mas com personalidade vivíssima, tão bem impressa em vários pontos da cidade. Aquilo tudo tinha para ela a sedução dos mundos novos que a figura encantadora de Bernardo encarnava. O amor entre os dois desenvolveu-se a galope como havia intuído a mestra, que foi madrinha do casamento, cerimônia simples na Igreja de Nossa Senhora da Paz, seguida de uma recepção muito íntima na casa da rua Redentor para que os amigos mais chegados tomassem um champanhe com os noivos. Ana Maria não queria que o pai gastasse muito dinheiro com festa e desse de presente ao casal, isso sim, uma viagem à Itália. O roteiro foi feito pela mestra.

    A rotina que se seguiu ao deslumbramento da viagem e dos meses subseqüentes nunca chegou a ser enfadonha para os dois. Enfrentaram em muita consonância os respectivos desafios profissionais, mais difíceis para Bernardo, que não quis ser empregado e começou com um pequeno escritório próprio detalhando projetos para outros arquitetos mais antigos. Ana Maria conseguiu o emprego no Horto, que ajudou bastante o sustento da casa e começou a desenvolver o interesse de ambos por árvores e plantas ornamentais, encaminhando aos poucos o escritório de Bernardo para projetos de jardinagem. Quando sentiram um mínimo de segurança, deixaram vir o filho desejado. Tinham já três anos de casados quando Júnior nasceu, novo encanto para a casa, dificuldades maiores para Ana Maria, resolvidas sempre sem dramaticidade, estilo dela. Eram um casal de psicologia saudável, autoconfiante, ligado por um interesse comum na vida e ainda na cama, mesmo após o nascimento do filho. Tudo natural e sadio, e alegre como a juventude dos dois.

Sim, a revisão da vida deles, feita freqüentemente por ela, nunca tinha indicado indisposições graves, até a loucura da paixão por Josef. Ana Maria olhava com ternura o marido que dormia a seu lado. Tinham rompido juntos o quase novo século e iam fazer, naquele dois mil, quarenta e cinco anos de casados. Com aquela interrupção enlouquecida que tinha durado um ano.

A volta foi mais difícil para ele do que para ela. Começou a perceber a mudança nos olhos dela quando ia buscar Júnior nos fins de semana. Depois, com mais nitidez, na festinha que Ana Maria fez em casa no aniversário do Júnior. Mas a mágoa estava lá dentro da alma dele, muito ativa ainda, fazendo mal, reduzindo até a graça da vida, a graça das coisas normais; não conseguiu, por exemplo, interessar-se de verdade por outra mulher, arranjar uma namorada, ele, que era um homem atraente, achava uma que outra bonita e interessante, gostosa, chegava a ter vontade de ir para a cama, ia mas não sentia crescer amor nenhum, nem vontade clara de ficar com ela, de repetir, de cultivar, preferia as putas, ia às putas, coisa que fazia às vezes até mesmo no tempo de casado, gostava daquela relação alegre e honesta, rápida e prazerosa, na qual a mágoa adstringente que tinha na alma em nada interferia.

A volta foi mais difícil para ele, que havia sido humilhado. O sentimento de dignidade pessoal é o cerne do estofo humano; quando as circunstâncias da vida fazem-no partido, o ser também se parte, pode manter-se biologicamente vivo pelo instinto, mas não é mais o ser inteiro do homo. E quando o homem fez seu Deus, à sua imagem e semelhança, colocou n'Ele, como principal exigência, de caráter absoluto, o dever da adoração e da glorificação, acima de todas as coisas. E assim é; no relacionamento entre as pessoas desse mundo humano, a contabilidade de enaltecimentos e humilhações, de manifestações de consideração ou de desprezo, é decisiva. Os expertos e habilidosos nas artes da adulação conhecem bem o valor dessas práticas na obtenção dos favores que desejam, quaisquer que sejam, favores do poder, do dinheiro ou do amor.

Bernardo tinha sido humilhado no episódio da loucura de Ana Maria. E para ele a volta foi bem mais difícil. Captava os sinais dela, não tinha razões outras para não corresponder, queria também, no fundo, recompor o casamento, que era importante para ele como fator de estabilidade e de apoio para as demais atividades de sua vida, que era muitíssimo importante para o relacionamento com o filho, o relacionamento afetivo dele com o filho, dimensão enorme de sua vida, e importante também, claro, para a formação do Júnior; enfim, tinha razões de sobra para voltar e nenhuma objetiva para continuar separado, nenhuma mulher nova na sua vida, nenhum interesse específico que fosse atrapalhado pela volta, mas mesmo assim captava os sinais dela e não correspondia, evitava os olhos, desconversava ante palavras sugestivas de recasamento. Até que Ana Maria compreendeu e também se humilhou:

— Está bem Bernardo, eu fiz uma besteira, coisa que realmente não se faz, eu fiz uma tremenda besteira, a maior da minha vida, estou reconhecendo e pedindo perdão por ela.

Desarmou a defesa dele; as lágrimas irromperam instantaneamente nos olhos e desceram pela duas faces de Bernardo. Abraçaram-se com a ternura antiga, ela tinha ainda bem presente na memória aquele momento, e comovia-se a relembrá-lo em silêncio, olhando-o ali ao lado, dormindo mansamente naquela primeira tarde do novo século.

Recomeçaram a construção interrompida, o amor da vida de ambos. Dali em diante com mais vontade de amor, com mais compreensão e mais tolerância, mais profundidade no sentimento. Tiveram um segundo filho um ano depois, um desejo que estava na alma dos dois, nasceu uma menininha, clarinha como Júnior, que levou o nome de Clarice. A firma de Bernardo ia bem, e Ana Maria continuava trabalhando em Guaratiba, sentia-se tão bem lá que resolveu pedir demissão do Horto, para onde teria de voltar terminado o prazo de sua licença.

E não houve mais abalos sísmicos em suas vidas nos anos e décadas, nada mais que trepidações, intercaladas de alegrias e dores naturais, a morte da mãe dela e depois da mãe dele, os casamentos dos filhos e os respectivos descasamentos, tinham agora três netos e pouca probabilidade de crescer este número, apesar de Júnior ter se casado uma segunda vez, com uma mulher que já trazia uma filha do primeiro casamento. Mantinham uma razoável coesão de família, Clarice sempre ajuntando e se interessando, a mulher sempre cuida da agregação com mais afinco, e reuniam-se em algumas datas as sete pessoas, fazendo oito com a enteada do Júnior. Ana Maria e Clarice se empenhavam, Bernardo se comprazia.

Bernardo ali ao lado dormindo, o ar-condicionado ligado, abafando ruídos de fora, a porta do quarto fechada no trinco, ninguém em casa além deles dois naquela tarde primeira do ano dois mil.

Entretanto a porta do quarto se abriu, inesperadamente, mas normalmente, nem devagar nem de rompante, e entraram dois homens, de calça e de camisa, uma camisa rosa e uma camisa azul, um jovem e outro não muito, calmamente, ou em calma aparente, cada um com um revólver na mão. Ela demorou a ver o que estava vendo, não fazia sentido, dois desconhecidos no quarto, cortando o devaneio da sua vida, demorou até compreender a cena, perceber que era real. "Silêncio absoluto", disse o mais maduro, "e calma, muita calma, colaboração, que tudo vai dar certo."

Bernardo acordou. Não teria sido pelo ruído das vozes, que não era forte, ao contrário, buscavam o silêncio. Certamente a vibração do susto e da tensão de Ana Maria espicaçou seu sono e despertou-o. Foi repentino, entretanto, o despertar e o movimento de corpo que se lhe seguiu, como um pulo a colocá-lo sentado na cama. O susto confuso, que para Ana Maria tinha sido paralisante, sobre Bernardo acionou um reflexo que desencadeou uma espécie de mola propulsora que o jogou sentado sobre a cama, ainda sem compreender bem o que se passava.

— Quieto! — ouviu bem o comando firme e determinado, e viu o revólver apontado. A compreensão, todavia, ainda não se tinha formado completamente na consciência dele, o sentido da realidade e do perigo daquela cena na sua inteireza. A vista, principalmente, era turva e confusa, lembrou-se de que lhe faltavam os óculos, e de que eles estavam dentro da gavetinha da mesa-de-cabeceira, ali os tinha posto ao se deitar. Sempre rápido, debruçou-se sobre a mesinha e abriu a gaveta. A brusquidão do movimento fez a gaveta abrir-se quase até o fundo, quase a cair por perda de apoio, deixando aparecer todo o seu conteúdo. Bem na frente, estavam os óculos que ele procurava; bem no fundo estava um revólver preto. Bernardo nem tinha pensado no revólver; na verdade nunca pensava nele, quase não se lembrava de que tinha aquela arma ali, tinha porque havia sido compelido a aceitá-la, anos atrás, juntamente com outros objetos e algumas moedas antigas, em paga de uma dívida de cliente que jamais seria resgatada normalmente. E a tinha posto ali, bem no fundo, porque achou que, se tinha uma arma, era bom que ela estivesse à mão numa emergência. Mas essa emergência jamais havia ocorrido nem ele pensava que viesse a ocorrer, o revólver nem estava carregado, as balas estavam numa caixinha à parte, ele nunca o tinha usado nem nunca tinha pensado em usá-lo, nem mesmo naquele momento de susto e confusão em que abriu a gaveta da mesinha para pegar os óculos.

A arma era pequena, era um revólver calibre 32, posto dentro de um coldre preto, bem no fundo da gaveta. Mas era um revólver e Veludo viu-o com nitidez numa fração de segundo, tal o grau de prontidão com que sua atenção estava mobilizada, e o ato reflexo saiu instantâneo e impensado, Veludo puxou o gatilho do seu, que estava apontado para Bernardo, atirou e acertou. O estampido não foi muito forte, teria sido abafado pelo ruído do ar-condicionado. Mas desencadeou a reação nervosa incontrolável de Ana Maria, que lançou no ar um grito agudo e lancinante capaz de atravessar barreiras e distâncias. E aquele grito alarmante fez que Ritinho também acionasse sua arma em ato reflexo, puxou decididamente o gatilho do seu revólver apontado para Ana Maria, e a bala penetrou-lhe o corpo bem na altura do coração. Um átimo de espasmo que ergueu seu tronco, e Ana Maria caiu de lado já sem vida.

VIII

Aquele era o terceiro trabalho que faziam. Vestidos no padrão classe média, calça e camisa de vitrine zona sul, Veludo era branco, ligeiramente grisalho sobre as têmporas, trazia a tiracolo uma sacola, onde levava ferramentas e um revólver, Ritinho era escuro mas não muito, tinha os traços finos e boa aparência, levava uma pochete onde tinha a arma escondida. Iam só os dois, era mais arriscado porque não tinham cobertura de retaguarda, mas era menos arriscado porque não chamava atenção, não era um grupo que desse na vista. Dois discretos amigos educados que diziam aos porteiros que estavam sendo esperados no apartamento tal, davam dois nomes quaisquer, Souza e Paulino, se o porteiro tentava confirmar pelo interfone e a manobra se desfazia, eles não se perturbavam, tiravam do bolso um papelzinho e certificavam-se de que o número do prédio estava errado, tinha havido um engano, pediam desculpas e iam procurar o número certo no quarteirão seguinte. Mudavam de rua, escolhiam outro prédio, pela aparência, e repetiam a operação. Até que um porteiro, o quarto, o quinto, o sexto, não conferia e os deixava entrar, pela aparência. Faziam isso sempre num dia de pouco movimento, domingo ou feriado, duas horas da tarde, tomavam o elevador e iam diretamente ao último andar, onde tinham dito que eram esperados. Mas se o porteiro havia engolido a mentira era provável que soubesse que havia gente no apartamento, e eles não eram assaltantes, queriam trabalhar em casa vazia, onde os moradores tivessem ido para fora no fim de semana, ou pelo menos tivessem saído para almoçar fora. Desciam, pois, pela escada e começavam a investigar porta por porta, colando ouvidos, escutando o silêncio, se percebessem o mínimo ruído de gente, desciam outro andar, se não, esperavam alguns minutos e, persistindo a calada, tocavam a campainha. Se aparecesse alguém, era engano, e desciam outro andar. Ana e Bernardo ficavam no quarto andar; eles tinham subido direto ao sexto, tinham escutado barulhos no quinto e só ouviram silêncio no quarto. Tocaram a campainha e ninguém respondeu, duas vezes, era ali o trabalho, não havia ninguém em casa.

Veludo não se chamava assim, era o Rocha, um português habilidoso, que tinha já seus trinta e oito anos e desde os quinze aprendera a trabalhar com fechaduras e segredos. Aprendera o ofício com o pai, que havia deixado Portugal desgostoso com uma imputação falsa de roubo numa loja em que fizera a troca de chaves, em Setúbal, onde viviam. Acabara livrando-se da pena injusta, mas não da desconfiança que continuou pesando sobre ele, e que o levou à decisão de mudar-se para o Brasil com a mulher e os dois filhos, menina e menino, ainda pequenos, tão amargurado ficara com tudo aquilo.

A vida para o Rocha era uma história inglória que se misturava com a do pai azarado, a vida sem graça que ia levando depois de tempos tão sacudidos de altos e baixos. Tinha um quiosque de chaveiro perto da praça General Osório e tirava naquele trabalho ganhos modestos que cobriam bem suas despesas mas nem de longe possibilitavam o acréscimo de patrimônio necessário para um retorno a Portugal, que era então seu desejo definitivo. Sim, queria, aspirava, ansiava por voltar a Portugal; afinal, era português e não tinha mais laços nem afetos no Brasil, nenhuma raiz aqui e nenhum gosto, só as lembranças do pai lutador que havia morrido de um infarto fulminante de revolta indignada e impotente, e da mãe morta oito meses depois, de muitas e sucessivas doenças de tristeza e solidão. A irmã, três anos mais velha, casada, mudara-se havia tempo para o interior do Paraná e só falava com ele por telefone nas datas de aniversário e fim de ano.

Tinha chegado ao Rio com cinco para seis anos, crescido na Penha, onde fez o primeiro e o segundo graus, perdendo depressa o sotaque e cursando na rua a filosofia da cidade, sem se desprender contudo dos nexos da família portuguesa, a voz do pai, a disciplina, o bacalhau aos domingos feito pela mãe e a energia dura do trabalho. Começou a trabalhar com o pai numa lojinha da rua Mem de Sá, os dois no ofício e a irmã ajudando no balcão, ali, quase dez anos de percurso e crescimento, degrau a degrau, o pai acumulando até poder se associar a um patrício rico e amigo numa loja de ferragens na rua Miguel Couto, então, ah, era o comércio, não mais o trabalho manual, Rocha foi trabalhar lá, passou a tirar um salário e a respirar um auspício junto com o pai. Foram anos de progresso e excitação, correnteza trepidante de esforços alvissareiros, anos oitenta e tantos, aquela inflação incontrolável, nunca imaginada, gerando tensões e cuidados agudos, remarcações ali no dia-a-dia, aplicação diária dos lucros, muita cabeça e atenção, bom dinheiro, é verdade, mas nenhuma distração, nem dissipação, mulher só de graça, sem nenhuma seleção, era a que desse; uma única vez, naquele tempo todo de ralação, sentiu no peito vontade de amar e de casar, era uma rapariga que servia no balcão onde ele almoçava todo dia, foi dando aquele encantamento cada vez maior dentro da alma, empolgante, por ela teria dado muito ouro, ele que não tinha atrativos que oferecesse no rosto e no corpo, nem tinha trato fino que impressionasse, apresentaria capital, condição de vida farta, estava disposto, os olhos vivos e a graça dela eram de romper qualquer cautela, o corpo liso e roliço, ia apresentar sua condição e seu oferecimento no dia seguinte, hesitava por dúvida, não sabia o que diria o pai, e também por constrangimento, certa vergonha de quem nunca se tinha declarado em amor, hesitava, mas no dia seguinte falaria, palavra e ouro, compraria uma bonita jóia para ela, no dia seguinte, não hesitava mais, e no dia seguinte do dia seguinte ela sumiu, entrou de férias e não voltou nunca mais. Mas foi um episódio só, forte, estremecedor e decepcionante, mas só episódio, que durou dois meses e pouco e acabou esmaecendo dentro da agitação daqueles anos vivazes de trabalho e ganhos excitantes, ele e o pai à frente do negócio, o Santos só aparecendo duas, três vezes na semana, vendo que tudo ia certinho e dedicando-se a conversas e acertos importantes na Associação Comercial, fazendo retiradas pequenas e grandes, anotadas em dólar do dia por fora da contabilidade, entre eles, sócios e amigos, assinando promissórias pró-forma em cruzeiros, entendidos em que valia a conta em dólar, tudo de valor tinha de ser feito em dólar. Mudaram-se para um apartamento maior, bom, na Vila da Penha, a irmã casou-se, com um médico de família paranaense que tinha vindo estudar no Rio e trabalhava no Getúlio Vargas, família boa, casou-se bem, ficaram sós, ele e os pais, no apartamento novo. Tempos de maturação, eles dois acumulando, pensando em comprar a parte do Santos, havia conversas de vez em quando sobre o assunto, vida que apetecia, na poluição quente do Rio, centro e subúrbio, não queriam saber de zona sul, que era zona de gastos, vida dura mas interessante para eles, na esculhambação mesmo do Brasil, nem pensar em Portugal, um dia iriam de viagem, rever, por enquanto era aquela vida de luta e de ganho, Rocha passando os vinte e cinco anos, tudo em transporte, entusiasmo. Quando veio a sacanagem do Santos, a tremenda, insuspeitada e puta sacanagem. Reuniram-se uma tarde para acertos e propostas de compra do negócio, e foi quando o Santos disse, na cara, sem vergonha nenhuma, que o valor das retiradas dele, de anos e anos, tinha de ser computado em cruzeiros, as promissórias válidas eram as de cruzeiros, moeda nacional, as da contabilidade oficial, não as de dólar, coisa particular só para referência, mas para valer como negócio tinha de ser em cruzeiro como mandava a lei, não podia ele, Santos, com o nome que tinha, fazer nada ilegal, moeda nacional com juros, naturalmente, conta honesta, vinte e quatro por cento ao ano, o pai estuporado, primeiro o emudecimento, a dúvida de entendimento, não estava acreditando, depois a compreensão, era aquilo mesmo, e a não aceitação, a contestação, firme mas controlada, o outro inabalável, então a indignação, o estouro de cólera, o soco na mesa, a briga feia, puta que o pariu!

Santos era rico, Santos tinha dinheiro, tinha advogados, Santos tinha relações, conhecimentos importantes, foram onze meses de luta irada pela justiça gritante, luta perdida, onze meses, antes de fazer um ano o pai estourou de raiva num infarto fulminante. A mãe adoeceu e foi de doença em doença, só gastando rios, sem levantar da tristeza, até morrer também. Ponto final naquela vida rija e dinâmica que se esboroara, desafortunada, Rocha ficou pensando meses.

E resolveu mudar seu destino, vendeu o apartamento da Vila da Penha e comprou um menor em Botafogo. Comprou um quiosque com o ponto em Ipanema, perto da Praça General Osório, equipou-o com o melhor ferramental, voltava à sua antiga arte num mundo que agora era outro, zona sul. Do subúrbio trouxe só a mulher: antes de mudar casou-se com uma mocinha da vizinhança, bem branquinha de olhos pretos, parecença bem portuguesa, mas só parecença, revelou-se uma gastadeira, deslumbrada com a gente rica, reclamante e exigente que ela só, até nas coisas de cama, vejam só, queria sempre, todo dia, queria isso, queria aquilo, inda bem que não lhe deu filho, ele que tanto desejava, parte importante da sua vida nova, inda bem porque depois de três anos e meio mandou-a embora, fosse pro diabo, faltou pouco para mandar-lhe um bofetão no meio da cara, coisa merecida pelo atrevimento dela, que era mesmo do demônio, vivia de olhares para os homens da redondeza, foi reclamar na justiça mas daquela vez ele ganhou, não tinham filhos e ela tinha posses de família, ele provou.

A Justiça, esta palavra tinha para ele um significado amargo, de amargor muito profundo, pelo que vira e vivera ao lado do pai naquela lide clamorosamente injusta contra o poder do Santos filho da puta. Justiça brasileira, bando de canalhas, sua vida não se acertava mais no Brasil, não se acertaria nunca mais, não adiantava mudar de bairro e de profissão, tinha de voltar para Portugal, que lá a gente era mais séria, era mesmo, e era uma terra em progresso, coisa que o Brasil não seria mais. No Brasil restaria nada, senão aquele desgosto crônico, que ia se fazendo dia-a-dia em aversão maior, em repulsa ao país de gente safada e mentirosa, gente atrasada que só queria saber de futebol e carnaval, negralhada, e roubalheira, muita roubalheira, todo dia nos jornais, e aqui na cidade maravilhosa, que brincadeira de mau gosto aquela alcunha, dois vagabundos pequenos e um larápio em cada esquina, era assim que estava aquele Rio de Janeiro que não suportava mais, nem o calor infernal, passara a senti-lo muito mais intensamente depois que vira a mãe chorando de tristeza e morrendo de calor, chorando pela brisa fresca de Portugal, sem a qual não podia mais viver. Ele não se lembrava mais, que era tão menino quando veio, porém sabia que o clima lá era muito mais ameno e mais civilizado, clima europeu, nada deste calor feito para negro africano. E sabia que Portugal estava em grande prosperidade, lia jornais de Portugal, era país de gente trabalhadora, país limpo que se modernizava cada dia mais desde que entrara para a Comunidade Européia. E ele era português, aquela era sua terra, ele era cidadão europeu, tinha de voltar, deixar aqui este valhacouto enxovalhado. Só que, bem, não queria chegar lá na humilhação de quem saiu, deixou a terra, não se deu bem e voltou cabisbaixo, envergonhado e vazio de lastro. Não. Queria chegar levando um patrimônio mínimo. Como os portugueses todos chegavam de volta, considerados, a fazer negócios lá com o dinheiro ganho aqui.

Tinha conseguido economizar quase quarenta mil dólares do patrimônio dos pais, descontados os gastos com a mudança e a instalação do quiosque, pôs tudo em nota de dólar num cofre alugado no Banco do Brasil, e continuava acrescendo devagarinho aquela soma, esforço da sua vida severa, já não tinha mais em casa a mulher gastadeira, só que acrescia muito devagar, as condições agora eram difíceis. Mas não havia perdido a têmpera de todo, apesar dos baques.

Tinha de novo um projeto de vida na Europa e com ele restaurou seus dias de austeridade. Seu único luxo era um caso que tinha com uma guardadora de vagas de automóveis que trabalhava perto da sua oficina-quiosque, uma escura jeitosa de porte elevado e curvas bem redondas, cabelos grandes e crespos, olhar vivo e safado, dormia com ela aí pelos hotéis do Catete duas vezes por semana. Ela morava em São Gonçalo com a mãe e uma filha, e ele não queria levá-la para dormir no apartamento onde morava, dois quartos e sala em Botafogo, primeiro porque era um prédio modesto mas de gente muito direita, todos se conheciam, e depois não queria que a mulher soubesse que ele tinha um apartamento próprio, fruto do legado dos pais que se tinham ido. Assim que tinha aquele gasto com ela, de hotel, e mais uns trocados que lhe dava, mas não era muito, e era de verdade seu único gasto, não bebia nem jogava, comia comida boa mas barata, conhecia os restaurantes em Ipanema e Botafogo, e sempre conseguia trocar cinqüenta ou cem dólares ao fim de cada mês, às vezes até um pouco mais, dependendo dos ganhos do trabalho.

Chegou então a quase cinqüenta mil acumulados. Vendendo o apartamento e o quiosque, teria com certeza mais de oitenta mil, noventa, quem sabe, sem negociar muito, torrando para ir embora no dia seguinte. Precisava então de mais vinte mil, queria chegar em Portugal com mais de cem mil dólares limpos, patrimoniozinho para montar o seu negócio lá, não chegar dependendo de favores. Tinha lá os primos em Setúbal, não os conhecia mais, não mantinham contato mas sabia como encontrá-los, só que não tinha a menor idéia de como estariam de vida, e nem teria cara-de-pau para pedir qualquer ajuda de dinheiro. Tinha de arranjar mais vinte mil dólares, e tinha pressa, primeiro porque temia um desastre econômico qualquer no Brasil, o que escutava e lia nos jornais era de preocupar, aquele quiosque, por exemplo, de repente podia não valer mais merda nenhuma. E pressa também porque estava mesmo a fim de se mandar correndo, não agüentava mais essa cidade sacana e essa gente safada. Principalmente isso, não agüentava mais, e vivia a dar tratos consigo mesmo para achar um jeito de conseguir mais uns vinte mil dólares depressinha. Sua receita, entretanto, não melhorava, e a tendência era até de baixa, via que ali na Visconde de Pirajá tinha agora quase um quiosque em cada esquina, absurdo permitirem aquilo. Com certeza rolava grana, mas a concorrência reduzia o ganho. E não ia mudar de ponto, não tinha mais pique nem tempo para uma nova manobra. Podia até acabar perdendo dinheiro. Merda. Começou a pensar em se mandar com o que tinha até ali.

Foi quando apareceu Reinaldo. Rocha foi chamado para fazer um serviço numa joalheria na Visconde de Pirajá. Serviço bobo, um cofre pequeno, que se abria com chave e segredo, e a chave tinha emperrado, ligeiramente deformada, ele não sabia como nem queria saber, não era da sua conta, o fato é que foi chamado, foi lá e resolveu o assunto facilmente. E lá conheceu Reinaldo, que era um dos seguranças da loja, rapaz escuro mas de muito boa aparência, educado e afável, bem-vestido, de terno e gravata. Conversou ligeiramente com ele na saída e, casualmente, dias depois, encontrou-o na rua quando ia almoçar na Farme de Amoedo, como quase sempre fazia. E almoçaram juntos aquele dia, fizeram conhecimento, o rapaz, educado, lhe pareceu pessoa fina, o jeito de comer dizia muito das pessoas, vestido sempre de terno cinza e gravata azul-escuro. E passaram a encontrar-se, meio que casualmente, mas com certa freqüência, nas semanas seguintes, na hora do almoço, Reinaldo tinha gostado do restaurante indicado pelo Rocha.

E conversavam, naturalmente. Reinaldo era mais jovem e mais extrovertido, não tanto que parecesse um papagaio, como eram os cariocas no geral; ao contrário, tinha um ar sério, mas tinha sempre um assunto para falar, sobre as pessoas, o restaurante, a comida do dia, o estofamento das cadeiras, a rua movimentada, a televisão que ficava ligada o tempo todo, mesmo que ninguém estivesse atento nela, até de futebol, embora percebesse que não era um tema do Rocha, ainda que, como bom português, devesse ser um vascaíno. No primeiro dia em que almoçaram elogiou muito a habilidade profissional do novo amigo. Extraordinária, todos tinham observado na loja a presteza e a facilidade com que tinha resolvido o problema, a competência dele. Rocha calou-se desvanecido, coisa boba tinha sido aquela, mas não disse nada, gostou mais do rapaz. Em outro dia Reinaldo, vendo a televisão, comentou as injustiças da vida, que premiava tão generosamente gente de tão pouco valor, só porque tinha beleza para se apresentar no vídeo ou porque sabia chutar uma bola, cantar um samba, fazer macaquices num rock pauleira ou rebolar uma bunda lustrosa, enquanto profissionais dedicados, sérios, competentes, como ele, Rocha, por exemplo, nem de longe recebiam a paga merecida do seu valor. Sim, Rocha concordou, era evidente, não só pelo caso dele, pessoal, mas a injustiça grassava, não valia mais a pena trabalhar honestamente, não se reconhecia valor nessas coisas. Lamentaram, exemplificaram, concordaram, o tema se esticou até o fim do almoço. Entrou no meio a cidade, trazida pelo Rocha, o Rio e sua gente que não gostava de trabalho, vivia de riso e de mentira, e de safadeza, Reinaldo concordava, era carioca mas tinha de anuir, envergonhado, naquela constatação.

— Mas a vida às vezes abre uns atalhos de repente, e a gente, por medo, sei lá, ou por moleza, espécie de preguiça, sei lá, falta de iniciativa, a gente despreza esses atalhos achando que são arriscados, e muitas vezes eles são mesmo, e prefere continuar na rotina, mais segura, sem graça mas mais segura, assim é a gente, a maioria, que não gosta de sair do costumeiro.

Isso foi Reinaldo que disse num outro encontro, filosofando sobre a vida já quase ao fim do almoço. Disse aquilo entrecortadamente, como hesitante, ou como quem sabe da coisa mas não sabe dizer adequadamente, e a frase longa ficou suspensa, Rocha pensando, sem saber muito bem o que pensar, sim, assentiu, era mesmo assim. Ficou no geral, na generalidade em tese, e a conversa parou, falta talvez um exemplo ilustrativo da sentença, e Reinaldo pediu o café, olhou o relógio e falou do horário.

No encontro seguinte veio então o exemplo concreto daquela assertiva filosófica. Reinaldo voltou ao tema e Rocha disse logo que bem estava precisando de um atalho daqueles, uma oportunidade que premiasse sua vida dura, que mais ou menos tinha contado ao amigo, estava bem precisado, mesmo que envolvesse um certo risco. Reinaldo escutou e franziu a testa, mastigou o frango com serenidade e disse: "por coincidência, eu sei, neste momento, de uma oportunidade, você vê como são as coisas".

Tinha algum risco, não era rotina babaca, mas era risco pequeno e a oportunidade de ouro. Conhecia o porteiro do edifício onde morava uma cliente importante da joalheria, uma velhota empertigada e chique para quem ele sempre abria e fechava a porta do carro, um Volvo preto, quando ela vinha à loja. Conversando com o motorista, soube que ela morava numa cobertura na rua João Lira. Andou passeando por lá e, coincidência, aí é que entra o lance de sorte que a vida oferece, por coincidência um dos porteiros do tal edifício era irmão de uma ex-namorada dele, Reinaldo, de muito tempo, gente fina; ela e o irmão, o Geraldo, que era o porteiro, conversaram muito, chegou até a reatar de leve com a irmã dele, voltaram a se encontrar, moça bonita e carinhosa. E nas conversas longas com Geraldo, soube de muita coisa da vida da cliente que morava na cobertura, principalmente que era gente muito rica, um casal só, já de certa idade, e que quase todo fim de semana ia para

Teresópolis, ficando o apartamento vazio. Vez por outra vinha um filho, tinham um nos Estados Unidos e uma em Roma; um terceiro rapaz morava em São Paulo. Quando vinham ao Rio, paravam lá, mas vinham pouco.

    Rocha não era bobo e logo percebeu aonde o outro queria chegar. Reinaldo sabia das habilidades dele, podia, sim, abrir uma fechadura com facilidade e rapidez, mesmo Papaiz, tinha só que ver se não tinha alarme. Mas fez de bobo, não cortou o outro, deixou que ele continuasse sua conversa mole, que isso, que aquilo, a mulher devia ter muita jóia, incrível a injustiça do mundo, tanta gente boa aí na pior, ele conhecia bem, um dia contaria ao amigo um pouco da sua história, sua origem, dureza, dureza mesmo, conhecia bem, sabia de tanta gente nessa, e gente de valor, e via de outro lado uns poucos com tanto dinheiro, mas tanto dinheiro, dinheiro ganho como? Trabalho? Não; trabalho mesmo nunca dava tanto dinheiro, sabia disso também. A velhota comprava muita jóia, Rocha precisava ver, ele Reinaldo via, trabalhava lá, era muita jóia, coisa cara mesmo, internacional, talvez guardasse em cofre de banco, isso era quase certo, mas também devia ter muita coisa em casa, coisa muito boa, que não ia ficar levando e trazendo do banco toda hora, toda vez que usava, ela estava sempre cheia de jóias, mesmo andando na rua, imagine nas festas, ia muito a festas, o motorista contava e o próprio Geraldo confirmara, devia ter muita jóia em casa. Foi, foi, e chegou, se ele, Rocha, quisesse entrar numa operação que sabia fazer melhor do que ninguém, abrir a porta do apartamento, num sábado que não tivesse ninguém em casa, se quisesse, se tivesse a fim de pegar aquela oportunidade que era de ouro, podiam ganhar uma nota grande mesmo, mole, mole, ele, Reinaldo, tinha contatos, sabia como vender razoável tudo que pegassem lá, acreditava que daria um bom bocado, só que teria de dividir por três, Geraldo tinha de entrar no negócio, afinal, ele é que ia dar toda a dica.

Ó excitação! Conversa objetivada, sim, não era mais papo comum de amigos, sobre mulher, futebol, sacanagem, nem Reinaldo podia ser considerado ainda um amigo, era um cara simpático, que agradava a ele, Rocha, pelo modo de ser, de trajar, de falar, de bom nível, mas não amigo de se contarem intimidades. Então a conversa era sempre de amenidades corriqueiras, conversa leve que não desagradava mas também não convocava o interesse, a excitação da alma. E naquela hora mudava a qualidade, completamente, Reinaldo logo captou o incitamento nos olhos do português, que escutava calado mas visivelmente atraído, e continuou o encantamento, desenvolvendo o projeto, com a dica do Geraldo, a segurança era total, o risco era zero. E mais, não era só jóia, jóia teria com certeza, mesmo que não fosse muita, mas também dólar devia haver, muito dólar, com certeza, podiam guardar também em cofre fora mas com certeza tinham uma boa bolada em casa, Geraldo disse que eles viajavam muito, iam ver os filhos, iam para os Estados Unidos, iam para a Europa, várias vezes no ano, traziam muita coisa de fora, com certeza tinham muito dólar em casa.

Ó viva excitação! Sacudiu-se ainda mais forte a alma do Rocha naquele momento. Não que desprezasse as jóias, mas sabia que era negócio difícil de vender, que acabava vendendo barato, mesmo com os conhecimentos do Reinaldo, e mais, podia deixar rastro, pegarem o comprador e ele dizer de quem tinha comprado. Dólar, não, era coisa limpa, todo mundo tem e não tem marca, comprou, vendeu, ninguém mais sabe de quem, ninguém guarda número de nota, e para ele, Rocha, era o tamanho certo, era mesmo o que queria, não ia vender o que lhe coubesse, queria mesmo era as verdinhas. Excitação forte, não escapou a Reinaldo, que se concentrava na observação dos olhos do português.

E então foi por ali, rastreando a vibração do outro, continuou um pouco mais fundo naquela linha, algum detalhe aqui, outro ali, dólar não tinha falsidade, jóia você hoje mal podia distinguir coisa verdadeira de fantasia, ele, Reinaldo, tinha algum conhecimento, de conversa com gente da joalheria, mas dólar não tinha esse problema, e de repente os coroas podiam ter uns cem mil dólares em casa, não duvidava, pela freqüência com que viajavam.

— Já pensou?

Aquilo, assim jogado como hipótese expectável, oh, aquele número, sim, já tinha pensado bem, claro, mas disse que ia pensar mais, pediu um tempo, garantiu que não demorava, e garantiu principalmente, isso sim, o mais importante, garantiu com a palavra de tudo que não abriria a boca, jamais diria nada daquilo para quem quer que fosse; aliás, nem tinha para quem abrir a boca, era sozinho nesse mundo, não tinha mulher nem irmão. Reinaldo mediu e acreditou. Já tinha corrido o risco, estava dentro do que havia calculado, tinha percebido a eletrização do português, agora tinha de ir em frente. Só pediu certa urgência, sabia que nem precisava pedir, mas alegou que tinha que falar com Geraldo, planejar tudo com antecedência e precisão.

Sim, Rocha já tinha pensado e decidido num pulo de alma, desgraça pouca era bobagem, aquela oportunidade tinha vindo do céu, era a sua redenção, espécie de tudo ou nada, e era sua vingança também, contra aquela gente irresponsável e sonsa, cidade maravilhosa porcaria nenhuma, cidade enganosa, mentirosa, cidade de factóides, como eles mesmos diziam e gostavam, gente que sabia enganar como nenhuma outra, sempre rindo, e cantando no falsete, sem responsabilidade nem compromisso nenhum, gente idiota. Vingança. E redenção. Juntava tudo e ia para Portugal, sua terra, sua gente, país próspero e sério, país europeu.

E tudo correu dentro do esperado. Entraram num sábado em que Geraldo estava na portaria, mais ou menos uma hora da tarde, o casal tinha saído às onze para Teresópolis. Havia uma fechadura comum, La Fonte, e uma Papaiz, fácil para Rocha, melhor, Veludo, Reinaldo tinha estipulado a mudança dos nomes, fazia parte do plano, tinham que ter nomes de guerra, questão de segurança, Rocha achou aquilo uma besteira mas não quis criar caso, dali em diante só se chamariam assim, Rocha era Veludo, pela maciez das mãos, e Reinaldo era Ritinho, depois diria por quê, contaria um pouco da sua vida.

Veludo abriu a porta em menos de vinte minutos, sem fazer ruído. Tinha um alarme, Geraldo havia prevenido e estava esperando, o alarme tocava lá embaixo na portaria e quinze segundos depois em todos os apartamentos do prédio se não fosse desligado. Geraldo ficou bem atento e quando a sirene tocou desligou imediatamente o sistema, antes de cinco segundos, ninguém escutou, sorte foi não estar ninguém na portaria naquele momento, era a probabilidade da hora, ninguém entrando ou saindo. Mas é claro que aquele desligamento não poderia ser explicado depois; Geraldo abandonaria o emprego naquela noite, antes de os velhos voltarem e botarem a boca no trombone. A operação tinha de render bastante para compensar o risco e a perda do emprego. Geraldo achava que sim.

Rendeu. Entraram, não perderam tempo olhando objetos de arte e de prata que havia em abundância e foram direto ao quarto principal, uma suíte ampla com grandes armários embutidos. Um dos armários era um verdadeiro quartinho, um grande *closet* com gavetas, prateleiras e cabides com roupas de mulher. Estava trancado e Veludo novamente providenciou a abertura. Fácil, era uma fechadura tosca que ele arrebentou com uma chave de fenda. Um interruptor, a luz, e o grande prêmio: logo bem à vista, num canto de prateleira baixa, um cofre de aço verde-escuro um pouco maior que uma caixa de sapatos. Olharam-se, o achado, o júbilo.

    Veludo retirou o cofre e o levou até uma poltrona que ficava ao lado da janela, onde entrava bastante luz. Pediu a Ritinho uma mesinha e prontamente foi atendido, no quarto vizinho havia uma de tamanho e altura bem adequados. A emoção, ah, Veludo custou alguns minutos para dominar, a emoção do ser humano, as circunstâncias em que fazia aquele trabalho, normalmente sem grande dificuldade, e ali no entanto suas mãos tremiam, levemente. Teve de parar, respirar fundo um minuto, suava muito, era um dia quente da primeira semana de novembro, chegando o verãozão do Rio. Detestável. Insalubre. Mas a transpiração ia além do calor, Ritinho naquela observação tensa, olhos duros, e Veludo disse: vai ver os outros quartos, me deixe um pouco só, e Ritinho obedeceu. Veludo respirou mais, alisou a superfície lisa do cofre e finalmente conseguiu concentração, começou a trabalhar, sem pressa. Havia uma fechadura e um segredo, como aquele que tinha aberto na joalheria. Começou pela fechadura, com grampos e alfinetes de aço muito finos que tinha na sacola. E muita sensibilidade, e muito conhecimento daquela coisa. E muito domínio e paciência. Ritinho ia e vinha, tinha ímpetos de dizer que era melhor levarem aquele cofre para arrebentarem-no longe dali. Besteira, porque não podiam sair do prédio nem andar na rua com um cofre daqueles. Paciência, ia e vinha e não dizia nada, vasculhou toda a casa, até a cozinha, abriu a geladeira, muita latinha de chá e de cerveja, nem pensou em beber, não mexeu em nada, podia mexer à vontade mas nem tinha vontade, foi e voltou, teve a impressão de que Veludo tinha conseguido abrir a fechadura mas não quis perguntar, melhor não perguntar nada, não devia atrapalhar, sentia a tensão do outro, mas respirou enorme alívio quando viu que Veludo mexia no segredo.

Aqueles movimentos levíssimos, muito lentos, para lá e para cá, o ouvido colado no cofre. Meia hora, mais, uma hora inteira, sabia lá, aquele tempo que não se conta no relógio mas nos batimentos do coração, no zunir de uma corrente elétrica interior que dá vontade de correr. E ficava parado, olhava a rua pela janela, discretamente, sem pôr a cara, mesmo a rua estando sem movimento, a zona sul da cidade se esvaziava nos fins de semana, essa era a vantagem deles. O dia estava nublado mas havia claridade, o sol devia ainda estar alto, olhou o relógio, duas e meia, o prédio em silêncio, as pessoas que estavam em casa com certeza dormiam a sesta. Geraldo devia estar nervoso também, com certeza, o risco dele era tão grande, e de lá onde estava ele não acompanhava nada, não tinha idéia dos problemas, das dificuldades e facilidades, era capaz de estar pensando que eles estavam botando o apartamento de pernas para o ar, procurando o esconderijo, não sabia daquele cofre providencial, da ingenuidade daqueles velhos no colocar os valores num cofre tão visível, em vez de escondê-los em cantos diversos. Aquilo era desconfiança de empregadas, porque empregada nenhuma ia conseguir abrir um cofre, ao passo que podia descobrir por acaso um dinheiro escondido entre as roupas, era isso, claro, babacas.

Veludo trabalhando, Ritinho outra vez passeando pelo apartamento, olhando as coisas sem ver nada direito, vendo só que nada interessava, aparelho nenhum, televisão grandona, vídeo, som de primeira, nada, objeto nenhum, por mais rico que fosse, nada interessava, só dinheiro e jóias, coisas de pochete e de sacola, até de bolso. Plantas, a mulher tinha muitas plantas. Santos, pequenas estatuetas de madeira, talvez valiosas como antigüidade, mas não, de jóia até podia dar uma peruada, de antigüidade, nada, não era o seu ramo, nem saberia como vender e nem podiam pensar em levar. Quadros, a mesma coisa, talvez valessem muito, os coroas tinham dinheiro, o cofre tinha de ter conteúdo. Tempo, tempo, ó tempo, custoso tempo, não podia perturbar Veludo. Ia e vinha, e quando veio, finalmente viu o esplendor na face do companheiro, as mãos para cima, a radiação dos olhos, viu Veludo abrir devagar a portinha do cofre.

Meteu a cara e viu, um maço de notas preso com um elástico. Um maço gordo. De dólares, claro! Havia também umas moedas de ouro, cinco moedas, pegou uma a uma, quatro do Brasil, com a cara do Imperador Pedro II e uma de Portugal, com a cara de uma rainha gorda, coisa de valor, eram moedas grandes, e ainda duas abotoaduras de ouro com um brilhantezinho em cada uma, também dava dinheiro. Nenhuma jóia, aquele cofre devia ser do marido, as jóias estariam em outro lugar, Ritinho já havia aberto todas as gavetas enquanto Veludo trabalhava, gavetas daquele e do outro armário do quarto, tinha remexido por baixo das roupas e não tinha encontrado nada. Numa das gavetas havia muito adereço de mulher em várias caixas, colares, brincos, anéis, aparentemente tudo fantasia, isso ele mais ou menos conhecia. Pelo sim, pelo não, resolveu levar tudo, pelo menos teria bonitos presentes para dar, Cristiane ia adorar, coisa de gosto, de mulher rica. Mas achou que era melhor que dessem por terminado o trabalho, viu pela cara do Veludo que era também o que ele queria, tinham passado um bom tempo de tensão, o português devia estar exausto e ainda tenso de medo, não tinha cancha e de repente podia fazer qualquer besteira. Contaram depressa por alto, tinha vinte mil e tantos dólares, era uma safra.

    Chega, colega? Chega. Então vamos? Vamos. E foram. Veludo nem perguntou por mais nada, o que Ritinho tinha visto no apartamento, isso seria conversa de logo mais à noite. Encostaram a porta com cuidado, chamaram o elevador sem acender a luz do *hall* de entrada, certificaram-se de que vinha vazio e desceram. Na saída, Ritinho fez o gesto de sucesso para Geraldo e entregou-lhe o bilhete com o endereço do Veludo. Geraldo largava às oito e ia para lá, e nunca mais voltaria ao edifício, ia levar a culpa de tudo, evidente, e sumia, estava louco para saber concretamente do resultado, números, mas não havia tempo para relatos ali. Ritinho fez o polegar para cima e saíram para o mundo.

    Encontraram-se à noite na casa do Veludo, que tinha levado toda a féria na sacola, confiança tem que haver entre parceiros, era a lei. Rocha comprou quatro garrafas de vinho Dão e, antes de os outros chegarem, contou bem o dinheiro, eram vinte e seis mil e quatrocentos dólares, quase tudo em notas de cem, algumas de cinqüenta. Aquilo para ele era finalmente a redenção, ficou pensando, nem pensar, trato era trato, a base de tudo era a confiança. Não resistiu e abriu a primeira garrafa sozinho depois de esperar que ela refrescasse uns quinze minutos na geladeira, para não beber aquele vinho quente como o dia. Eram ainda seis horas. E até o Reinaldo chegar, pouco depois das sete, já tinha bebido toda a garrafa.

    Os dois tiveram uma hora juntos antes da chegada do Geraldo. Rocha já estava acoroçoado pelo vinho e gostou de ver chegar Reinaldo, recebeu-o com um abraço, que não era costume dele, tinha como coisa de brasileiro, essa efusão, abraços, beijos, tudo muito falso, mas ali no momento era coisa dele mesmo e verdadeira, sentimento de comparsa ansioso enquanto sozinho, louco para falar, comentar, comemorar, expandir a alma até para relaxar. E sentiu brotar um impulso renovado de amizade em relação ao Reinaldo, depois do que tinham passado juntos e da confiança que adquiriram um do outro no tempo do perigo. Até então tinha uma certa admiração, achava o outro um tipo educado e inteligente, afável, sim, mas nada derramado no estilo da terra. Agora levantara-se uma amizade verdadeira. Recebeu-o com alegria, à vontade como ficava em casa no calor, de calção e chinelos, o tronco cabeludo coberto por um jaleco azul profissional aberto, certo desmazelo do conforto que contrastava com o aprumo do amigo em camisa pólo grená bem-posta, elegância mais uma vez elogiada e, no aprazimento daquele reencontro especial, dividiram os dois a segunda garrafa de vinho antes da chegada do Geraldo. E combinaram que dariam a ele a parte maior, de dez mil e quatrocentos, ficando eles com oito mil cada um, tendo em vista que o Geraldo tinha perdido o emprego e teria de sumir, não poderia participar com eles das próximas operações, ainda que fosse mais seguro sempre ter um terceiro na cobertura embaixo para qualquer eventualidade. Quanto às moedas e às abotoaduras, Reinaldo providenciaria a venda e fariam depois a divisão entre os dois.

As próximas operações, uma referência feita assim de passagem, crucial, ali estava a questão difícil para o Rocha, um abismo subitamente aberto entre os dois, justamente no momento de maior aproximação. Não era ousado de natureza, nunca tivera o gosto do risco e da aventura, nem quando era jovem como agora os outros dois, e ademais estava com sua vida determinada, traçada sua mudança definitiva para o seu país, com aqueles oito mil ficaria faltando ainda um pouco para a sua meta de ultrapassar os cem mil como patrimônio de renovação da vida, mas pensando com prudência, com juízo de gente grande, já era suficiente, bastava não ser ambicioso demais, era razoável, tinha pensado muito enquanto tomava seu vinho só, enquanto esperava Reinaldo. E agora vinha ele e falava com naturalidade em novas operações. Que era aquilo? Que outras operações? Naquela tinham sido facilitados pelo conhecimento com o porteiro do edifício. Que outro porteiro conheciam em outro lugar? Através do Geraldo?

Não, por certo Geraldo tinha de desaparecer da redondeza, isso era indiscutível, ia ficar muito visado e procurado, não podia mais ser visto ali pelo Leblon e por Ipanema, que era onde eles deveriam continuar operando, porque São Conrado e Barra eram outra cidade, com outros esquemas, outros hábitos que dificultavam aquele tipo de operação, lá só tinha assalto de rua, coisa pesada às vezes, mas sempre na rua, operação em casa não dava naqueles condomínios fechados. Impressionava a inteligência e o tino do Reinaldo, que pensava em tudo, passava segurança. Contudo, ele, Rocha, não queria mais correr nenhum risco. E disse, com leveza e cuidado, mas disse de forma direta, precisava ser franco, não queria mais participar de outra operação, ia para Portugal.

Bem, Reinaldo não esperava aquilo assim, sem o Rocha não tinha trabalho nenhum, porque ele não operava à mão armada, só fazia casa vazia e precisava de alguém para abrir, alguém com a competência e a confiança do Rocha, o caráter do Rocha, que havia estudado.

Bem, coisa delicada e desapontadora, parou, e a conversa esfriou. Reinaldo não demonstrou contrariedade, fez que compreendia as razões do português, ficou olhando em volta à busca de outro assunto, elogiou o apartamento, sabia que o outro ia vendê-lo, era pena que não pudesse candidatar-se, levantou-se e foi à janela, olhou o Cristo, era bom morar em Botafogo, perto do centro e orlado de morros e áreas verdes, havia muito morava ali? Rocha disse que não, poucos anos, foi lacônico, Reinaldo não insistiu, sabia pouco da vida do sócio, nunca tinha perguntado muito e não era agora que ia dar de enxerido. Deu passos pela sala, ligou a televisão, disse que a imagem era muito boa e desligou. Rocha quis ajudar no degelo e foi abrir a terceira garrafa de vinho. Brindaram e beberam dois goles cada um. Um tempo passou em comentários sobre o vinho, sobre o vinho português, sobre a alegria da volta do Rocha para a sua terra, para os seus vinhos.

— Você é que é feliz, cara, você é que está certo. Maluquice é a minha. Era só porque você disse que precisava de mais dez ou vinte mil verdinhas, e eu comecei logo a bolar um plano novo.

E Reinaldo retomou como quem não quisesse nada, só para falar do esquema que tinha bolado, falar por falar, coisa simples, também sem risco, e principalmente sem nenhuma possibilidade de violência, as armas eram mero recurso de emergência, coisa simples e inteligente, trabalho só de dois, discreto e limpo. E devagar, no silêncio do outro, nos goles de vinho, foi explicando, só por explicar, mas ressaltando o aspecto segurança, chegavam, educados e bem-vestidos, e diziam ao porteiro que estavam sendo esperados no último andar, se ele perguntasse o nome, inventariam um qualquer, não era o verdadeiro, lógico, não iam adivinhar, então eles sairiam com aquela do engano no número do prédio e iriam adiante, até pegarem um babaca, havia muitos, garantido. Ia inventar que já tinha feito uma experiência daquelas com êxito total mas parou, o português não era burro, ia logo captar a mentira. Rocha era bom caráter, e bom amigo, se não dava era porque não dava, paciência, teria que sair para outra, melhor ficar na comemoração daquela, e levantou outro brinde.

Oh, a amizade, o companheirismo que se instala no trabalho tenso feito em conjunto, que se afirma na partilha de confiança, que cresce ainda mais ao pé de uma garrafa de vinho, aquele sentimento de homens, afeto forte entre homens, e também o ressurgir insidioso daquela tentação de chegar e ultrapassar os cem mil dólares de patrimônio para uma mudança bem-sucedida para Portugal, aquilo que estava sopitado lá dentro dele, Rocha. A conversa foi e a conversa veio. E aos poucos, Reinaldo falando jeitoso, Rocha foi mudando sua resolução, admitindo uma nova e última participação. Mas não disse nada, ia pensar sozinho. Geraldo chegou, recebeu logo os dez mil e quatrocentos dólares, exultou, comemorou, concordou em que tinha de sumir, voltaria no dia seguinte mesmo para Pernambuco, era até uma vontade que andava já se movendo na sua cabeça havia algum tempo, pegava o ônibus e levava tudo o que tinha, já estava com a sacola das suas coisas, só o que era mesmo importante, que tinha pegado no quarto em que morava no próprio prédio onde era porteiro. Não voltava mais lá, dali ia para a Rodoviária e ficava esperando o ônibus que saía de manhã cedo. Nem ia avisar nada à irmã, depois telefonaria para ela lá de Recife, ou de Caruaru. Segunda-feira, quando descobrissem, estava longe com o dinheiro. Alegre, dividiu com os outros o resto da terceira e toda a quarta garrafa de vinho, e depois ainda tomou uma latinha de cerveja. Despediu-se, sempre alegre, e foi para a Rodoviária. Tipo simpático aquele, pernambucano louro de olhos verdes, engraçado, boa gente, ficaram comentando na seqüência da saída dele.

Havia cerveja em casa, e decidiram tomar uma lata cada um. E então o Rocha resolveu e disse que ia pensar e talvez topasse outro trabalho, ia pensar aquela noite, no dia seguinte daria a resposta, ia pensar bem, mas se resolvesse topar seria só mais uma operação, isso definitivo, desse no que desse, mesmo que não conseguissem nada mais importante, depois, não mais, muita ambição acabava em perdição.

Ó amizade, sentimento de homens. Selaram o pacto de pé com um abraço brasileiro, animados na vibração da fraternidade.

E a operação seguinte foi um fracasso. Reviraram o apartamento inteiro, não era muito grande, três quartos só, deixaram tudo espalhado pelo chão, um choque para os donos ao voltarem, mas não encontraram dinheiro nem jóias. Para não saírem de mãos abanando, levaram dois cinzeiros de prata que cabiam na sacola, uma bela caneta Mont Blanc e um relógio antigo, de bolso, de ouro, que não funcionava mas devia valer alguma coisa em antiquário. Veludo se encantou com um lenço de seda para pescoço, de homem, e levou-o para usar em Portugal. Aquilo tudo não daria nada, levaram por levar, depois repartiram, cada um ficou com um cinzeiro, Veludo com a caneta e Ritinho com o relógio. As moedas e as abotoaduras do outro apartamento ainda renderam oitocentos dólares, Ritinho vendia bem, deu quatrocentos para cada um. Aquelas porcarias do dia nem valiam tentativa de venda. Sim, um fracasso desanimador. Mas também tinha sido uma operação incrivelmente fácil, um porteiro completamente idiota que logo tinha aberto a porta do prédio sem perguntar nada, só pela aparência deles. A porta do apartamento foi extremamente fácil, uma fechadura furreca, aberta em cinco minutos no escuro, só a luz da lanterna que Ritinho segurava, naturalmente depois de escutarem bem e de tocarem a campainha duas vezes sem resposta. Quer dizer, foi fracasso mas também não teve risco nenhum, zero de cá, zero de lá, em prédios com porteiros iguais àquele, o trabalho era um passeio.

E foi esta consideração que fez o Rocha aceitar mais uma vez o apelo do amigo. Fariam então uma investigação prévia mais apurada para a próxima operação. Que seria a última, derradeira, definitiva, palavra de honra, exitosa ou não. Escolheriam três ou quatro alternativas de prédio no Leblon ou final de Ipanema. Que fossem prédios de apartamentos grandes e luxuosos, isso tinham como saber, não só pela aparência de fora como por anúncios de corretores que estivessem vendendo unidades nas proximidades. Investigação cuidadosa, não podiam fracassar. Edifícios de um apartamento por andar, isso tinha sido sempre condição, Veludo não podia estar trabalhando na fechadura e ser surpreendido pela chegada do vizinho.

Levaram duas semanas pesquisando e selecionaram quatro prédios. Caso todos quatro apresentassem problemas na hora, de porteiro perguntar ou de ter gente em casa quando tocassem a campainha, pior para eles, perderiam a pesquisa e voltariam a selecionar mais quatro para outro dia. Não haveria açodamento, o que não podia era haver risco de não ser coisa fácil. Tinha de ser dia de rua vazia, claro, nada de gente espiando e desconfiando deles, domingo ou feriado. Feriadão, melhor ainda. E o tempo de pesquisa foi se alargando, Rocha um pouco se impacientando, queria logo se mandar, entrou dezembro, rejeitaram o dia de Natal, seria afronta, e calhou que o dia era o primeiro do ano numa segunda feira, não podia haver melhor, finalmente, muita gente fora, passando réveillon em Nova York e o escambau, gente que morava nesse tipo de apartamento, e ninguém na rua, todo mundo de ressaca. Falhou a perspicácia só num ponto crucial: podiam não ter ido para Nova York e estar dormindo a ressaca em casa na hora do trabalho deles, sem escutar a campainha.

E foi o que deu. A casa de Ana Maria e Bernardo foi a terceira alternativa selecionada por eles. Nas duas primeiras, o porteiro foi conferir no interfone, e eles tiveram que fingir o engano. Tinham tido o cuidado de escolher prédios bem distantes um do outro para que a manobra não desse na vista de alguém. No terceiro, na rua Almirante Pereira Guimarães, início do Leblon, quadra da praia, um prédio novinho, o porteiro olhou e confiou na aparência, nas vestes e no falar educado deles. Entraram, subiram direto ao sexto andar e baixaram ao quinto pela escada. Acenderam a luz do *hall* e escutaram bastante o silêncio. Depois tocaram duas vezes a campainha e ninguém respondeu. Estava vazio. Esperaram a luz da minuteria apagar e Veludo trabalhou com a lanterna de Ritinho. Fácil, também, fechadura comum, em cinco minutos. Entraram em silêncio, tudo fácil, o *hall* de entrada, a sala à esquerda, objetos bonitos, um corredor, um quarto que era escritório, cheio de livros, até darem com a porta fechada do que deveria ser o quarto principal. Porta fechada queria dizer gente dentro, quase certo. Aquela surpresa e aquela indecisão tensa de um ou dois segundos. Voltar? E o risco de já terem sido percebidos e serem cercados na rua com um grito de socorro da janela? Evidente que Ritinho também tinha o plano para uma emergência daquelas. Se tivesse gente, com muita calma eles ameaçariam, exigiriam com firmeza a entrega dos dólares, do dinheiro e das jóias, com pressa, muita determinação e muito sangue-frio, armas apontadas nas cabeças, com dureza, pegariam tudo no menor tempo possível, trancariam as pessoas no banheiro, sob ameaça de voltar para matar se gritassem logo, e sairiam com o que pudessem obter. Bem, ademais podiam ter a sorte de a porta estar fechada mas não haver ninguém dentro. Se houvesse, seriam no máximo duas pessoas, um casal. De qualquer forma, não podia haver recuo, isso não foi conversado ali na hora, evidentemente, não havia tempo, foi pensado por Ritinho num relâmpago, abrindo a pochete e tirando o revólver, destravando-o, mandando com um gesto de cabeça que Veludo fizesse o mesmo. Muita firmeza, era uma decisão só, foi obedecido, e abriram a porta num repente.

IX

Saíram com toda a pressa do mundo. Sorte, o elevador ainda estava no sexto andar e logo apareceu no quinto, o prédio devia estar vazio. Sorte, além do grito da mulher, só os dois estampidos, nenhum grito do homem, nenhum ruído a mais. Talvez naquela tarde tão vazia ninguém tivesse percebido bem o que se passara. Abriram o elevador embaixo e deram com o porteiro. Os revólveres estavam guardados na pochete e na sacola sem que tivessem sido fechadas com o zíper, prontos para outra emergência. Sorte maior, o porteiro, um gordão meio obtuso, via televisão com o som mais ou menos alto, e pela cara não tinha escutado nada do quinto andar. Saíram aparentando calma, andaram juntos um quarteirão e separaram-se, cada um para um lado, sem dizer palavra um para o outro, desnecessidade e concentração, corações em alta velocidade mas entrando pelo corpo um certo alívio depois que olharam para trás e para os lados e não perceberam qualquer sinal de perseguição.

    Reinaldo morava na Chatuba. Pegou um ônibus para a Central, saltou na Candelária e foi andando em direção à Praça Mauá. Ninguém na rua além dele, andando e pensando sozinho, já sem precisar de muito esforço para relaxar, só respirando fundo, afinal não tinha deixado rastro nenhum, só a cara mostrada ao porteiro, passados alguns dias ficaria difícil o reconhecimento, esse negócio de retrato falado não funcionava, e aquele porteiro tinha a maior pinta de debilóide, gordo e babaca. Havia aquela camarazinha de televisão que registrava as pessoas que entravam e saíam do prédio, mas ele conhecia aquilo lá da joalheria e não tinha muito medo, sabia que não dava nitidez, inda mais que eles, prevenidos, repararam no aparelhinho e procuraram manter as cabeças baixas na frente dele. Prova, não teriam contra ele. O português, sim, estava fotografado pelas impressões digitais na fechadura, na maçaneta, coisa que em caso só de roubo não se verificava, mas com tiro, morte, aquilo seria visto, e a mão do galego estava lá; ele, Reinaldo, não, não tinha tocado em nada. Mas claro que se pegassem o Rocha ele não resistiria, contava tudo nos primeiros dez minutos de porrada. Tinha de se mandar logo para Portugal, no dia seguinte, de qualquer maneira, tinha de apavorar o bicho, que já era apavorado de natura, tinha se precipitado ao ver o revólver do homem na gaveta, menino de primeira prova, carecia de comando pronto, e ele, Reinaldo, merda, não tinha tido condição de comandar ali na hora do fogo, merda de português, devia ter falado grosso, que o homem não se mexesse mais ou atiraria, uma ordem rascante de macho firme e o homem teria parado, não precisava ter atirado, puta, não precisava, reação de menino, e vinha do fundo do ser um travo forte de desgosto, pela infantilidade do gesto que havia estragado tudo, e podia complicar tudo muito mais, a vida dele, tão custosa no melhoramento que vinha conseguindo, podia ir tudo por água abaixo, puta que pariu, ele não tinha como sumir, não podia fazer como o Geraldo, se mandar correndo para um lugar distante, o português estava mais implicado e tinha de desaparecer, ir no dia seguinte para Portugal, tinha visto o passaporte pronto. Ele não, Reinaldo, não podia, tinha de agüentar o risco, mas também era o risco menor, se identificassem o português sem pegá-lo, ninguém sabia da ligação dos dois. Ficava, não havia pista contra ele, e precisava daquele emprego por enquanto, tinha de correr o risco, continuar expondo a cara ali por Ipanema, ia só mudar de lugar de almoço, melhor, não ia não, não mudaria nada, nem bigode nem barba, qualquer mudança naquele momento podia levantar suspeitas. Foi caminhando devagar e pensando já não muito depressa. Conhecia ali cada pedaço de calçada, oh, até pelo tato na sola do pé, anos que transitara por ali naquele canto da cidade, quanta vez descalço, bermudão e camiseta. Chegou na praça e tomou um conhaque para melhor relaxar. Tomou outro e foi pegar o ônibus para Mesquita. Podia ir para casa, sim, não corria risco imediato. Veria depois o noticiário.

De qualquer forma, aquele esforço todo dos dias anteriores, semanas, de pensamento e imaginação, de observação, de planejamento, todo ele estava perdido, teria de recomeçar tudo por outro caminho. Mas tinha de recomeçar, estava ali, no momento, naturalmente desanimado pelo fracasso, grande fracasso, e fracasso bobo, isso é que dava mais raiva, mas tinha de recobrar o ânimo, amanhã, sim, no dia seguinte, naquele era melhor não pensar em mais nada, relaxar, ia assim já no ônibus. Mas não era fácil mandar na mente, o pensamento vinha e voltava, tinha conseguido dar um passo enorme, vários passos, aliás, desde os tempos de Candelária, tempos de Ritinha, até aquele emprego de segurança, onde andava bem-vestido, uniformizado mas arrumado, sempre fora sua ambição, andar arrumado, estampa de dignidade, nunca mais de bermuda, camiseta, sandália havaiana quando tinha, quando não lhe roubavam. Comida, mal ou bem, sempre arrumavam, o grupo todo, cada um por um canto, um restaurante depois do horário de almoço, restos, comida não faltava, o maior problema era roupa decente, que dava mais briga entre eles, coisa que mostra a dignidade das pessoas, roupa principalmente, e casa também, claro, guarida de teto e quatro paredes, lugar seguro de relaxar. E carinho? Eles nem pensavam.

De repente, sim, podia haver prova contra ele, a bala no corpo da mulher, tinha de jogar fora aquele revólver, pena, mas tinha, não podia deixar fio nenhum que pudesse chegar a ele, o tiro do português talvez não tivesse matado, o dele, tinha quase certeza, viu a bala entrar na altura do coração, o revólver não era registrado, tinha comprado de bandido sem dar nome, jogando fora, no mar, no rio, nunca mais se faria qualquer ligação com ele, reconhecimento era coisa difícil, tinha tido sorte, dentro do azar, dentro da burrice do português, tinham tido muita sorte, de saírem sem flagrante e nem serem perseguidos, o cara não gritou, capaz de ter morrido também, não tinha reparado onde pegou a bala do português, sorte, sim, pensava, pensava e achava que se livrava daquela, se não a cana seria dura, a mulher devia ter morrido da bala dele, cana dura e, não só, o que sentiria talvez mais que tudo era a vergonha, nem pensar, vergonha da torpeza, do escarmento público, nem queria imaginar a cara da Ritinha, principalmente, da Irmã Adma, do professor Roberto, do Salu, até mesmo do pessoal da joalheria que tinha ele em boa conta.

Estava no emprego havia oito meses e a correção total de lado a lado, deles com ele e dele com eles, eles sabiam da vida dele, isso não foi dito em explícito na entrevista mas foi passado pela cara séria do entrevistador, um homem quase velho que tratava do pessoal, ninguém entrava ali sem passar pelo crivo dele, analista de caráter, de grau de confiança, e ele, Reinaldo, tinha passado, sabendo o homem da sua origem, sabendo também, era verdade, que tinha três anos de BNDES e um ano e meio, quase dois, de Firjan, com ficha limpa, boa, jovem sério e educado, cumpridor, sabia ler e escrever corretamente, isso de tão importante que tinha aprendido na São Martinho. Isso e muito mais, tinha aprendido o compromisso, o caráter, que vergonha teria daquela gente, desonra de não poder nunca mais olhar.

 O compromisso não era uma coisa assim de papel passado, eu, fulano de tal, prometo isso e aquilo, ser sempre assim etc..., não, o compromisso era uma coisa mais real, uma correspondência acertada no jeito de ser, de agir, ato mais que palavra, coisa não declarada mas muito bem compreendida, eu trato você assim, considero você, ensino você a ler e escrever, a fazer contas, dou comida e providencio abrigo, dou amizade, mais um pouco até, dou afeto mesmo, afeição, com a Ritinha então nem se fala, era uma coisa, um amor daquela gente para ela, não amor de dizer eu te amo, de fazer carinho e beijar, mas amor de verdade, mais que de falar, amor de tratar e considerar, e com ele também, Reinaldo, o compromisso era isso, a vergonha de descumprir o que era esperado, não era cobrado mas todos sabiam que era esperado, o jeito certo de ser pela vida afora. E o jeito correto nem precisava ser ensinado por eles, por aquele pessoal bom da São Martinho, o ser certo todo mundo sabe o que é, era o que se esperava do compromisso, ser correto, trabalhar, procurar aprender e fazer uma vida digna, não ser vigarista e muito menos bandido, sair do caminho da bandidagem, essa era a parte deles no compromisso, dele, da Ritinha, do Salu, e de todo aquele bando de meninos que vivia na rua e que havia sido atraído por eles, adotado pela gente da Irmã e do Professor.

Ele, Reinaldo, havia cumprido a parte dele todos aqueles anos até ali. No BNDES, como mensageiro, contrato de menor, legal, arranjado pela São Martinho, ainda estudando de noite, até completar todo o primeiro grau. Gostavam dele porque era um menino bom e bonito, bem-arrumado, sim, tinha começado com quatorze anos, era um menino mas tinha os olhos fortes e inteligentes, tinha estatura e esbeltez, os dentes alvos e a face fina em cor cabocla. Era discreto e fazia tudo com boa vontade, falava direitinho e compreendia as coisas, chegava cedo e ficava além do horário. A recomendação foi muito boa. Salustiano também entrou naquele grupo do BNDES, também como mensageiro, eram onze da São Martinho, todos gente legal, com exceção de um tal de Carlos, que era meio sebento mas não chegava a incomodar, no todo era um grupo legal, mas Salu era o amigo mais ligado, mais antigo também, vinha da turma da Candelária, amigo desde menino bem pequeno, naquela vida de rua cheia de esperados e inesperados. O maior inesperado, apesar de tudo, tinha sido a São Martinho, descoberta da Ritinha, que tinha levado eles dois e mais a Betinha, gente pequena que andava sempre junta pela rua.

Salu tinha um irmão mais velho, coisa de três anos mais que ele, Turíbio, mais alto e mais forte, ambos largados da mãe que vivia bêbada e cada mês tinha um cara diferente em casa, lá no Lote Quinze, até que chegou um brutamontes que uma noite deu uma surra nos três, nos dois meninos e na mãe, Turíbio tentou reagir e apanhou mais que todos, quebrou um braço e a cara ficou que era uma bola escurecida de tão inchada, reagir nada, coitado, quem era ele, um menino de oito anos, só que não apanhou calado, deu uns pontapés e disse uns palavrões, e levou tanta porrada que caiu meio desmaiado. Naquela noite os dois ouviram a mãe gemendo de gozo com o cara na cama, meia hora, mais de meia hora, uma sessão que não acabava mais, e o cara depois daquilo tudo ainda batia mais nela, e ela parecia que gozava cada vez mais, gritava de gozo, uma vergonha, um acinte, uma indignidade intolerável, pois Turíbio levantou, a cara toda inchada, vermelha de hematomas e de muita raiva, e disse "eu vou-me embora". O quê? Salu ficou petrificado. "Vou-me embora dessa casa, não fico mais um minuto aqui." As lágrimas jorraram dos olhos de Salu: "Pera aí, pera aí", num instante ele compreendeu tudo, ia também, ia com o irmão. "Pra onde?" "Não sei, pro mundo."

Essa história. Eram os dois do grupo da Candelária, Turíbio sempre guardava o irmão, mas sempre também desaparecia sem avisar um bom tempo de horas, não dizia aonde ia, tinha mistério, nunca sumia mais de um dia, talvez coisa de alguma garota, mas não devia ser não, porque ele comia as meninas do grupo quando quisesse, todas davam para ele com gosto, Turíbio era forte e querido, era bom. As primeiras vezes Salu ficou nervoso e até chorou. Depois acostumou, sabia que o irmão voltava.

Uma noite, Turíbio disse "Vou me mandar, não tenho jeito pra ser educado e não vou viver pra sempre merda, vou buscar minha parte boa da vida. Eu hoje sei como". Foi falando baixo em mistério para os outros não ouvirem, continuando, Salu petrificado, "Você fica, Ritinha cuida de você como cuida do Reinaldo. Daqui a algum tempo, eu venho te procurar, sei como te achar, não tente me procurar que você não vai conseguir, eu venho, pra te perguntar, quando você for maior, se você quer vir comigo ou quer ficar". E foi. Salu petrificado. Não tentou detê-lo nem ir junto. Compreendeu. E nunca mais soube do irmão.

Chorou muito no princípio, depois se acostumou, chegou-se mais a Ritinha e ao Reinaldo, e seguiu junto com eles, sempre, na Candelária, na São Martinho e nos passos seguintes.

Terminado o contrato com o BNDES, o próprio pessoal de lá, seu Hugo, que tratava deles no departamento, encaminhou-os para outros lugares, agora empregos mesmo de carteira, ele e Salu tinham ido para a Firjan, ganhando já salário mínimo e mais uns penduricalhos, como eles diziam: vale-refeição, vale-transporte, às vezes horas extras. Foi então que pensou e decidiu morar sozinho, ter um lugar próprio, isto é, morada só dele. O ser da gente é assim, chega um momento em que o anseio é o de largar toda proteção e voar o vôo próprio, a exploração independente do espaço da vida.

Não era soberba, era a natureza; ele adorava Ritinha, a santa da vida dele, a vida dele devia a ela, devia mesmo, a começar pela primeira luz, literalmente. Ritinha era uma menina de seis anos quando ele nasceu, já tinha um irmão de quatro e uma irmã de dois, tudo vivendo com a mãe no meio daquela meninada no entorno da Candelária, dormindo em papelões debaixo das marquises. Havia outras duas mulheres, mães também, que se juntavam em permanência com os filhos que iam tendo, e outras mais, três ou quatro, todas entre vinte e cinco e trinta e cinco anos, pouco mais, pouco menos, que viviam nas ruas do Centro e se chegavam ao grupo deles em dias que não tinham regularidade. Os filhos que tinham eram meninos um pouco mais velhos, meninos de quatorze, quinze, que já saíam para seus caminhos próprios mas voltavam com freqüência e, no que voltavam, dormiam ali uma noite ou duas e trepavam com uma das mulheres que não fosse a mãe. Elas davam porque também tinham essa necessidade. E outros meninos iam nascendo. Na hora do parto as mulheres gritavam, a meninada gritava, aparecia sempre alguém que chamava uma ambulância. A hora de Reinaldo foi diferente, porque foi uma hora alta de uma noite sinistra de muita chuva e nenhuma gente. Assim que a gritaria não fez aparecer socorro nenhum, e era o quarto filho daquela mulher que já conhecia tudo. Ela pôs-se de cócoras e disse para Ritinha, a filha mais velha, apara aí que ele vai nascer. E Ritinha prendeu o fôlego e não titubeou, abaixou-se e ficou esperando com as duas mãos embaixo da mãe para que o bichinho não caísse direto de cabeça no cimento da calçada. Não durou dez minutos, ela teve nas mãos o irmãozinho todo molinho e nojento, todo sujo de sangue com aquela tripa saindo do umbigo, como que ofegantezinho, de olhos fechados, assustado, sem entender nada, tremendo os bracinhos até começar a berrar. Era Reinaldo. Ficou com ele no colo, todo sujinho, com choro e tudo, ela também chorando miudinho, a mãe caída de lado no chão sem falar nada, os outros olhando espantados debaixo da marquise, e aquela chuva grossa sem parar. Só uma hora depois, a chuva terminada, passou um táxi perto, devagar, e a outra mulher pediu que ele chamasse alguém. Mais uma meia hora ou três quartos, já soprando a brisa que anuncia a madrugada, chegou uma ambulância que as levou para a maternidade da Praça Quinze. Ritinha foi junto.

Desde então, Ritinha foi a mãe, o carinho, não de falar e de alisar, mas de prover, defender, cuidar, criar aquele irmãozinho que era seu. Reinaldo, o nome, foi ela quem deu, lembrando-se de um médico moço e bonito e muito delicado, que tinha uma vez atendido a irmã menor no Souza Aguiar. Na turma deles, entretanto, o nome que pegou foi Ritinho, porque todo mundo o via como um filho da Ritinha, tais os cuidados que ela tinha. Eles dois, de fato, eram a família. O outro irmão tempos depois se ligou a um grupo que ia para o

Largo de São Francisco durante o dia divertir-se roubando bolsa de velhotas e embarafustando-se em correria pela rua da Conceição e avenida Passos até a balbúrdia da Saara. Até um dia ser derrubado, aquele irmão desgarrado, por um sargento grandão que vinha na contramão e ouviu o pega, pega. Foi parar no Padre Severino e não voltou mais a eles. A outra irmã era tão fraquinha desde pequena que estava sempre doente e volta e meia era levada para o pronto-socorro do Souza Aguiar em emergência, quase morrendo. E numa das vezes uma enfermeira gorda que tinha perdido uma filha se apiedou dela e pediu para ficar com ela uns dias. E nunca mais ela voltou nem eles foram procurar. A mãe, bem, era uma mulher parda de cara fechada e de cabeça meio perturbada, que estava sempre a falar sozinha rabugenta, não batia neles mas falava o tempo todo zangada, e dizia coisas que eles muitas vezes não entendiam. Via coisas também, principalmente de noite, olha ali, eles olhavam, olha ali, eles não viam nada. Um belo dia ela saiu para buscar comida e nunca mais voltou, ninguém soube como nem por quê.

Assim que ele dependeu de Ritinha desde a primeira hora e durante todo o tempo em que, juntos, viveram na rua. Foram anos, ela sempre decidida e forte, comandando e resolvendo. A turma era unida e boa, uns ajudavam os outros, às vezes uns desajudavam e machucavam outros, mas Ritinha era a menina mais ajuizada e ajudadeira, e quando Rosa saía e Clotilde não estava, eram as duas mães que pertenciam ao grupo, Ritinha assumia o comando naturalmente, isto é, repreendia quando faziam coisa má e proibida, e era acatada, mesmo pelos mais velhos, meninos de treze, quatorze anos, e ninguém abusava dela, nem tentava, abusavam de outras, até mais velhas do que ela, e aí ela não podia fazer nada, era da lei, mas com ela não, tinham respeito, ela havia salvo quase todos de muita confusão, coisas do dia-a-dia, problemas de briga interna, de machucados, e também de agressão externa, pessoas malvadas da rua, como tinha gente assim, culpa falsa de furtos que sempre recaía neles, Ritinha enfrentava.

    O ponto deles era na Candelária, esquina da rua da Candelária com Presidente Vargas, mas andavam por todo o centro da cidade, a liberdade, que era a graça, andar de passeio, de aventura, de esmola, de busca de comida, principalmente Praça Mauá e Praça Quinze, iam muito à Assembléia pedir isso e aquilo, dinheiro, claro, Ritinha sempre com Reinaldo. Foram anos. Um dia pegou-o pela mão e foram, com Salu e Betinha, até o Largo da Lapa, ele tinha dez anos, ela dezesseis, tinham dito a ela que logo depois dos arcos tinha um lugar, chamado São Martinho, onde ajudavam crianças de rua. Outros diziam que não, que aquilo era para prender eles na escola. Sim, não, vai, não vai, resolveu e foi, não perguntou a Reinaldo, levou-o com ela pela mão, os outros dois acompanharam porque quiseram, atravessaram por baixo dos arcos, perguntaram e chegaram, sem dizer nada, só olhando desconfiados; era um muro alto, coisa ruim, parecia mesmo prisão, mas na porta tinha gente conversando e rindo, caras boas, mas não entraram, foram, passaram uns trinta passos e voltaram. Claro que foram vistos e observados, aquele grupelho que evidentemente procurava. Pararam em frente à porta, os que estavam conversando também pararam de falar, ficaram-se olhando.

    — Vocês podem entrar — disse um homem escuro de dentes brancos que estava bem na porta, calça azul e camiseta de manga, mas parecia um porteiro. A voz foi mansa.

    — O que é aí dentro? — Ritinha perguntou.

    — É uma casa de gente como vocês.

Aquilo teve um efeito, dito com mansidão. Uma casa. Palavra atraente, mas não dava pra imaginar. Uma casa de gente como eles quatro, não podia ser, Ritinha meteu a cabeça dentro da porta para espiar lá dentro. O porteiro afastou-se: "Pode ver." Viu uns meninos num pátio, não muitos, mas realmente gente como eles, da cor deles, vestidos mais ou menos como eles, do tamanho deles também, um grupo mexendo com papel de seda colorido, pareciam estar fazendo pipa, sobre um cimentado onde havia uma baliza de gol, outro grupo sentado nuns degraus bem atrás, conversando, não fazendo nada, e ao lado do pátio havia um prédio de três andares, parecia uma escola, não havia ninguém na porta.

— Pode entrar — o homem insistiu. E então Ritinha pegou a mão de Reinaldo e foram entrando os quatro. Devagar. Ninguém nem olhou para eles, os meninos que estavam no pátio continuaram fazendo as coisas. Devagar, chegaram na porta do prédio e não havia ninguém. Entraram, hesitantes, uma escada e um corredor à esquerda, Ritinha foi pelo corredor, logo na primeira sala tinha uma moça vestida de freira. Estava sentada escrevendo uma coisa e levantou a cabeça quando reparou neles, viu que eram novos ali.

— Entrem — ela disse. Eles entraram. Sentem, ela disse, apontando duas cadeiras. Hesitaram e dois sentaram-se, Ritinha de pé. E tudo começou. Uma nova vida. A moça foi perguntando com cuidado, tudo devagar, em tom de conversa mansa, onde eles ficavam, se tinham mãe, se tinham irmãos, foi perguntando, foi sabendo, conversando. E dali a vida mudou.

Como? Por quê? Porque a vida é principalmente os outros, e as pessoas em volta deles mudaram, eram agora outros diferentes, que tratavam eles de forma diferente, olhavam e tratavam eles com atenção, como se eles fossem pessoas que merecessem atenção, consideração, principalmente, mas também porque eles passaram a ter coisas essenciais de uma maneira natural, sem precisar estar mendigando, se humilhando, ouvindo coisas nem mentindo nem furtando. Passaram a ter comida e abrigo, ter brincadeira livre nas horas livres, e aí é que estava, as horas livres eram as que não tinham que assistir a aulas. Bem, este era o problema, a opção, não eram obrigados à força, mas eram compelidos com certa firmeza a assistir a aulas, firmeza do professor Roberto, "vocês têm que assistir às aulas, a vida de vocês vai melhorar, mas é condição para isso que vocês tenham aulas e aprendam as coisas necessárias para a vida melhorar. Vocês vão ter emprego, ser gente de respeito, mas precisam aprender a ler, escrever, fazer contas, falar direito, saber algumas coisas do Brasil e do mundo". Era coerção pela palavra e pelo olhar, pela firmeza, Irmã Adma da mesma forma. Não era uma coisa de prazer para eles, mas foram compreendendo que era bom, e foram aceitando e assistindo às aulas, e se acostumando, e até se interessando aos poucos, algumas de manhã, outras de tarde, variava. Betinha era mais resistente, não conseguia ficar nas aulas, tinha falta de ar, e acabou fugindo, voltando para a Candelária, ali qualquer um podia fugir, realmente não era uma prisão como muitos diziam.

 Ficou uma amizade daqueles anos todos, uma afeição e uma verdadeira fidelidade, a São Martinho ficou para sempre como referência de acolhimento e amor materno e, ao mesmo tempo, de orientação e regulação paterna. Não pensavam assim explicitamente nos dias e anos que correram, mas sentiam assim o tempo todo. Um laço também ali se construiu entre eles e a religião, a Igreja, passaram a ter algumas crenças, a ir à missa, só depois Reinaldo e Salu foram deixando, Rita continuou para sempre.

Fizeram quatro anos aquela vida, vez por outra iam ver o grupo da Candelária mas aos poucos rarearam aqueles encontros. Quando já não iam mais, quando já estavam trabalhando no BNDES, eles dois como mensageiros, Ritinha como telefonista, aconteceu o horror do assassinato do grupo no meio da noite, Betinha assassinada, quase todos os outros, alguns dos mortos eles já não conheciam, eram novos, mas a maioria era de amigos do tempo deles, o horror, o choque do inacreditável, da maldade mais crua, demoníaca, dias e dias não podiam pensar em outra coisa, tendo que trabalhar, estavam começando, e sempre pensando e conversando horrorizados, vendo jornais, o escândalo todo, podiam ter estado lá, era o lugar deles de tanto tempo, os outros eram iguais a eles, fulano, cicrano, a compaixão funda pelos que foram mortos, a dor pelo outro.

A dor acabou passando, claro, o espanto todo passou, o horror ficou lá na lembrança, junto com uma sementezinha de raiva. Mas deu para ir levando. Ritinha ficou no BNDES como telefonista e eles foram para a Firjan, Reinaldo e Salustiano, agora contratados como auxiliares de portaria, com carteira assinada, tudo ainda arranjado pela São Martinho. Mas dali para a frente a São Martinho se retirava, ia tratar de outros, eles estavam formados e encaminhados. Reinaldo continuava morando com a irmã, tinham alugado um barraco no Vidigal que era uma favela decente. E Salu arranjou-se mais longe, em Comendador Soares, tinha juntado um dinheirinho pequeno e conseguiu comprar uma casinha na beira do valão, numa situação malcheirosa mas que era dele, propriedade, não de aluguel, ele preferiu. Porque lá podia morar com Hilda, uma namorada, uma neguinha mais ou menos da cor dele, bonitinha e jeitosa, que encaixava muito bem nos braços dele, e era doce.

Eram amigos, e Reinaldo ia visitá-los com freqüência nos fins de semana, gostava deles e não tinha outras opções; muitas vezes até dormia lá num colchonete de sábado para domingo. Na verdade havia também outra razão para aqueles fins de semana em Comendador Soares. Era que ele começava, muito aos poucos, a sentir na alma o anseio de independência, de separação da irmã, e aproveitava os dias livres para afastar-se dela sob o pretexto da amizade com Salu.

Ritinha era uma santa, e uma santa eficiente, forte e provedora, Ritinha era muito mais que irmã, tinha sido na verdade sempre mãe, Reinaldo tinha amor por ela, sim, era evidente, amor de filho mesmo, amor e reverência, tipo de respeito, Ritinha era acatada naturalmente, Reinaldo obedecia a ela, verdade, ela falava e ele obedecia sem tergiversar, talvez mais do que obedeceria à mãe verdadeira que tinha sumido da vida deles. Mas chegava a hora dele, própria, a hora em que o filho quer sair por aí por ele mesmo, ia sentindo aquilo crescer, estava até passando a hora, tinha já dezoito anos, era um rapaz homem, de porte e certa finura, personalidade, simpatia sobretudo, tinha sua cabeça própria e queria sua vida. Ritinha não tinha homem, nunca tinha tido, que ele soubesse, e ele saberia, sabia de tudo dela, a vida dela tinha sido de dureza, ele entendia, Ritinha era santa seca, e dura como a própria vida dela, como o próprio corpo dela, magro e rijo, olhos fortes e perscrutadores, e ele, Reinaldo, era o filho único, razão do mundo, sentido, missão que ela queria da vida, e por isso cuidava tanto, indagava de tudo, desconfiava das saídas dele de casa, como ia para a casa de Salu, tudo bem, gostava de Salu, conhecia bem e confiava naquele amigo antigo, mas lia nos olhos do irmão-filho outros anelos, e aquilo a inquietava, levantava presságios imprecisos mas perturbadores, muito, vivia por isso investigando, perguntando; e inevitavelmente apoquentando.

Cristiane era loura, de pele lisa e clara, tinha olhos verdes, era alta de estatura, tinha a altura dele, era quase bela de rosto, cabelos anelados, atraente de corpo, calipígia de short e sandálias, balouçante pela calçada. Depois de um ano que Reinaldo freqüentava a casa de Salu, apareceu Cristiane, que veio com duas meninas, suas filhas, brigada com o marido, morar com a mãe, que era vizinha naquela beira de valão.

Um fascínio; foi à primeira vista e o emudecimento do fascínio, a direção única dos olhos e do coração; e logo da cabeça pensante e projetista.

Naqueles dias, Reinaldo já estava em contato com a empresa de vigilância do Coronel Barros, fazendo um cursinho de relações públicas e de segurança, aprendendo a manejar arma e a conhecer manha de bandido. Não era que não gostasse da Firjan, das pessoas e das coisas que fazia lá, mas era aquele impulso do futuro, era o faro da vida, a sensibilidade que lhe dizia com clareza que aquele tipo de trabalho, comportamento direitinho, sem risco e sem ousadia, não tirava ninguém do pântano. Fazia aquele curso escondido de Ritinha, mas sabia o que estava fazendo, não era de natureza um conformado, não acreditava em céu e inferno, sentia, sim, os apelos fortes da vida, e gostava da sua própria pessoa, uma pessoa feita para estar bem-arrumada, bem-vestida, oh, nunca se esqueceria do prazer de calçar o primeiro tênis, jogar fora o estrepe da sandália havaiana toda puída, colocar no pé aquele tênis novinho, primeira dignidade da sua vida, presente da Ritinha com o primeiro salário que ela recebeu, trabalhando numa lavanderia no Catete, antes de ir para o BNDES.

Era a polícia o seu chamado. Campo de heroísmo e auto-estima, e de oportunidades mil de ganhar fama e dinheiro, galgar altura e posto na vida pela coragem, pelo sangue-frio e principalmente pela inteligência. Aquele cursinho era para se iniciar, espreitar o caminho, de olho na polícia, entrar como detetive na civil, não queria PM, que não lidava com bacana, só vivia subindo morro, atirando em favelado e comendo mulatinhas. A dele era outra, não dizia nada para Ritinha mas estava decidido, e a primeira coisa era separar-se dela, morar sozinho, quem sabe lá mesmo em Comendador Soares, mas adiava a decisão, por constrangimento, não saber direito como falar com Ritinha, anunciar aquela emancipação irrevogável, e também porque sonhava com algo um pouco melhor do que aquele lugar malcheiroso, não era por enquanto sonho alto, era coisa de nível real, que podia atingir com um pouco mais de tempo, uma poupancinha que fazia e um empreguinho melhor. E o próprio Coronel Barros, que simpatizou com ele, Reinaldo era um rapaz simpático, o próprio Coronel ofereceu um lugar de apoio numa joalheria importante de Ipanema. Nada maravilha, mas era um salário melhor que o da Firjan, quinhentos e trinta reais, e depois, terminando o cursinho e ganhando mais prática na atividade e na empresa, podia ser contratado como segurança, o ganho era ainda melhor. Eram funcionários que ficavam na calçada, em torno da porta da joalheria, e um pouco por dentro da loja, sempre em alerta, bem-trajados, em terno cinza e gravata azul-marinho, coisa que agradava Reinaldo bem no imo, o dia inteiro naquele aspecto limpo e bem-apresentado, a diferença entre segurança e apoio era que só os seguranças usavam arma, os do apoio faziam número, como se fossem seguranças, fator psicológico, mas não tinham autorização para usar arma, e ganhavam menos, eram mais baratos para a empresa, hierarquicamente estavam abaixo dos seguranças. O importante, entretanto, o mais importante para ele, era o *status*, aquela roupa sóbria e bem-arrumada, o contato com os fregueses da loja, pessoas bem situadas, e educadas, que diziam bom-dia e boa-tarde, como se fossem conhecidos. Aquilo era o fundamental.

E Reinaldo aceitou. Aceitou no instinto, antes mesmo de ter qualquer experiência, de tatear a realidade daquela vida diferente. E acertou em cheio. Não foi nada fácil dizer para Ritinha, ouvir toda a contestação dela, que não gostava daquilo, que achava um desvio do caminho reto dentro do mundo deles, o caminho seguro, livre de tentações, qualquer desvio era um risco, falava porque sabia, recolhia informações, tinha os casos catalogados todos na cabeça, o do Pedrinho, do Fumanchu, do Vadico, de tantas meninas, essas então, coitadas, viravam trapos, não havia escapatória, no mundo deles qualquer desvio dava no crime e na perdição, não tinha saída, era como um mando de Deus: ah, é?, desviou do meu caminho? Danação! Falou à beça, principalmente sobre a coisa das tentações, foi e voltou nos argumentos, sexto sentido, razões da sua experiência, das suas preocupações, e principalmente do seu amor que era maior que tudo mas não podia ser palavreado, arengou, discursou, chato paca, ele ouvindo, mas acabou tendo de concordar, ela, ele não dizendo nada, mas não recuando, e ela concordou amuada por não ter como impedir, por ver que ele estava decidido e era pior tentar forçar, impor sua vontade não ia conseguir, Reinaldo era homem e podia se chatear, brigar até, sair de casa, era melhor resignar-se, aceitar e continuar vigiando, morando juntos. Sem saber do projeto dele de sair dali. Mas desconfiada e inquieta.

E assim, meses depois, apareceu, na concha das circunstâncias, na espuma do mundo, apareceu Cristiane. Com todas as implicações. Olhou a primeira vez e sentiu logo, continuou olhando por vários dias, evidente imantação, cumprimentou-a e ela respondeu, outro dia sorriu e ela sorriu, bem, aproximou-se, começou elogiando as duas menininhas e logo na semana seguinte estava conversando, sabendo de tudo da vida dela e quase propondo. O homem quer a mulher. Com uma força de querer que era a maior de todas que Reinaldo sentia sobre a vida dele. O homem quer o corpo da mulher, o tato sobre a pele e sobre as curvas da mulher, quer o sexo, a força indomável do sexo, e Reinaldo não podia pensar em outra coisa, queria ter Cristiane na cama, nua de carnes na cama, todos os dias, aquele pensamento de força maior, podia propor que ela aceitaria, tinha certeza, até por necessidade de mulher abandonada, cretino o cara que largou uma mulher daquelas, podia propor, morariam juntos, ele podia já alugar uma coisa para eles dois um pouco mais perto, uma dependência, quarto com banheiro e quitinete, em Mesquita ou Nilópolis, por duzentos e cinqüenta reais conseguiria, as meninas continuariam morando com a mãe dela, e ela podia continuar trabalhando só mais um tempo, só até aumentar o salário na joalheria que logo ele ia conseguir, mesmo sabendo que era infame aquele trabalho dela de frentista, que ela aceitara no sufoco porque não tinha alternativa, ficava ali o dia inteiro ouvindo piadas sacanas, propostas das bocas mais sujas, ouvindo de cara amarrada fingindo de surda, e ganhando miséria, vida miserável que por tudo queria deixar, dizia para ele em revolta e ele também ficava indignado, sim, ela tinha de deixar aquilo, e talvez pudesse deixar logo, sem esperar a melhoria dele, eles se apertando um pouco, ficava calculando sem falar nada com ela, indagando aluguéis e rolando contas na cabeça, ela topando um aperto dava, porque sabia que não ia tolerar, ela sendo sua mulher, continuar naquele trabalho infame quase de puta, às vezes até passavam a mão, os mais abusados, que não tinham medo de nada nem respeito, quantidade de gente que tinha no mundo que já não respeitava mais nada, não tinha regra moral nenhuma, e Reinaldo sentia o sangue subir à cabeça, caras que passavam a mão naquelas coxas, naquela mulher que ia ser dele, já era praticamente dele, mulher delícia que ele ia gozar inteira, todo dia, podendo com todo o direito, o que era justo, o homem precisa de ter a sua vida sexual, tinha de se separar de Ritinha, definitivamente, emancipar-se, mas nem ia apresentar Cristiane, sabia que a irmã não ia gostar nada da outra, que era um mulherão cheio de volúpia, mulher mesmo abençoada pelo demônio. Ritinha tinha horror a qualquer coisa ligada a sexo; no tempo de menino, ela farejava quando ele começava a tocar uma punheta escondido ou com outros meninos, e virava uma fera, batia na mão dele, os outros ficavam caçoando, que lembrança clara ele tinha daquilo tudo, não era justo, e com certeza, se ela visse Cristiane, ia querer impedir o amor deles. Mas ele tinha direito, e estava determinado, tinha direito como todo mundo normal ao gozo maior da vida, sem o qual a vida não tinha graça e não valia a pena.

Tomou decisão e falou com Ritinha sobre a separação. Foi conversa dura e difícil, mais que todas que já tinha tido com ela. Precisou ser firme: "tenho esse direito e não vou abrir mão dele; você tem a sua vida e eu quero ter a minha. A gente se gosta, a gente se ajuda, vai continuar se ajudando sempre, mas você na sua e eu na minha".

— Tem mulher no meio?
— Tem.
— Preciso saber quem é; quero conhecer.

Aí tinha de endurecer. Já esperava e estava preparado, tinha força acumulada para aquele momento. E tinha até raiva acumulada, do mandonismo dela, dos cortes que dava na vida dele, como se fosse dona, cortes na felicidade dele.

— Você vai conhecer sim, depois que eu casar com ela, já decidi. — E cortou a conversa, foi para o quartinho dele e começou a arrumar as coisas. Fingindo, na verdade, porque ainda não tinha para onde ir, não tinha nem falado sério com Cristiane, ia falar no dia seguinte, resolver tudo rapidamente. Ficou remexendo as coisas e ouvindo Ritinha fungar de choro do outro lado da parede, ele duro, nada de amanteigar.

E a felicidade então chegou para Reinaldo. Tinha avisado que ia chegar e finalmente entrou sorridente na vida dele. Foram semanas e meses de beijos, carinhos e orgasmos, a felicidade frutuosa, Cristiane era tudo que ele antevia, até mais do que esperava, ela também gozava de mulher, bastante, gozava sem parar, até o cheiro dela natural, que era forte, energizante, era licencioso, de mulher.

Passou aquele tempo todo de ventura sem ver Ritinha, sem procurar nem saber dela. Ela também não o procurou, sabia onde ele trabalhava e lá não foi, a despedida tinha sido fria e seca, ele beijou-a no rosto, coisa que não fazia, mas ela não desabou em choro, ele não disse nada nem ela, orgulhosa, agüentou firme, perdeu o filho e ficou na espera, rezando.

E tudo complicou depois que o gozo foi cedendo e o corpo da mulher já não era de beijar com a mesma avidez. Terminou o cursinho mas nem por isso passou a segurança na joalheria com melhoria de salário. Ela tinha deixado o emprego de frentista e por nada no mundo voltaria àquela vida. Viviam nos altos de uma casa no começo da Chatuba, entre Nilópolis e Mesquita. Dinheiro muito apertado. Cristiane era uma mulher que gostava de estar bem-vestida, era justo, merecia, era bela, e ele também fazia questão de andar arrumado. O dinheiro era muito pouco, mesmo para os dois sozinhos. E a mãe dela bebia, era uma mulher vencida que só tinha um gosto na vida, beber cachaça, coisa barata, todo dia, e maltratava as meninas, o dinheiro que Cristiane deixava para as despesas não era nada, dez reais por semana, às vezes a mãe até dava nas meninas de impaciência, não podiam mais continuar lá, morando com ela. Bem, pra culminar, Cristiane ficou grávida. Pararam as regras e a gravidez se confirmou. Oh, Reinaldo detestava camisinha, aquele prazer tão grande, que era o prazer da vida, não era o mesmo de camisinha, ele dizia que era como chupar bala sem tirar o papel. Foram tentando evitar pelos dias. Mas o gozo era tanto que o fruto apareceu.

Recebeu a notícia como um soco no peito, sentou na cama de perna fraca e ficou olhando pasmado, ela chegou a ficar assustada com a cara dele. A cara traduzia a confusão da cabeça e da alma toda, ele, que nunca perdia a cabeça, confusão do inesperado, de repente e evidência da burrice colossal, porque na verdade aquilo tinha de ser esperado, pasmo do não saber o que fazer, nem pensar em ter um filho naquela merda em que estavam, mas porra, quem não quer ter o primeiro filho, é uma das coisas importantes da vida, para a mulher mais ainda, principalmente para a mulher, ele sabia bem, mas era o querer e não poder absolutamente, como, com que dinheiro, já tinham as duas meninas e não davam conta, ela tinha de tirar, ia tirar de qualquer maneira, ia dizer para Cristiane, mas com que merda de dinheiro, aquilo era negócio caro, muito caro, uma confusão paralisante na cabeça, parou de pensar, não conseguia, tempo zero olhando o vácuo, e subitamente teve raiva, explodiu uma raiva enorme da mulher, sabia que a culpa era dela, com certeza tinha facilitado, talvez até de propósito, com certeza, enganando-se nos dias da pílula de propósito. Porra!

E correu então a briga bruta, culpa dela, culpa dele, o insulto indo e vindo aos borbotões, violência dos bofes pela boca, a voz dele era maior, impôs-se, agora tinha de tirar, ela chorou, quem mandou, ela antes tinha pensado também que devia tirar mas disse que não tirava de jeito nenhum, gritou que não, que queria a criança que era dela, e que ele não tinha tostão furado para fazer a coisa num lugar decente, disse que tinha medo, mulheres morriam de aborto malfeito, gritava e chorava, ele estava querendo se ver livre dela, ela que morresse, que se fodesse, e Reinaldo se levantou e saiu de casa, para não mandar a mão na cara dela, tinha recuperado o controle, não tinha mais o que dizer e saiu para esfriar a cabeça. E foi andando a pé para gastar a energia do sangue, ainda bem que era um começo de noite fresco, mês de maio, o mês claro, de atmosfera fina, que faz o Rio mais transparente e revelador. Só que ali não havia beleza nenhuma a captar, só aquela movimentação de vida estreita e pobre no meio do casario feio, cinza, quando deu de si estava na Mirandela, já perto da estação de Nilópolis.

Bem, deu consigo e viu que tinha conseguido pensar, bem claro que Cristiane tinha de abortar, de convir que era duro para ela, coitada, teve pena, esfriada a raiva era solidário, era a mulher dele, era o filho dele, mas não havia como deixar de abortar, decidido, duro para ele também, afinal queria ter um filho, descendência, todo mundo quer, um dia haveria de ter. Merda de vida de pobre, vida execrável, muito injusta mesmo, ah, que puta injustiça era a vida, ele via lá na joalheria, aquilo era um posto bom de observar a puta injustiça do mundo. Mas não adiantava ficar filosofando, tinha de ser resoluto e prático, a vida se enfrentava na dureza e na prática, estava na real, tinha de enfrentar Ritinha mais uma vez, e até quantas fossem necessárias, tinha de enfrentar e pedir direto a ela o dinheiro para o aborto. Emprestado. Jurava para si mesmo que seria emprestado, ele, Reinaldo, não se chamaria mais assim se não pagasse Ritinha de volta. Era um juramento, era a preservação da sua dignidade, questão de honra, questão de vida para ele.

Foi no dia seguinte e, que bom, encontrou uma Ritinha amolecida e branda, logo o saudando no jeito de carinho enrustido que era o dela e ele conhecia, ela sempre rija mas feliz de vê-lo, ele tendo a iniciativa de procurá-la, foi dizendo que bom que ele aparecia depois de tanto tempo, censura conciliadora, que bom que trazia notícia de que estava vivo e com saúde, nem perguntou por nada, se havia alguma razão especial que o trazia a ela, foi logo contando a novidade dela, que estava na garganta dela, a injustiça que tinham feito com o professor Roberto e a Irmã Adma, os padres tinham posto os dois para fora da São Martinho, coisa mais absurda, e revoltante, os dois que eram a alma daquele trabalho todo desde o princípio, Reinaldo, surpreso, deixou de lado o seu assunto e perguntou por quê, ela não sabia, ninguém sabia direito, todos revoltados, antigos alunos e amparados estavam se reunindo para fazer qualquer coisa, protestar, falar com os padres, construir uma nova São Martinho, qualquer coisa, não podia ficar assim, ele, Reinaldo, devia também se juntar a eles, era do grupo, claro, ele também iria, daria a maior força. Recordaram. Por uns minutos ficaram a evocar a vida daqueles anos, Reinaldo relaxou a tensão que trazia com lembranças que foram surgindo, como a do professor que ensinava português, fazia eles escreverem suas idéias, seus planos, sonhos de vida, figura engraçada, tinha mania de dizer coisas em latim para mostrar como se formavam as palavras do português. O professor de educação física, que ensinava esportes, futebol, vôlei, basquete, tudo naquela quadra pequenininha, era um cara legal, pois parece que ele tinha sido a causa, ou uma das causas, parece que a desavença tinha começado por ele, não sabia direito, na verdade Ritinha não sabia de nada, só sabia que tinha dado naquela injustiça absurda que ela não podia tolerar e estava reunindo um grupo para fazer qualquer coisa que ajudasse.

Recordaram em paz, Reinaldo reconhecendo aquele jeito decidido dela, a disposição de luta pelo que era certo, bacana, como sempre, mas surpreso com o trato afável para com ele, arpejos quase de carinho na voz, um espanto, ela se levantou e disse que ia ver o jantar, ele jantaria com ela, tinha um franguinho que dava para os dois, ia botar no forno. Não, Ritinha, ele agradecia muito, tinha até muita vontade de ficar, estava gostando muito daquele encontro, mas tinha de voltar, Cristiane estava sozinha esperando por ele, eram mais de sete horas, sete e meia já, levava mais de uma hora para chegar em casa, não levasse a mal mas não podia ficar mais, Cristiane não estava passando muito bem, estava grávida, afinal entrou de chofre no assunto dele, andava aperreado e tonto sem saber o que fazer, queria ter o filho, ela também, mas não tinham a menor condição, nem pensar, não dava mesmo, tinha de fazer o aborto, e não tinham dinheiro.

Ah, Ritinha, que tinha se levantado para ver o franguinho, sentou-se devagar, ah, a luz acendeu mostrando a vinda dele ali. Mas não se enraiveceu, nenhum sinal de cólera nos olhos, nem mesmo de reprovação severa, Ritinha parecia outra, humanizada, ah, foi aquele suspiro de compreensão.

Não demorou nada, pensou e viu, estava bem, ela daria o dinheiro, quanto era? Não era contra aborto, lembrava-se bem daquelas meninas do grupo deles que viviam se dando e botando menino na rua quase todo dia, ela indignada, sempre ajudando a chamar médico e ambulância, mas indignada, sem falar nada porque uma vez tinha querido passar um sermãozinho na Paula e tinha escutado insulto grosso, que ela só não engravidava porque era horrorosa e ninguém queria nada com ela, que parecia mais um pedaço de pau carunchado, ela que era muito magra e tinha muita espinha no rosto, insultada, com vontade de chorar de raiva e dar uns tabefes na Paula, e ainda tendo de ajudar, por dever, sabia lá por quê. Se dependesse dela, todas as meninas de rua fariam aborto, não era o caso de Cristiane, que tinha marido fixo, mas concordava, se eles não tinham condição de criar o menino, era melhor não o pôr no mundo, não concordava com os padres, com aquela coisa da Igreja tão intransigente, era mais pela mulher, ou pelos pais, mulher e homem, que tinham de decidir enquanto aquele ovinho não era gente ainda. Estava bem, ajudava, quanto que era?

Reinaldo saiu aquietado, completamente reaproximado da irmã, que parecia tão diferente, compreensiva e mansa, com alguma ternura talvez, ia arranjar o dinheiro, só tinha de tirar da poupança, mas poupança era mesmo para aquelas horas, só que ele tinha sido insistente e inflexível, ia devolver, era empréstimo, com tanta ênfase que ela disse que estava bem.

Agora era marcar com o médico, tinha visto tudo de manhã, podia ser dali a dois dias, já teria o dinheiro, o sacana só fazia com pagamento prévio, uma cara de encagaçado que ele tinha, não era de bandido, era de calhorda, medroso, falava quase nada, parecia sempre com pressa e com medo, uns olhinhos apertados dentro de óculos de fundo de garrafa, era aquela coisa da clandestinidade, o cara que não pode jogar aberto, que sabe que está fazendo crime, provavelmente achacado pela polícia, porque todo mundo em Nova Iguaçu sabia que ele fazia aborto, se a polícia não dava em cima, corria dinheiro. Mas todos diziam que ele fazia direito, era bom médico, fazia de manhã e de tarde a mulher podia ir para casa sossegada. Era isso, a coisa mais importante na vida era ser competente, saber fazer as coisas direito. A pessoa tinha de ter uma especialidade, pensava assim, fazer a sua profissão com saber, com precisão, fazer bem; ele Reinaldo não tinha nenhuma especialidade, não tinha ainda mas podia ter, em segurança, que era a dele, em polícia, desvendar crimes, detetive, trabalho de inteligência e de coragem, de muita especialidade também, muita experiência, ouvia e sabia que muito policial tinha sido bandido e conhecia o crime por dentro, e vice-versa, bandido que era polícia, isso então era a coisa mais comum. Ia pensando, tinha de adquirir um saber, tinha de crescer como gente e ter padrão de vida com dignidade, parar de viver na merda, não fora feito para viver daquele jeito, não era um babaca conformado com a vida de fodido, tinha de mudar, decididamente, e a hora estava passando, bem, tinha de começar arranjando dinheiro para pagar Ritinha, questão de honra.

Chegou na Central, saltou do ônibus, ponto final, e foi andando para a estação no meio daquela massa de gente que ia pegar o trem, condução de fodidos, pela roupa conhecia, tipo de calça, de camisa, sandália ou tênis surrado, um bíblia falava alto no saguão tentando convencer, Deus, salvação, o cacete, ninguém queria nada com ele, passavam sem nem escutar, e ele não desistia, tinha gente nascida para ser babaca, todo mundo caçoando, se tivesse ali um político, de alto-falante, fazendo discurso, ia ser a mesma coisa, ninguém ia escutar porra nenhuma, só que político era esperto, não fazia aquele papel, sabia muito bem que aquela massa de fodidos no fundo só pensava em se arranjar de alguma forma, qualquer que fosse, saltar fora daquela condição e ter vida de bem, ou então gozar um momento pelo menos, foder bem, homem queria mulher, mulher queria homem, no trem era aquela esfregação, um momento do presente, agora, no máximo amanhã, podia até ser só um momento de música, ou de dança, samba dolente, ou mesmo rock, funk, a massa de funk crescia de semana a semana, impressionante, músicas de guerra, aquilo era dança de guerra, feito os índios tinham, a massa ficava incendiada, tá tudo dominado, tá tudo dominado, polícia nenhuma podia mais com aquilo não, só os comandos. Entrou no trem, aquele aperto de gente fodida e pouco esperançada.

X

A morte justa e a morte injusta, há, segundo a Lei de Deus, e as pessoas têm no sentimento a diferença bem marcada. Porque as pessoas trazem na consciência o entendimento dos tempos da natureza, e das suas complicadas leis de causação. A morte é o destino da vida, mas da vida desdobrada, desenvolta e realizada, da vida findada, e a morte natural chega avisando pelo interior do próprio organismo da vida. A morte justa é a do ser bem sido, de tempo e de feitos, que perde o ânimo vital por esgotamento de suas incumbências no mundo. Um tio velho dizia: quero morrer feito mineiro, na cama, velho ele já era, e assim foi, tranqüilo, de pijama listado, naturalmente. A morte injusta é um evento antinatural, um malogro que tem sempre uma causa externa e agressiva, bala, automóvel, queda, desmoronamento, vírus que seja, mas brutal, e atinge uma vida, se não jovem, quando seria tragédia, em plenitude, vida ainda em vigor ou em complemento ativo, como era a de Ana Maria. As pessoas ficam chocadas, como inconformadas, mesmo as que não são tão próximas ao atingido. O enterro de Ana Maria foi um encontro de pessoas chocadas, trazendo na face, cada uma que chegava, o pasmo da incredulidade.

A vida dela tinha tido uma pauta firme de sensatez. Uma alma insurgente, sim, contra o convencional, especialmente contra o convencional brasileiro, para ela desfibrado, meio colonial, mas uma insurgência nunca insensata, isto é, sabe-se, com uma única exceção, um ponto só daquela linha resoluta se havia desviado, o da sua paixão por Josef, o daquela confissão disparatada que tinha feito a Bernardo e da separação inevitável, que durou o que tinha de durar para que o ponto de insânia desvibrasse e voltasse à curva da vida sensata restabelecida. Oh, a felicidade consolidada a partir dali, a menina que nasceu logo depois, a preocupação durante toda a gravidez, ela tinha mais de quarenta anos, quarenta e um, o temor da anormalidade, e a ventura da perfeiçãozinha do novo fruto da casa, Clarice, a alegria da casa. Claro que a alegria estava em tudo o mais também; Júnior, longilíneo, quase um rapazinho, que se desenhava bonito como o pai, e alegre como o pai; Bernardo era um homem de natureza alegre que trazia dentro de si a vocação da felicidade, coisa de família, pelo lado italiano do pai e também pelo lado mineiro da mãe, com seus costumes festeiros, daquela simplicidade descontraída que era o lado bom do caráter brasileiro. Sim, sem dúvida, tinha sido a parte mais feliz da vida dela após a superação do ponto de distúrbio, aquele amor demente, após o retorno de reconciliação com a sua trajetória de razão e afeto, feita em família.

Razão e afeto, sim, não só razão, amor também. A vida dela.

Chegava aos setenta muito bem, como diziam todos, ainda em valia, muita valia, para ela e para os outros. Tinha sido a sustentação de Bernardo na doença que o abalara havia três anos, um câncer de próstata, com cirurgia e radioterapia, muito incômodo e muito desânimo, abandono de si mesmo à morte, não fora ela a força presente e vivificante.

Chegava aos setenta assim, sem nenhum esmorecimento, vida sexual não tinha mais, porém vida afetiva e construtiva tinha muita, libido ainda forte, vontade vital de outros modos, material, de ajuda aos filhos no cuidado dos netos, vida espiritual também, não pensava em política ultimamente, desesperançada do enfrentamento ao que parecia definitivo, aquele mundo cínico cada vez mais dos ricos, do capital, inelutavelmente, países e pessoas, ela havia pensado e se engajado dez anos antes acreditando no partido da social-democracia, votando em Mario Covas na eleição de 89, cantando e rindo na rua de bandeira azul e amarela na mão, com Clarice e duas amigas fazendo um animado coro feminino, admirando a figura do seu candidato, particular e pública, observando preocupada a exaustão que transparecia do seu corpo quando discursava no comício, a transpiração excessiva, o arfar entre as palavras, depois a derrota decepcionante, a vitória do arrivista promovido pela Globo, e depois, alguns anos, o desengano com a social-democracia, que já não era mais nada, nem aqui, com Fernando Henrique, nem na Europa com os partidos socialistas, então não pensava mais em política, mas cogitava da vida e sobre a vida, os mistérios e as razões daquela coisa que contrariava as frias leis minerais do universo, entropia ao reverso que era a vida, Josef dizia, tinha impulsos de procurar Josef, que era médico e filósofo, que pensava e sabia sobre a vida, mas recuava com medo do passado. Se bem que o tivesse visto e com ele conversado na festa dos sessenta anos, uma conversa aparentemente normal, e até longa, sobre os afazeres e interesses de ambos, ele e a mulher participando, duas cabeças brancas, quando soube que ele pensava escrever pensamentos sobre o fenômeno da vida, uma conversa inteiramente normal até um limite, o que aquela verdade antiga, submersa, traçava para eles, e a expressão dos rostos no fundo revelava, uma conversa que era normal mas que era só daquele momento, conclusiva, que não continha no ânimo nenhum fio de continuidade, não sugeria um tempo seguinte, nada de semelhante ao que foi o reencontro na mesma noite com Mario Sérgio, a franquia do abraço e do beijo de amigo redescoberto, talvez só então descoberto, aquela largueza que certamente teria desdobramentos. Como teve, de fato, com Mario Sérgio, ela e Bernardo jantando em casa dele a convite da mulher, e saindo juntos os quatro algumas vezes depois, recordando com simpatia os anos descontraídos de verdura. Interessante, um outro Mario Sérgio com juízos mais vividos, a mulher esquisita, cara de estátua, mas não antipática. Não teria com Josef o mesmo tipo de aprazimento descontraído, não podia, até pela personalidade dele, um tanto hierática, mas sobretudo pela lembrança daquele tempo antigo de fascinação. E de desrazão.

Ana Maria gostava e pensava sobre a vida, e até escrevia coisas num diário, como sempre tinha pensado muito sobre o amor, que era a essência da vida nas palavras sábias da mestra dona Ângela. O amor romântico, manifestação civilizada do instinto do sexo, força motriz da natureza, capaz de inspirar os atos mais esforçados e sublimes da comédia humana, sabia-o ela muito bem, oh, e o quanto é dolorosa sua repressão, e o quanto é benfazeja e jubilosa sua realização. Fazia parte das reflexões sobre a vida. Quantos nunca tinham tido essa vivência em plenitude, muito especialmente as mulheres, quantas, se não a maioria; nunca se avaliaria precisamente o quanto tinha sido torva e cruel a repressão das mulheres, aqui e mundo afora, e tempo afora, sinistra, revoltante.

E o pensar sobre a vida, claro, acabava levando ao tema principal, a razão de viver e o sentido do amor. Primeiro, sempre, o amor romântico, atributo especial da juventude mas que pode ocorrer com muita poesia até nas idades avançadas, desde que haja ainda libido sexual, o impulso indomável que aos poucos se esbate na rotina. Amor que estiola fatalmente, quando não se liquefaz completamente numa desilusão funda, mas que não obstante sempre merece ser vivido. E o outro amor, enaltecido pela fábula moral, o amor da alma e do cuidado, que não inflama mas não arrefece, que a valoração moral quer sempre mostrar mais verdadeiro ou mais autêntico mas que na verdade não é comparável com o primeiro, porque é outra coisa, outra natureza, talvez maior quando se fala de maturidade, não se sabe, são comparações que não têm sentido, o amor dos anjos com o amor do demônio, o que dá uma felicidade mais rasa porém mais ampla e radiosa, e duradoura, cantada pelo coro dos anjos, e aquele outro que dá o gozo alto e efervescente que o diabo gosta, coisas incomparáveis, o amor dos anjos e o do demônio, ambos criações de Deus, que é dever satisfazer, por isso mesmo, porque essenciais à vida, à criação suprema.

Pensava e olhava em volta no espaço daquela passagem de século com certo desalento, o amor tão vulgarizado, feito quase que só sexo e, pior, sexo exibido, mais promocional que natural, exibido como mercadoria, tudo era mercadoria nesse novo mundo que lhe parecia idiota, tudo era dinheiro, tudo acabava em prostituição, venda do corpo ou da alma, ou era velhice dela, saudosismo que é sempre coisa de velho; comentava com Bernardo, mas ele intervinha a favor dela, também sentia o mesmo e não achava que fosse saudosismo mas muito cinismo preponderando, amor superficial e imediatista, mais pelo dinheiro, quando não pela vaidade mundana, tudo sempre pesado em dinheiro e promoção, Bernardo concordava, só que Bernardo também estava velho, talvez igualmente vitimado pelas incompreensões da idade, do saudosismo, bem, talvez, mas era o sentimento deles. De qualquer maneira, era preciso acreditar na humanidade e nos valores fundamentais da sua evolução, na certeza dessa evolução para o bem, tinha introjetado isso no meio das suas convicções mais firmes, desde mulher jovem ainda, por influência de Josef e de dona Ângela, e mesmo que não fosse saudosismo e que estivesse o mundo de fato passando por uma fase amoral, de cinismo e pragmatismo sem ética, seria apenas uma fase, certamente, acreditavam ambos, a humanidade voltaria a triunfar porque era mais forte, era criação divina, e enquanto existisse humanidade existiria amor, e valores humanísticos.

Cultivava dessa forma o otimismo, e espargia-o ao redor, Ana Maria a fazer setenta anos e em força vital quase plena, por isso era morte injusta apesar da idade, ceifa que chocou, e no enterro todos os comentários convergiram para este aspecto e não para excitação comum de relatos sobre a violência no Rio.

Os sessenta anos dela estavam ainda claros na memória, a festa que congregou, por desejo dela, todas as pessoas que ao longo de sua vida tinham tido importância para ela. Ela mesma, Ana Maria, pela vivacidade e pela humanidade, desempenhando em constância o traço de união, elo persistente de vários grupos que compuseram seu tempo. O grupo antigo do curso de vestibular, por exemplo, Mario Sérgio e Josef, e Raimundo, outro colega, engenheiro, que não mais se davam entre si mas ligavam-se a ela. E Maria Antônia, também daquele mesmo tempo embora de outra órbita, que nunca esquecera Mario Sérgio, não o via, era com ela que mantinha um encontro permanente, mais ou menos semestral, de afeição e de comunicação. Moreninha enxuta e encanecida, os olhos risonhos e úmidos de emoção, veio a rever, naquela festa, sem o saber previamente, aquele homem que tinha sido seu primeiro amor, ela agora em situação de convidada, não mais de empregada, embora não conseguisse olhar para ele como igual, guardando o sentimento íntimo de humildade, mesmo sendo agora uma enfermeira conceituada, com que deleite o reviu, recobrando para si momentos vibrantes da memória, ele envelhecido, até um pouco diminuído na estatura, casado ainda com a mesma mulher, ela, Maria Antônia, também vivida e casada, mas que prazer aquele reencontro de calor antigo.

Ana Maria propiciava essas coisas, desenvolvia aquele esforço de ligação, por vocação, não por necessidade de protagonismo, nenhuma, era por natureza o instrumento intermediário, a viola naquele quarteto, entre o violino Maria Antônia, cristalino e melodioso, o piano malabarista e inconstante Mario Sérgio e o celo Josef, baixo contínuo e profundo. Besteira, mas Mario Sérgio pensou assim e disse para a mulher. O quinto instrumento, um revólver, tinha desfeito estupidamente aquele quarteto antigo que ela não apenas ligava mas regia.

— Pegaram o assassino? — Desde os primeiros que chegavam, a pergunta esvoaçava pela capela sem insistência e sem resposta. Bernardo, fora de perigo, estava hospitalizado. Clarice, em estado de pranto, a afagar o rosto frio da mãe, não podia ser indagada, mas Júnior acabou informando que não, nem pistas havia. Pegassem ou não, a vingança não era o reclamo maior dos amigos chocados, mas a perda sentida que não era esperada.

Chegou o momento do padre, os minutos da contrição que unia todos, crentes ou não, e juntos coincidiram nos passos de aproximação ao corpo de Ana Maria os companheiros da mocidade, Mario Sérgio e Josef, que já se haviam cumprimentado e trocado palavras sobre ela, e Maria Antônia, que agora se ligava mais a Josef, prestando por vezes serviços especializados para os operados dele, recomendação de Ana Maria. As palavras santificadas, feitas para o consolo, que inspiravam as lágrimas. Finda a oração, logo se viu a presença em roupa cinza do funcionário da Santa Casa, seguindo-se a movimentação para o fechamento do esquife, o tempo de emoção maior, que alterava o ritmo das respirações, oh, a perda, o pesar, a emoção de Maria Antônia contagiou os dois, Mario Sérgio sentiu fraquejar as pernas, fez esforço e se aprumou, sem pensamento, só tristeza funda da despedida para sempre, sem pensar mais naquela imagem do quarteto que perdia sua peça principal, tolice, sentia, sim, que uma parte muito importante da sua vida desaparecia ali naquele instante.

Mario Sérgio reconhecia uma velha queixa que tinha de Ana Maria; dessas que correm pelos anos sem se apagar: ela nunca havia cedido a um beijo dele. Ali, na emoção do adeus, aquela mágoa não subiu à consciência. Nem podia, naquela contrição. Mas estava lá, gravada a frio nos circuitos mais internos da memória, com alguns traços finos que beiravam a crueldade por parte dela. Porque ele sempre achou, desde aqueles tempos, coisa muito velha, ele rapaz e ela moça, sempre achou que não havia razão nenhuma para negar um beijo a quem propunha amor tão sincero e dedicado, alguém que demonstrava fidelidade em tempo tão longo, não havia razão para fazer o que ela fazia, virando o rosto no cinema quando ele chegava o dele para um beijo, nem mesmo a mão na mão dele ela deixava, para um beijo de carinho na mão, ou só o tato na pele, atitude muito fria dela, que tinha, sim, traços de crueldade, alma dura de mulher, puritanismo estúpido não podia ser, porque ela não era estúpida, ele não entendia, algum asco muito forte ela devia ter por ele. Acabou em revolta dele depois de tanto tempo de apaixonamento e de humilhação. Chegou a ter raiva, era definitiva, e só muito mais tarde, os dois já velhos, quando ela fez sessenta anos e o chamou para a festa de reencontro, só então reaproximou-se, desfez mágoas e voltou a ter convívio, não era um rancoroso. Mas aquela mágoa estava lá, como lembrança rançosa, foi ficando.

Não chegou na verdade a ser um convívio, aquele tardio. Foi só o reencontro e depois algumas sortidas noturnas a quatro, ele e Yolanda, ela e Bernardo, só então viera a conhecer o marido dela, uma pessoa afável, uma coisa até agradável para ele, conversas que aqui e ali tocavam o passado, com bonomia, mas rascando sempre a alma lá no fundo, quase consciente, aquela queixa decantada.

Por que eram assim algumas mulheres? Damas de ferro, um horror. O que as fazia assim? Não se dizia serem as mulheres mais sensíveis, fracas, concessivas? E não eram de fato, não tinha ele mesmo constatado ao longo da vida? Como se formava então aquela têmpera de aço em algumas delas? Afinal, como eram as mulheres? Que besteira, tinha senso crítico, pensava coisas que logo via que eram idiotas. Cada um era de um jeito, claro, homens e mulheres, com suas histórias de formação e de vida, alguns ficavam duros e inflexíveis, nem à razão se dobravam. E a educação naquela geração deles era ainda de muita rigidez para as mulheres em relação aos toques do sexo, Ana Maria não destoava dos padrões, eram assim naquele tempo as moças ditas de família, direitas, honestas, só que Ana Maria radicalizava, era radical, dura de caráter, bem, entendia, mas era um traço desumano dela.

Com certeza aquele paradigma de comportamento feminino tinha origem numa experiência de gerações, mantendo um caminho de preservação do casamento e da família como instituições, condicionantes da estabilidade das sociedades, claro, isso já tinha pensado antes, aquela experiência milenar que aconselhava as mulheres a resistirem até a noite de núpcias, exigia delas que tivessem impulsos menos fortes e capacidade maior de resistência, o homem queria o sexo com mais ímpeto, devia ser assim, e pela força irrefreável desse querer era obrigado à consumação do casamento, para aplacar o indomável aceitava aquele compromisso de ligação para sempre, estável, garantido; mesmo depois do desencanto da paixão ficava a amarração pela moral. Era. Ora, dizia-se então, e se dizia porque se constatava em gerações: a mulher que dá antes não casa, o homem larga, arrefece a energia e não consuma o matrimônio, vai buscar outra nova e interessante, e assim também, por razões muito parecidas, se tinha como certo que menina que deixava beijar, passar a mão e apalpar, acabava enjoando o rapaz, era uma regra que elas aceitavam e cumpriam sem discussão, preceitos hoje tão mudados.

Revolução. Tudo aquilo se tinha evaporado. E o casamento mesmo, preservado com tanto cuidado por milênios, se extinguia. Mas não era aquilo que ocupava a mente dele, era Ana Maria, a recusa radical dela que tanto o tinha machucado. Nunca ela teria escutado da mãe ou do pai ordens ou conselhos tão explícitos, não fazer isso ou aquilo, com certeza, sabia que as coisas eram assim porque eram, sempre tinham sido, eram passadas pela atmosfera da casa e do tempo, a regra moral é sentida mais do que falada. E o jeito dela, o caráter radical, levava aquilo a um ponto desumano. Porque a regra moral é sempre universal, mas não assim de rigidez inquebrantável, havia e há gradações, graus de maleabilidade, um beijo de amor era permitido, perfeitamente, mesmo beijo impregnado de sexo, principalmente naqueles casos de fidelidade inquestionável, de pureza de sentimento, como tinha sido o dele por ela, anos.

Não era aquilo, na verdade não era uma questão de moral empedernida, tinha pensado nisso muito, não era, era asco mesmo, repelência que ela sentia por ele, e isso tinha pisado muito a alma dele, era uma ferida no ego, ainda, meio fechada mas sangrava ainda. Claro, antes de ela morrer. Agora não era mais nada.

Mas era lembrança. Inevitável. Depois de anos de insistência e fidelidade, quatro, cinco, eles já não mais meninos, ele sempre amoroso, era da natureza dele, eles dois no carro do pai dele, parados no estacionamento do Parque da Cidade, depois de terem passeado em clima de aproximação propiciado pela luxúria das plantas e pelo ar oxigenado, ela até permitindo que ele segurasse sua mão no subir um degrau ou passar um obstáculo numa trilha, tudo em consonância de romance, eles voltando ao carro, eram umas cinco horas de tarde benfazeja, olhos nos olhos, confessando ele, antes de ligar o motor, confessando pela quadragésima vez o amor por ela, alisando as mãos que finalmente ela entregara, ali, ela negar de novo, naquela circunstância irresistível, negar ainda? Era demais! Ter aceitado aquele passeio, naquelas condições, não era obrigada, vinha até rejeitando muito convite dele, separados tanto nos afazeres, ela já começando a trabalhar, ter aceitado aquele convite para um passeio no carro do pai, ele na direção, fazendo aquela imagem de destaque que o automóvel dava, e se o pai emprestava era sinal de confiança e maturidade, não era uma coisa trivial, era bacana, e depois de quase uma hora passeando naquele belo parque, compondo o clima, ela sem um gesto de desprazer, só resolvendo eles voltar ao carro porque os mosquitos começavam a incomodar, iam tomar um sorvete em qualquer outro lugar, tudo muito amigável, que amigável, muito mais que isso, tudo em tom bem romântico, ela deixando que ele segurasse sua mão, ele pensando, até que enfim, o coração desmanchando em alegria, depois disso tudo ela negar, virar o rosto e dizer não Mario Sérgio, oh que custava?! Nem que fosse por gesto de humanidade, solidariedade humana; mesmo que fosse para depois dizer, não dá, por isso ou por aquilo, gosto de outro rapaz, mas não virar o rosto aquela hora, não, nem que fosse por pena, por esmola, sim senhora, nunca aquela dureza, tamanha algidez, sabia lá, inesquecível, marcada a alma dele para sempre, marca de dor e de revolta.

Tinha ficado mais de um mês sem procurá-la, mergulhado numa tristeza funda de desinteresse pelo mundo, por tudo, era mês de setembro, deixou de ir à universidade durante uma semana, em casa, dando parte de doente, mas de doença indefinida, os pais alarmados, o que era, o que não era, não era nada, inesquecível, já tinha acontecido outra vez antes, o mesmo desânimo sem causa, quando foi a vez que declarou que não gostava de Medicina e por isso ia perder o ano e deixar o curso, abalo forte, e não podia agora tornar a dizer que havia errado de profissão, não tinha mais como argumentar, como daquela vez, que sentia horror ao sofrimento humano, ao sangue, à morte, sem falar nada de Ana Maria, desviando o assunto, a mãe desconfiando, perguntando por ela e ele mentindo, que ia sair com ela no sábado, sabendo que não ia mais procurá-la, como não procurou, foi ela que acabou chamando-o num dia já de dezembro, em aproximação de fim de ano, e ele foi, achou que não podia recusar por dever de amizade, pensou e foi vê-la, para falar sério com ela nos olhos e cortar com dignidade, mas acabou que foi para sentir de volta logo em um minuto aquele engolfamento de amor, todo ele cheio de mágoa mas amor irresistível.

História de uma relação tão difícil, doce-amarga, mais amarga, que ia repassando ali depois de vê-la morta.

Tristeza agora sentia, mas completamente outra, despedida que era dela mas era dele também, aí estava, fim de um fio de história que eles haviam compartilhado, ainda que separados tanto tempo, não importava, sem pensar um no outro, mas vivendo o mesmo tempo e o mesmo espaço, a cidade, vida de um que tinha sido também vida do outro, e que acabava, ele sentindo dizer para si mesmo, voltado para dentro, nunca mais, como se fosse a hora final dele também, procurou os olhos de Josef, caminhavam entre os túmulos acompanhando o cortejo, viu que eram de desolação, não de emoção aberta como os dele, porque Josef era um cara fechado, Ana Maria adorava aquele jeito seco, reviveu num traço de segundo a inveja que tinha tido dele, raiva de inveja por causa dela, tudo afinal passado, era mesmo um cara diferente, mas com certeza o pensamento dele aquela hora era parecido, de adeus para sempre eu também, nós que convivemos, que compartilhamos o mundo.

Três semanas depois foi visitar Bernardo sem saber bem por quê. Besteira essa coisa de visita de pêsames que há muito tempo não existia mais. E nem Bernardo era seu amigo que obrigasse a uma atenção especial naquela hora, três ou quatro vezes na vida o tinha visto, na verdade queria mesmo era visitar Ana Maria, a intimidade dela que não chegara a conhecer, estranho mas era, aquele incitamento de busca do passado, pedaço substancial de sua vida. Nem pensou em levar Yolanda, não era pedaço dela, foi sozinho.

Encontrou Clarice, que o recebeu na porta, o mesmo gesto e a luz no olhar de Ana Maria, não havia ainda reparado naquela parecença tão forte, chegou a sentir um ligeiro choque, mas, sim, refez-se logo do mutismo e ela disse que o pai aquele dia não acordara bem. Mario Sérgio estranhou, tinha falado com ele na véspera por telefone, combinado de vir, e ele estava bem, sim, estava bem; Clarice concordava, ela havia chamado o médico e ele não encontrara nada de preocupante, mas o fato era que Bernardo não se animara a levantar da cama desde a manhã, estava lá e quase não falava, tinha até uma cara boa mas sem qualquer iniciativa de fala, falava só quando indagado com insistência, o médico tinha conversado com ele um bom tempo e não havia notado qualquer anormalidade na fala, mas o pai estava mudo e quedo o dia todo, e ela muito inquieta com aquilo. Bem, ficou uns segundos hesitante mas compreendeu que devia sair, não tinha intimidade para ir ao quarto ver Bernardo.

Tomado pelo pensamento, não quis ir para casa, entrou no carro em busca de um lugar em que não tivesse de falar, o Jardim Botânico, paraíso dos sentidos, pelo verde, pelos pássaros, pelo oxigênio, ainda não eram quatro e meia, chegando lá teria mais de uma hora para rever a si mesmo, sentado num banco ou caminhando entre as árvores.

A vida somente podia ser vista para trás, para a frente dava na certeza da morte, àquela altura não tinha mais projetos importantes a desenvolver, e a retrovisão se impunha, e ele a ela se entregava até com certo deleite, vendo as cenas do filme sem a sombra da tristeza, como assistente envolvido, ponderando. Tinha travos, sim, alguns de uma adstringência forte que o tempo não dissolvera completamente, e o maior era de fato o amor negado de Ana Maria. Era para estar esquecido, tão longe no tempo, e estava realmente esquecido enquanto dor, completamente, mas não apagado como lembrança de dor, tinha tomado praticamente toda a sua juventude, clamando aquele tempo todo em cada célula do corpo, especialmente naquelas células mais gritantes, que são as do sexo. Estava lá como lembrança, podia bem evocá-la, trazê-la ao presente, só que não queria ficar relembrando sempre aquilo, repetindo como masoquista a história que acabava enfadonha.

Lembrança só. O eu de uma pessoa era aquele conjunto de coisas feitas e sentidas; e lembradas. Um trinca-ferro cantou bem forte suas três notas. Nunca tinha escutado aquele pássaro altaneiro ali no Jardim Botânico. No Rio, só em gaiola.

A outra frustração tinha sido dor também, lembrava agora, na verdade nunca tinha sido uma dor bem definida, pontual como a outra, era uma coisa diferente, meio gasosa e difusa, nunca tinha sido aguda em forma de tormento, era um travo mais que dor, o de não ter conseguido se projetar na vida o bastante para romper o anonimato, ele, filho de um médico importante na cidade e irmão de outro que fazia sucesso nos Estados Unidos, ele, casado com a filha de um homem também conceituado pela cultura vasta, que aparecia vez por outra nos jornais, ele que tanto empenho tinha posto no ganhar notoriedade, aparecer também nas colunas, do Rio, não de Niterói, ele era do Rio, morava no Rio, freqüentava com insistência rodas de jornalistas, insinuando simpatia, buscando mesas de artistas, muitas noites na Fiorentina, grande esforço de autopromoção e nada, problemas enormes com Yolanda, sim, aquele era um travo mais presente agora que o do passado desprezo de Ana Maria. Talvez ainda incomodasse, sim, com certeza, não pela ambição frustrada, essa realmente não existia mais, todavia não deixava de remorder-se pelo enorme tempo perdido naquela peleja falsa, isso, tempo e energia jogados fora no fazer nada, quando poderiam ter sido aplicados num profissionalismo sério, a perspectiva do tempo contado para trás lhe dava aquele dissabor, enorme dissipação no conversar só para tentar impressionar, mostrar-se inteligente e fazer imagem, peleja falsa que nada havia criado e nada feito em aprendizado, nenhum crescimento interno naquele tempo todo, anos, tentando acompanhar a intelectualidade do Rio nos seus movimentos, que besteira, na esperança tola de se tornar aos poucos um deles, vendo os filmes de Nelson Pereira dos Santos, de Glauber Rocha, o Opinião de Vianinha, o *Rei da vela* de Oswald, acompanhando e cantando a música da Bossa Nova e depois a dos festivais do Maracanãzinho, ele cantava bem, isso sim era reconhecido, poderia ter desenvolvido aquilo com seriedade e não o fez, tempão perdido, mais do que o do amor de Ana Maria, percorria décadas de sua vida adulta, as que podiam ter sido as mais produtivas.

Frustração. Que se mantinha ainda algo viva, sensação de desconforto que o pensamento tentava justificar convencendo a si próprio de que vivera a vida normal, de quem queria simplesmente viver, aproveitar o ser presente de maneira sadia, sem a neurose da compulsão do esforçar-se na competição para sobressair. Mentira, engodo para amaciar o arrependimento, assumindo-se afinal como gente comum que era, nada de expoente ou membro da elite cultural da cidade mas simples rebento fraco de boa família, enfraquecido na superproteção, coisa até muito comum, enfim, cara igual a todos, sentando na frente da televisão descontraidamente, mantendo ainda vivo seu gosto pela música popular, brasileira, sentindo apenas, como traço incômodo de saudosismo, que o Rio perdia aquele pique de vanguarda na criação dos anos cinqüenta e sessenta, coisa que não era com ele, nada tinha a ver com a sua própria perda interior. Outro assunto; para outro momento. Bem. Sem mais humilhação. Deixava crescer dentro dele a valorização de outras coisas, a saúde, a sobrevivência saudável, o gosto apurado da mera contemplação do mundo, desaparecendo a sensação de fracasso, fracasso nenhum, normalidade, era isso, tinha sido um homem normal e sadio, tinha levado uma vida digna e não tinha do que se envergonhar; com o passar do tempo todos os grandes desaparecem na poeira dos séculos e se igualam aos comuns sem nome como ele, e o que fica mesmo é a descendência, são os frutos do amor, seus feitos definitivos estavam vivos, eram seus filhos, realmente pensava assim, o resto era vaidade, vaidade das vaidades, já dizia o salmo há milhares de anos.

Milhares e milhares de anos e o ser era o mesmo. Setenta não era nada. Merda ou não aquela pequenez.

Havia, sim, uma concentração travosa maior naquele ponto do tempo em que ele tinha tentado ser deputado, relembrava, a auto-animação ilusória da campanha, o vigor tolo com que se tinha atirado à luta, ele ainda moço, e a decepção de memória indelével, a falsidade humana, enganação de eleitores que pareciam tão certos, a depressão do resultado. Sim, duro, aquilo visto assim de longe, do fim para o começo, parecia um fracasso maior que tudo, porque era o fracasso dentro do próprio fracasso da sua vida mole como um todo, acabava confundindo-se com ela, difusamente, sem ferretear mais com tanta pungência.

Tinha ainda outros travos menores, pensando bem, mordendo frutinhos de cravo-da-índia caídos pelo chão no entorno das árvores, outros travos não tão rascantes. Por exemplo, o de não ter morado em outras cidades, não ter vivido um tempo em outras partes mais avançadas do mundo, não ter estudado nos Estados Unidos ou na Europa como outros moços do seu tempo, embora não fosse tão comum na época como ultimamente. No conjunto, entretanto, o todo da vida visto assim do quase fim, com a visão da maturidade que só aparece nesse fim, não tinha sido infeliz, não era infeliz nem nesse final, até ao contrário, com saúde boa e cuidada, só um certo desvanecimento, que era natural, da energia vital, energia da vontade, pulso da vida, tão faltosa quanto a energia do sexo, até porque era sua condição, podia até dizer, e com convicção, que agora era feliz, e no balanço geral também tinha sido, tinha sabido cobrir com bálsamos de certo humor seus desenganos todos. Tinha sabido manter a família, principalmente, ah, principalmente, superando um monte de tensões e conflitos com Yolanda. E hoje os encontros de família, almoços, jantares, Yolanda, filhos e netos, mesmo com os desencontros nos matrimônios originais, eram o grande contentamento.

Era assim. A vida na visão contrária ao sentido do tempo deixava ressaltar bem os pontos principais, apogeus e fundos de poço. Tinha tido seus apogeus, estavam todos no campo do amor, que na verdade era o mais precioso, essência da própria vida.

A humanidade de fato era medíocre, e não teria sobrevivido se não aceitasse bem essa mediocridade, se não se contentasse com as alegrias mais simples, e se não valorizasse principalmente o amor, que multiplicava a vida. E naquele campo ele tinha sucessos inegáveis a recordar, sim senhor, pontos inequívocos de aguda felicidade, importantíssimos na contabilidade da vida, ainda bem que sabia reconhecer e reviver o júbilo daquelas vivências, vibrações que ainda não se tinham dissipado completamente.

Yolanda, mulher de alabastro, beleza de tirar a respiração, monumento, tinha sido indubitavelmente a maior vitória, fulminante, uma mulher que por toda a vida lhe valeu como um trunfo, requisitada, desejada, ele sempre muito invejado, belíssima, uma escultura de alabastro puro mas com a maciez de mulher, como ele sempre idealizara, monumento de alvura no meio da mediocridade bronzeada, pele branca com cabelos pretos e lisos, olhos pretos de um brilho de farol, iluminando ao longe, o nariz alongado e sério, conferindo nobreza, aquela figura distinta e cheia de formas, as pernas mais belas que havia visto na vida, pela curvatura doce e pela carnação feminina, pela elegância também, sobre as sandálias de salto alto, os olhares sempre convergiam nela, e ele, o dono, ganhara desde a primeira apresentação, dançaram o tempo todo numa festa em Icaraí logo depois de se conhecerem, ele dançava bem, com garbo, era notado, um rapaz de futuro brilhante, o pai dela, que era um advogado conceituado em Niterói, historiador também, tinha escutado referências, naquele tempo em que a face dele irradiava essa perspectiva, toda a crença futurosa que estava dentro dele, e que passou para Yolanda pelo gesto e pela fala, trazia o falar de uma família de cultura do Rio, que impressionava em Niterói. Foi um triunfo de rompante, noivaram e casaram em meio ano. E o gozo do corpo de Yolanda foi uma volúpia que durou, encantamento que se estendeu por muitos anos, a despeito de muitas outras atrações de sua vida sexual diversificada, e prazerosa, e cheia de amor mesmo, não só de sexo, Heloísa, Maria Antônia e várias outras, até putas, várias, que amou. Mas Yolanda foi sempre aquela forma sensual mais pura, de se admirar até mais que se tocar, aquela mulher branca e pura, lisura de pele incrivelmente sensual.

O reverso de Yolanda tinha sido Maria Antônia, miúda e morena, cabelos crespos, insignificante de figura, mas animada de uma vivacidade tão extremadamente feminina que produzia uma impressão irresistível de erotismo. Um erotismo que se confirmou na cama e se manteve sem declínio durante o grande tempo em que tiveram relações. Não foi, para ele, uma paixão de amor como Yolanda e como Heloísa, mas um carinho muito grande, não tinha dúvida, e uma atração de sexo que lhe parecia agora, à distância, ter sido mais forte do que todas.

Uma pena aquele decorrer, uma pena de cada um, mas no conjunto a humanidade o aceitava com sabedoria instintiva, ninguém ficava imprecando o tempo todo, chorando a aproximação do fim.

Fora do amor, não tinha tido outros auges, mas tinha tido, sim, espaços grandes de felicidade rasa que contavam muito, até muitíssimo, os filhos, a família, certa respeitabilidade que tinha.

Auges, outros, propriamente, não; pontos marcantes, nada mais que uma coisinha boba aqui e ali, ter sido aprovado em décimo lugar no vestibular entre tantos candidatos, coisas assim, a chefia da inspeção sanitária durante anos, oh, a vida vista do fim mostra muita coisa, por exemplo, que os auges mais brilhantes não eram tão importantes como pareciam ser nos momentos em que ocorriam, importante mesmo era a estabilidade num certo nível de bem, de dignidade, de bem-estar e de bem sentir-se, de bem fazer a algumas pessoas mais próximas.

Guardas passaram apitando e convidando a sair, o Jardim Botânico ia fechar, eram quase seis horas de uma tarde quente, amena e bela, cheia de pássaros, sabiás grandes, de peito laranja estufado, mas pouco cantantes já naquele tempo do ano, não mais naquela insistência incrível de canto dos meses da primavera, aquele canto sempre igual, repetido obstinadamente sem cansar, agradável assim mesmo, ou por isso mesmo, um toque bem de Brasil, e bem-te-vis atrevidos, também, muitos, possantes, desafiando o tempo e tudo o mais. Mario Sérgio foi saindo com o pensamento outra vez voltado para Bernardo, esquisita a descrição de Clarice, Bernardo acordado e mudo, olhando o ar sem dizer nada, muitos mortos ficavam assim, de olhos abertos olhando o nada, não se surpreenderia se Bernardo morresse nos próximos dias, de inapetência generalizada, falta de vontade de tudo, eram muito ligados os dois.

Conhecia muito pouco mas tinha simpatia por Bernardo, talvez por ele ter desbancado Josef no coração de Ana Maria, sabia lá, arcanos da vida. Telefonaria e falaria novamente com Clarice quando chegasse em casa.

Chegou em casa e beijou Yolanda com carinho.

Bernardo propriamente não sonhava, estava consciente e escutava as pessoas falarem com ele, via Clarice que chegava, que perguntava com aquela voz tão parecida com a de Ana Maria, perguntava o que estava sentindo, por que não levantava, por que não respondia, ouvia a campainha do telefone tocar, Clarice falando, ou Olga, a empregada, sim, tinha consciência do mundo ali fora, ocorrendo, continuando a ocorrer, mas sua atenção estava tomada, inteiramente tomada por outros sentidos que lhe mostravam belezas diferentes das que ele tinha visto ou escutado, o *Danúbio azul*, a grande valsa tocada em grande orquestra, em sonoridade de largueza fantástica, em compasso alongado que dava à música um tom de indizível majestade, e o espaço azul, visto com a mesma nitidez com que escutava a valsa, azul-celeste sem limites, espaço, azul bem forte em tom celeste, de uma claridade imensa, e no meio daquele espaço o casal dançando, bailando em passos de liberdade e amplidão no ritmo grande da valsa, vestidos de branco, ele e ela, os dançarinos, em trajes vistosos, alvos trajes de gala, os dois, não havia limite para a largueza dos seus passos em rodopios fáceis de intensa juventude, e leveza como de vôo, passos que eram precisos no ritmo da dança, sem nenhuma hesitação, nenhum descompasso, mas as figuras, os rostos, não tinham nitidez, a imagem estava a uma distância tal que esbatia a nitidez, só a felicidade dos rostos era bem perceptível, a felicidade de beleza irradiante daquele casal sozinho no imenso azul do espaço, imagem de um amor definitivo, para sempre, ele e Ana Maria, parecia, com esforço podia determinar que eram eles dois os dançarinos do enorme *Danúbio azul*, ou a mãe e o pai, talvez, era difícil precisar, embora a visão e a audição fossem bem claras; não era sonho, estava acordado e consciente e aquilo que via e ouvia se misturava em percepção ao que se passava à sua volta, com Clarice, Olga, depois Júnior, o filho que chegou, depois o doutor Célio, o médico, apareceu, sentou-se na cama, examinou, também perguntou e ele respondeu, tirou pressão, pulso, auscultou, apalpou, saiu dizendo coisas para os dois filhos, Clarice muito preocupada e triste, olhos d'água, ele percebia tudo muito bem mas tinha dificuldade em responder ao que eles indagavam porque sua atenção estava tomada, inteiramente, pela imagem dos dançarinos, o amor que bailava absoluto no espaço, e a música incrivelmente bela do *Danúbio azul*, símbolo de beleza, depois veio um rapaz, um enfermeiro, via-se, e aplicou uma injeção, ele não sentiu nada, estava enlevado, completamente, pelo que via e ouvia longe no espaço, os enamorados, ele e Ana Maria, sim, com certeza, durou muitas horas, não pôde saber quantas, não tinha esse sentido do tempo, até adormecer e talvez sonhar de verdade. Não acordou no dia seguinte.

XI

Maria Antônia, a pessoa dela, a consciência dela que continuava ali inteira, saiu andando e pensando assim, a outra se tinha ido, acabado, a outra consciência, pessoa que ela admirava e amava, sim, havia entre elas um laço de força no campo do afeto, era uma forma de amor, procurava-a sempre, tempos em tempos, só para vê-la, estar com ela por gosto, não que a outra ainda tivesse algo a dar-lhe, como tinha dado tanto ao longo da vida, em saber, em afeição também, mas principalmente em saber, saber de utilidade, coisas práticas, como procurar um sobrinho em Volta Redonda, como tirar um CPF, tradução de um texto em inglês, receita boa de lasanha, e saber de outras coisas que não eram práticas mas eram importantes, até mais, saber de pensar sobre a vida, de como encarar as coisas inevitáveis, lidar com fatalidades, invejas e maldades, e curtir o bom de cada dia, mas ultimamente continuava a procurá-la e visitá-la só por puro gosto de estar, talvez de relembrar o que tinha sido sua empreitada de crescimento tão ajudada por Ana Maria, agora finda, finada, pensava assim, as pessoas acabavam, apesar de todo o estofo religioso que impregnava o seu ser desde a infância, a crença na vida eterna da alma, que tinha passado para os filhos e ainda ensinava aos netos porque achava que fazia bem, que dava um sentido e uma força moral à vida, aquela crença ela própria já não tinha mais, sabia que a alma acabava mesmo, porque via como uma doença podia acabar com a memória, a consciência, a alma da pessoa, podia mesmo acabar com a pessoa espiritual sem acabar com o corpo, um mal de Alzheimer, por exemplo, ou um simples AVC, imagine a morte, o fim de todas as células do cérebro e do corpo, ela, que era enfermeira na neurocirurgia, tinha que ter tirado essas conclusões. E no entanto rezava ainda, um padre-nosso e uma ave-maria toda noite antes de dormir, e dava graças a Deus toda manhã quando se levantava para começar um dia.

Aos cinqüenta e dois anos, dava graças pela força que ainda tinha e que havia sustentado sua vida de labuta e crescimento. Era agora enfermeira-chefe, de respeito, era mãe-avó-chefe da família, e era agora também, o mais difícil, moradora-chefe do Edifício Rajah, oh, Deus, tinha sido eleita síndica daquela coisa impossível, que tinha uma história incrível de degradação, sem vontade dela, empurrada pelo respeito dos outros pela figura dela e pela indignação de todos com o síndico antigo, que tinha desmoralizado o prédio tão completamente que ninguém acreditava mais que fosse possível recuperar a dignidade daquilo, nem ela, que tinha recebido a missão impossível.

— Dona Maria Antônia, dona Maria Antônia, ah é, Maria Antônia — de todos os lados daquele povaréu ajuntado em assembléia no saguão do primeiro andar vinha a gritos a indicação espontânea, sem preparação, alguém tinha lançado de pronto a idéia maluca e todo mundo repetia, Maria Antônia, e ela, não, não, porque não, não podia aceitar, não sabia o que fazer, era enfermeira, gente, que era aquilo?

Aquela gente humilde que não era de favela mas se sentia mais desrespeitada do que gente de favela, e que tinha vergonha de dizer que morava ali, aquela gente toda em desespero, e ela tinha de aceitar porque era a única pessoa em quem todos confiavam, ah, isso também dava orgulho, um ar forte e puro de encher o peito, aquilo era missão de Deus, não podia rejeitar, Deus haveria de ajudar, mostrar o caminho.

Tinha até condição de sair dali, aquilo era mesmo um horror, pior que favela, favela era mais limpa, arejada, só tinha o cansaço de subir morro a pé, enquanto ali tinha elevador, que aliás dava medo, vivia estragado, ela tinha de subir cinco andares, e quem morava no décimo? Horror, gente mais empilhada que em favela, oitenta apartamentos por andar, tudo quarto, banheirinho e quitinete, vinte metros quadrados, corredores sujos e escuros, as lâmpadas sempre queimadas, os mais antigos diziam que no início não era ruim não, tinha gente que morava lá desde a inauguração, mil novecentos e sessenta, diziam que tinha até advogados, professores, o prédio era limpo e digno, na Praia de Botafogo, com frente para a enseada, apartamentos mínimos mas ponto muito bom, atraente por isso, mas com o passar do tempo, e acima de tudo com as estripulias daquele síndico que estava mandando havia mais de vinte anos, desmandando na verdade, roubando o dinheirinho de gente pobre, e ganhando de bandidos para lhes dar guarida, com o tempo veio a decadência, aos poucos no início, primeiro prostitutas e travestis, cada vez mais em número, coisa nojenta, depois piorando mais e mais, nos anos noventa principalmente, traficantes e bandidos descaradamente, e por fim os crimes, o terror, Capeta assassinado a tiros no corredor, Pingo jogado pela janela no sexto andar, até a invasão da polícia, aquele tiroteio dentro do prédio com quatro mortes, aí os moradores não agüentaram mais, os que já estavam revoltados há muito e não se manifestavam porque eram ameaçados, todos juntos resolveram dar um basta definitivo, o síndico fugiu, desapareceu que ninguém viu, e todos acharam que tinha de ser Maria Antônia, que tinha moral, que podia tomar as providências, que ninguém ia achar ruim com ela, que ia limpar de vez aquele prédio, colocar ordem, e todos iam ajudá-la.

Fazia mais ou menos seis meses, um trabalhão danado, tinha até tirado quinze dias de férias no primeiro momento até tomar pé na coisa, dormia pouco, cansada, reuniões e mais reuniões, umas vinte pessoas mais interessadas e dispostas, estavam ajudando sim, nas contas, nas cobranças dentro do possível, com jeito, na parte de eletricidade, que estava um perigo, na limpeza, ia tudo indo mais ou menos, ela cansadíssima mas dando conta do recado, pensava até que, quando ficasse tudo em ordem, ela ia se mudar de lá, não ia ficar toda a vida trabalhando de síndica, muito esforço e muita responsabilidade, ela não tinha mais idade.

Tinha condição de se mudar, sim, pelo que ganhava então, embora não fosse lá essas coisas o salário de uma enfermeira graduada, hospital público pagava mal e particular também, às vezes ainda pior, mas ganhava para poder alugar uma coisa melhor do que aquele formigueiro de pobreza, se fosse sozinha mudava, aí é que estava a questão; pensava em mudar, mas tinha o filho, a nora e os dois netos que também moravam ali com muita dificuldade, os dois apartamentos juntos, tinha aberto uma porta de ligação depois que Everaldo morrera, o filho dirigia táxi de empresa e ganhava mixaria, e ainda vivia ameaçado de ser cortado porque não podia trabalhar muito tempo sentado ao volante, sofria de uma erisipela na perna esquerda de que não se curava havia quase um ano, coisa esquisita em homem tão novo, e a mulher, nora dela, ajudava no ganho fazendo sanduíches naturais com muito cuidado, para vender nos quiosques da praia e da Lagoa, mas assim mesmo não dava, e ela, Maria Antônia, tinha de ajudar. Havia uma vergonha no meio disso, que ela não contava para ninguém, só para Ana Maria, que agora tinha ido, a vergonha era que o filho perdia muito dinheiro em jogo, em corrida de cavalo, visse só, mania dele incurável como a erisipela, aquilo dava muita briga em casa, a nora com toda razão, e ela se sentia responsável, mas obrigada a ajudar pelo filho, era a vida. E ajudava também a filha que morava lá onde o diabo perdeu as botas, em São Gonçalo, quase em Itaboraí, o genro era um homem muito bom, tinha trabalhado em estaleiro mas há muito estava desempregado e fazia biscates para gente que construía casa.

Ana Maria, nas visitas que Maria Antônia lhe fazia, escutava as peripécias da vida dela, parava e dizia, não dá para acreditar, não fosse você a contar e eu não acreditaria, aquelas acrobacias de sobrevivência, uma mulher da dignidade dela, da dedicação e da competência dela, que tinha adquirido com muita luta, uma mulher dos méritos dela passando por aquilo tudo de dificuldade que ela repetia, primeiro tinha sido a briga de Everaldo com o homem do quinhentos e trinta e dois, homem mal-encarado, bandido, estava-se vendo, começou porque Everaldo repreendeu o filho dele que andava de bicicleta no corredor e atropelou ela, Maria Antônia, machucando-lhe a perna, um absurdo, e de absurdo em absurdo, o pai do menino foi tomar satisfação, tinha rei na barriga, acabou em ameaça, o homem tinha cara de assassino, se dizia da polícia, sabia lá, e Everaldo tinha de manter a dignidade, ademais que estava com a razão, não podia se amedrontar, também acabou dizendo umas boas pra ele, que não tinha medo de cara feia, e se cruzavam às vezes no corredor, o homem usava revólver, às vezes até no elevador quando dava azar, não se falavam, aquele silêncio pesado, e o menino continuava andando de bicicleta no corredor, como de propósito, mandado pelo pai, tudo isso ela contava para Ana Maria, ô vida, e perguntava se doutor Bernardo conhecia alguém na polícia para saber quem era aquele sujeito, chamava Lauro Teles, arrastou-se aquela questão por quase um ano, até que o homem foi transferido para Cantagalo, que era a terra dele, parece que tinha pedido porque não suportava mais o Rio, era neurastênico, não agüentava principalmente aquele edifício Solymar, agora se chamava assim, tinha mudado o nome para ver se melhorava, e nada, a mesma porcaria, ou então tinha sido mandado de castigo, por coisas que fazia e todo mundo sabia, o caso é que ele se foi e aliviou aquela tensão da vida deles, mas aquilo tinha abalado a saúde de Everaldo, ela tinha certeza, tinha afetado o coração dele, ele morreu no ano seguinte.

E era assim a vida daquela mulher brava, Ana Maria admirava, e ficava escutando com atenção porque sabia que dava força e Maria Antônia merecia, e agora era a erisipela do filho que tinha de passar o dia inteiro sentado no volante e perdia dinheiro em corrida de cavalo, a nora fazendo sanduíche mas sem dinheiro para tratar os dentes, dentista não tinha em posto de saúde e era muito caro no particular, o genro que aparecera com um diabetes de estresse depois de um ano sem emprego, um homem de quarenta e dois anos, a escola dos netos uma porcaria, tanto a de lá, de São Gonçalo, quanto a daqui do Rio, nas duas as professoras faltavam à beça, os meninos voltavam para casa, e sabia que depois da quarta série ainda seria pior, professor de matemática não havia mais e de geografia também, todo mundo dizia, isso para não falar das mazelas que ela via no hospital, ela como responsável, e não podia fazer nada, diabo de país esse tão injusto; Ana Maria se admirava de ver como aquela gente ainda achava tanta graça na vida, o vizinho deles de porta, seu Bartolomeu, de vez em quando vinha buscar o filho depois que ele deixava o táxi para tomarem uma cerveja no bar da esquina, e ficavam rindo quase à toa, horas, um riso frouxo e desgovernado por um nada, aquele mesmo vizinho que às vezes bebia demais, entrava em casa e já ia batendo na mulher antes mesmo de fechar a porta, cada surra de amassar a cara da pobre, que gritava, e eles ali ouvindo incomodadíssimos sem querer se meter, era a vida, Ana Maria ficava pasma, o genro comia demais, aquele que morava longe e agora estava diabético, e comia muito erradamente, feijão com carne-seca e muito toucinho, torresmo, essas coisas, nada de frutas e verduras, no máximo uma couvezinha, estava muito gordo, e quanto mais ficava estressado pelo desemprego mais comia, estava enorme, e a filha ia pelo mesmo caminho estimulada por ele, acabava diabética como ele de tanto comer e de tanto ficar nervosa, e também não ensinavam à menininha, a netinha, a comer coisas saudáveis, ela, Maria Antônia, ficava para morrer de aflição, ô vida, mas contava aquilo tudo e ainda ria, Ana Maria acabava rindo com ela.

Um dia apareceu indignada, acabara de ser assaltada no ônibus e tivera que dar o relógio e a aliança, isso que mais a tinha revoltado, já uma vez tinha dado todo o dinheiro da bolsa, mas só o dinheiro, e naquele dia o brutamontes tinha exigido a aliança além do dinheiro e do relógio, bruto e malvado além de ladrão sem-vergonha, o anel custava a sair e ele ameaçando, anda logo senão corto esse dedo, ah, que raiva que dava, ver ladrão roubando de gente pobre, teve uma, coitada, que não tinha nada, nem dinheirinho nenhum, só o da passagem que havia gasto, e por isso levou dois bofetões do animal, ficou chorando baixinho um tempão depois, uma pena danada, que ódio, inda por cima covardão, queria ver ele fazendo aquilo com gente forte como ele, queria ver se ia roubar casa de gente rica, não, não era bem isso que tinha querido dizer, mas era que tinha sanha de ladrão que roubava gente pobre que lutava com tanto sacrifício, mais ou menos como os africanos de antigamente que vendiam seus irmãos negros para os traficantes brancos, sempre lembrava isso, tinha ódio.

Mas era a vida; na sua natureza, natureza das coisas reais, não dava para lutar contra nem para ficar imprecando e ranhetando contra o mundo, tinha que ir vivendo, trabalhando e lutando para respirar a porção de felicidade que lhe era possível, essa afinal era a história de sua própria vida: acomodação sem desistência, sem compulsões irresistíveis também, nada dessa coisa de não posso resistir, não posso passar sem isso ou sem aquilo, juízo, era isso, siso das pessoas adultas, falava sempre, ela era assim, podia passar, sim, sem uma porção de coisas que desejava, sem desistir de lutar pelo que era mais importante. Passava até sem o marido, ah, claro, essa era a tristeza maior, era a falta que sentia de Everaldo, isso que mais sentia, o carinho dele, amor, o jeito dele acalmá-la quando ela ficava falando muito excitada, a calma dele, a segurança dele, a mão dele acarinhando a nuca dela, dizendo pera aí, pera aí, encostando o rosto dele no dela, saudade, sim, essa a tristeza maior.

Sua vida, a consciência da sua vida, dela, Maria Antônia, desde pequena, ainda se lembrava, coisa interessante, a integridade da vida das pessoas que era a memória, a mãe sempre dizia que ela tinha sido muito esperada, uma menina, o primeiro tinha sido menino, o Amâncio, tinha pedido tanto a Deus uma menina e foi atendida, uma ajudantezinha para ela, a mãe, como se lembrava dela, como se lembrava de ter sido uma pessoinha importante na vida da mãe, e como aquilo era importante também para ela, menina Maria Antônia, essas coisas ficam, e fazem a vida da gente, ela nunca tinha tido sonhos grandes de riqueza ou de fama, nunca tinha ficado nervosa por causa dessas coisas, e até que tinha subido bastante, dona Maria Antônia agora, havia algum tempo já que era chamada assim, e em casa era mamãe pra cá, mamãe pra lá, os filhos viviam assim até hoje, dependendo dela, mamãe, você que sabe das coisas, mamãe, você que tem prestígio, que conhece fulano, que conhece sicrano.

— Dona Maria Antônia, a senhora não sabe o quanto é importante — uma vez o genro lhe dissera, quando ela arranjou para ele fazer uma reforma na casa de um médico lá em Niterói.

Era assim, não ficava com raiva do mundo porque ele era daquele jeito, botando diferenças entre as pessoas, e nem via sempre como injustiça essas diferenças, muitas das vezes as próprias pessoas faziam por serem rebaixadas. Por ela, não tinha mais anseios, tinha subido o bastante para a sua origem, sua mãe, seu pai, sua raça principalmente, era bem considerada, não devia nem podia se queixar de injúrias do mundo. Uma ou outra queixa assim no particular, de uma ou outra pessoa arrogante ou estúpida, isso havia, e dava raiva, falava assim porque conhecia injustiça sim que dava raiva, era o abuso da soberba em algumas pessoas, essas sim mereciam um tranco de Deus. No mais, era muito adaptada no que era certo, no seu tempo de menina e no seu tempo de moça, as pessoas eram muito mais adaptadas, ajustadas, e achavam que era bom assim, ela se tinha formado assim e também achava bom assim, procurava viver bem, se o dia era azul, era bom porque era belo, se era cinzento, era bom porque era fresco, ia, reconhecia as pessoas que estavam acima dela e não pisava nas que estavam embaixo. Ana Maria, por exemplo, estava acima. Chamava ela assim, só Ana Maria, porque a tinha conhecido ainda menina, estudante, e acostumara, e ela, também, Maria Antônia, era muito menina naquela época, ainda não tinha muita noção dessas diferenças, necessidade de chamar dona, seu, doutor, chamava Ana Maria, mas tinha plena consciência da diferença, só que era uma dessas que não tinha soberba nenhuma, e que ajudava quem estava embaixo; a ela sempre tinha ajudado muito, até em dinheiro quando foi para comprar o apartamento, até perdoou o final da dívida, disse que não precisava pagar mais quando ainda faltava um bom resto, muito boa amiga, e ajudava no saber das coisas, isso que era o principal, na visão geral das coisas da vida, no apoio moral, por isso vinha vê-la sempre, de quando em quando. Assim também era dona Emília, doutora Emília, que era filha de uma senhora de quem ela tinha cuidado muito tempo como enfermeira, e de quem ficara amiga pelo modo como fora tratada. Eram pessoas de nível mais alto, tinha de reconhecer, não devia haver desníveis enormes que separassem as pessoas de não se falarem, mas todos os países tinham níveis diferentes, sempre tinham tido, antigamente tinha escravidão, muito pior, isso sim era revoltante, hoje graças a Deus não tinha mais, porém havia níveis e tinha mesmo de haver, de riqueza, de importância, principalmente de doutoramento, era uma regra que todos tinham de aceitar em vez de ficar espumando de raiva e querendo fazer revolução. Era o pensamento dela. Agora, sabia bem e repetia que algumas pessoas do nível de cima ajudavam as do nível de baixo, e ajudavam por ajudar, sem interesse, pelo bem, como Ana Maria, doutora Emília e muitas outras, não podia conhecer todas, só sabia que existiam muitas, Getúlio Vargas, por exemplo, aí estava o maior exemplo, o pai e a mãe sempre diziam, e ela sempre ouvira todo mundo dizer, Getúlio, Brizola também, apesar de estar muito caído ultimamente, esse pessoal do PT ela não tinha bem certeza, eram um pouco diferentes, um pouco revoltados demais, mas achava que também eram pessoas boas, amigas dos de baixo.

Pensava assim. Agora, havia abusos que mereciam um bom rebenque, aquele tal doutor Renato, doutor Ratão Porqueira, nunca mais ia se esquecer dele, mas isso era lembrança dela, não falava para ninguém, a esposa entrevada no quarto ao lado e ele, um velho de sessenta anos, querendo abusar dela, Maria Antônia. Tinha tempo isso, foi quando ela ainda fazia trabalho de enfermeira particular nos dias de folga do hospital, folga que era para descansar dos plantões mas que ela usava, como todas, para ganhar mais um pouco. O Ratão era um dono de construtora que fazia obras pro governo, pra prefeitura e todo mundo dizia que era ladrão mas ela não sabia de nada, só sabia que ele era rico e pagava mais do que a tabela, mas era muito sem-vergonha e vivia querendo tirar casquinha no corpo dela, nojento, dizendo que ela podia ganhar ainda muito mais, e ameaçando que ela também podia perder aquele emprego bom, era fácil arranjar outra, assédio sexual, era assim que se chamava hoje, naquele tempo não se falava, parece que era normal, bastava o sujeito ser sem-vergonha e descarado. Ele não parava, não desistia nunca, até ela dar, dizia mesmo, descaradamente, era assim aquele tipo de homem, ela foi aprendendo, era nova ainda, tinha menos de quarenta anos, teve que deixar o emprego, pediu demissão e nem recebeu o que lhe era devido porque era meio de mês, saiu e nunca mais apareceu, só teve pena da mulher e pediu a uma colega para ficar com ela até que fosse arranjada outra. Teve problema em casa para explicar ao marido porque tinha deixado aquele cliente tão bom, inventou isso e aquilo, que ele era bruto, essas coisas, custou a convencer, acabou dizendo mesmo que o homem vivia querendo coisa com ela, e aí o Everaldo ficou danado, entrou num ataque daqueles de brabeza, disse que ia falar com o homem, que o quê, deixasse isso pra lá, já tinha passado, tinha perdido o dinheiro, paciência.

Havia felicidade, e era maior que as pequenezas.

Everaldo tinha sido a benignidade da vida dela; a doçura e o carinho, a brandura. Era um homem assim, sempre fora, desde que o havia conhecido, alto, de bigode, cabelos bastos bem pretos, homem muito bonito para ela, era enfermeiro também no Antônio Pedro e também morava no Rio, com a mãe, em Jacarepaguá, era sete anos mais velho do que ela, uma voz grave e vivida que só falava coisas certas. Falta irreparável que fazia. Sim, havia pessoas insubstituíveis. Morreu dentro do ônibus de um infarto fulminante havia mais de quatro anos. Tristeza inda era a mesma.

Era a única coisa que a fazia chorar, a lembrança dele. Tinha chorado muito a mãe, que foi o anjo bom de ela menina; mas a tristeza era diferente, aquela coisa natural da geração de cima que vai antes mesmo, não era tão ligada à vida adulta dela, à vida plena no dia-a-dia dos últimos anos, com relação carnal e tudo como era com o marido, a intimidade maior, parte mais íntima da vida que acabara de repente, a morte de Everaldo tinha sido o fim de metade da vida dela mesma, mais de metade até, inesperada e tão definitiva que levara com ele um pedaço dela maior do que o que tinha ficado. Pensava e chorava em abundância. Lembrava os tempos, o casamento, a mãe dele e a mãe dela de vestidos quase iguais, pretos estampados de branco, meias e tudo, sentadas junto na igreja e na festinha que deram depois só para os amigos mais chegados no galpão da Mangueira onde a mãe tinha ido morar depois da Chacrinha.

O casamento e depois a vida toda, a administração da vida, com altos e baixos, os filhos, o apartamento, o trabalho, os dinheiros, aquela estaca forte, segura, que era o amor de Everaldo ancorando tudo. A operação dela, funda, aquele horror.

Pois bem, pois até a morte dele ela aceitava, chorava mas seguia nos dias fazendo a obrigação. E gostava. Do trabalho fora e mais ainda do trabalho dentro de casa, repetia que a coisa que mais gostava era todo mundo na casa dela almoçando assim no Dia das Mães ou de Natal, às vezes num domingo qualquer, os três netos e a alegria. E também no hospital, quando fazia um bem e recebia a gratidão num dizer, num olhar molhado, num abraçar de comoção. A morte acostumava, era, via sempre e aquele era o fim de todos, não fazia muita diferença se viesse um pouco mais pra frente ou naquela hora, já nem acrescentava mais em reflexão de sabedoria, sabia que se ficasse muito pensando na morte a vida virava uma sucessão de horas de espera, uma hora mais, outra hora, não, era viver na continuidade sem pensar, que a hora final chegava mesmo, Everaldo fora tão de repente.

Pois agora tinha finado Ana Maria, era mais um vazio que entrava, grande, a vida das pessoas velhas vai ficando cada vez mais cheia desses vazios. Imaginava o enorme vão de nada que ia agora ficar na vida do doutor Bernardo, sabia bem porque já tinha experimentado, tristeza funda somando com o maior vazio, aquele nada que é uma falta de tudo, falta de sentido e até de emoção, que é o principal da vida, a própria emoção da vida, da consciência e do prazer de estar vivo, custava a recuperar, ela mesma tinha experimentado, e tinha vencido com a ajuda da obrigação do trabalho para combater o desapego e o desalento; ele não, não tinha mais trabalho, ia cair num poço muito mais fundo, coitado, homem tão bom, ferido também a bala, nem tinha podido ir ao enterro, diziam que não corria mais risco de vida mas ela não sabia não, achava que era capaz até de morrer quando soubesse de tudo e caísse em si, morrer de vazio, de desvontade de viver, desemoção.

Homem tão bom, nunca tinha compreendido aquela separação dos dois, a surpresa do dia em que foi visitar e Ana Maria disse que se tinha separado dele, oh, choque, assim de repente, engoliu em seco e teve que perguntar mas por quê, e Ana Maria disse não deu certo, não estava mais dando certo, assim, vaga, não convenceu, sabia que dava certo porque ele era muito bom e ela também, logo tinha que dar, mas contraiu-se, nada mais perguntou, porém viu que tinha demônio no meio. Depois soube, tudo se acaba sabendo, soube por dona Augusta, a velha cozinheira da casa antiga, que Ana Maria tinha se apaixonado por outro homem, um judeu que era médico dela, sabia, o demônio escolhe pessoas para atuar através delas, sem as pessoas saberem, muitas vezes até pessoas boas, sabia, e ficou com uma pena do doutor Bernardo de cortar o coração, teve vontade de ir visitá-lo, só de pena, de manifestação, mas ficou sem jeito, não ia ter o que dizer, meses depois soube que

Ana Maria estava muito triste e tinha voltado para a casa da Redentor, viu logo que tinha terminado o desatino da paixão e foi visitá-la, constatou o abatimento, teve vontade de aconselhar, até de se oferecer para procurar o doutor Bernardo e reconstruir tudo, teve ímpeto, ali, saberia o que dizer, como cuidar, quase como enfermeira, recolocando os sentimentos no lugar e refazendo o tecido da felicidade, mas Ana Maria não deu nenhuma abertura para os rodeios que ela fez e ela se inibiu, conteve o impulso da vocação.

Hoje sabia de tudo porque tinha vivido de tudo, sabia da força da emoção do amor, uma coisa de mover montanha, tinha sentido aquilo tudo por Mario Sérgio e guardava ainda com carinho aquela emoção, sem nenhum arrependimento. Tinha sido, sim, um amor proibido, mas que não fizera mal a ninguém, e pelo lado dela não machucara aquele caroço de dignidade que a gente traz no mais dentro de si, era proibido para ele, Mario Sérgio, não para ela, que era solteira e livre, embora Deus livrasse ela de desmanchar um casamento, isso sim era um mal, nunca faria, mas quem tinha de ficar mentindo e inventando sempre era ele, arranhando sua dignidade, fazendo papel vergonhoso pra ele mesmo.

Conhecia tudo e sabia distinguir; no namoro dela com Mario Sérgio não tinha havido movimento do demônio, nem mesmo pelo lado dele, porque homem é assim mesmo, inconstante e cheio de ardor de sexo, a mulher é que tem de estabelecer a regra do bem nessa questão, aliás, em todas as questões ligadas à família, é a mulher que traça o certo, que sabe o certo e o errado. Ana Maria, por isso mesmo, não podia ter se deixado apaixonar daquele jeito a ponto de abandonar o lar, um marido tão bom, ali tinha claro jogo do demônio, na figura do médico judeu, oh, ela sabia.

Pensava assim enquanto o relógio na parede branca corria devagar noite adentro, era sempre assim nas noites de plantão, ela fazia tricô, fazia agasalhos medidos para a família toda e fazia peças que a nora vendia para outras pessoas, fazia tricô e pensava as coisas que eram para ela mesma, filosofia e recordações. Aquela noite, encadeando as coisas, acabou vindo de volta por inteiro o namoro com Mario Sérgio. Doce, a maior emoção de amor que tinha tido, maior mesmo, mais aguda, emoção por emoção, do que a que sentira por Everaldo, que tinha sido uma coisa assim de mais naturalidade e de muita madureza, muito mais duradoura, de vida inteira, mas sem arrebatamento.

Everaldo tinha sido o maior amor de sua vida, claro, não punha dúvida, mas a emoção de alma e coração aos pulos por Mario Sérgio tinha sido mais intensa. E tinha vindo de repente; logo depois do primeiro dia em que o reviu, ela sentiu como faísca, vinda do jeito como ele olhava para ela, uma coisa como elétrica, um despertar magnético daquele impulso dentro dela, moça feita de vinte e sete anos. De frente para trás analisava então que coisa tinha sido aquela? O que tinha ele de diferente, tanto? Não era só o porte e o rosto belo, a educação, a delicadeza nos olhos, era o doutoramento talvez, sempre de terno e gravata, era mais, era também a madureza, homem de quarenta anos, já um pouquinho grisalho, era mais ainda, com certeza, era uma espécie de corrente elétrica no jeito de ele ver a mulher, o olhar de homem que gosta de mulher, que gosta profundamente mas gosta refinadamente, tesão forte e fino, pensava a palavra e ria de mansinho, nada comum ou vulgar, nem de longe bruto, não, a sensação ainda era benfazeja passado tanto tempo, era de alisar o coração no recordar, a primeira vez que ele a beijou ela perdeu o fôlego, não conseguiu mais fingir como fingia enquanto ele só dizia coisas carinhosas, pegava na mão dela de pouquinho, mostrando o querer e a delicadeza, dando tempo, sem avançar logo e atracar, mas devagar, fazendo o ambiente do amor, ela deixando mas fingindo fugir, coisa assim de contradança, meses, medo de dona Yolanda, nem pensar, mas quando a beijou foi aquilo de derreter que nunca mais tinha esquecido, não foi de subida ao céu, mas de desmancho num mar tépido de prazer, amanteigado, um mergulho de entrega total, ah, derretimento.

Tinha vinte e sete anos e nenhum homem de sexo na sua vida até ali. Decidiu logo, entregava-se sem nenhuma exigência, nenhum reparo nem precaução, só amor. Logo depois ele ficou doente em casa e a intuição disse a ela desde o momento em que soube, na hora do café, que era fingimento, e o coração disparou sem parar mais, sabia que iam ficar sozinhos os dois em casa, com Aninha, que dormia certinho todo dia depois do almoço.

Doeu, sim, a dor local, na hora e bastante tempo depois, mas foi a doce dor da entrega, da doação, a dor da felicidade em largueza. E o carinho dele foi bálsamo para qualquer dor que fosse muito maior, o carinho de olhos que eram sua alma, a ternura de boca, de beijos e palavras, a educação distinta dava às pessoas palavras e modos de dizer muito mais bonitos que os que o povo usa comumente. E o cuidado dele com ela a partir daquele momento. Marcou médico na cidade para ver se tudo estava bem, estava, claro, e para receitar o diafragma no tamanho certo, que ela passou a usar todas as vezes, felizmente não dera nada daquela primeira vez. Cuidado sempre, em tudo, marcou dentista para ela, dava roupas, água-de-colônia, adereços. E ela dava pra ele também, o corpo e a alma. O prazer maior dela era sentir o prazer dele, era dar pra ele aquele gozo forte de homem que gosta de mulher.

Ele também incentivava ela muito no curso técnico de enfermagem, o suporte que tinha sido da vida dela, que tinha sido idéia do Jorge, que gostava tanto dela e era enfermeiro, fazia que queria namorar mas nunca tinha pedido nada a ela, talvez soubesse que se pedisse ela não ia dar, a vida era assim, dava para Mario Sérgio porque tinha amor, para o outro, não, só amizade, um certo reconhecimento de gratidão, justo, tinha convencido ela a fazer o curso, que fora a abertura da vida, Mario Sérgio incentivou muito, dizia que aquilo ia ser o maior patrimônio da vida dela. Disse certo, ele dizia as coisas certas. Tinha doutoramento.

E tinha carinho dentro do corpo, muito.

Aqueles encontros dentro do automóvel eram desconfortáveis e tensos de risco, não podiam ser muito demorados porque sempre ficavam com um pouco de medo de assalto ou de polícia. Relativo, porque pensando bem o risco era nenhum, essas coisas naquele tempo não aconteciam senão raramente, e eles nunca ficavam sozinhos, sempre havia outros carros, quatro, cinco, às vezes mais, namorando de noite ali na praia de São Conrado. Mas de qualquer maneira não dava para relaxar como se estivessem sozinhos num quarto de hotel.

Naqueles encontros eles ficavam muito tempo só se beijando, ele acariciando ela com muito amor, dizendo palavras, alisando ela na pele e no coração, aquele enternecimento que era o melhor de tudo e de que ela tinha ainda lembrança viva. Só depois iam para o banco de trás completar a entrega que estava quase acabada, era um delíquio.

Até que um dia apareceu a polícia, duas patrulhinhas juntas, botaram os faróis em cima, inda bem que eles estavam ainda no banco da frente, mas ela já sem blusa, os guardas chegaram de repente, oh, meu Deus, que vergonha, aquele susto, o coração saindo pela boca, queriam levar todos para a delegacia, havia mais três carros, Mario Sérgio começou a gaguejar mas se aprumou a tempo, se ajeitou e saiu do carro, foi lá fora conversar com os guardas, levou mais de dez minutos, ou quinze, sabia lá, ele e os outros dos outros carros, ninguém mais na praia, acabaram acertando lá um dinheiro e todos foram embora, namorados e polícia, foi a sufocação maior que tinha passado, mas depois ficaram rindo.

E os encontros na cidade, oh, esses sim, delícia, como lembrava, tinha tido um tempo de delícias. Inesquecível. Enquanto fazia o tricô.

Mas depois, também, com Everaldo, tinha gozado bastante o amor, e sabia então que aquilo era uma coisa direita, certa, não precisava ser escondida, tinham a casa deles, no princípio era toda noite, menos quando ela estava menstruada. Até ficar grávida do Osvaldo. Até sentir o fruto dentro dela, quando a página da vida muda completamente, engraçado, tudo passa a girar em torno da nova vida que se apronta. Milagre: sexo, prazer e fruto.

Curioso é que tinha passado tanto tempo da sua vida, de mocidade, sem sentir um chamado forte do sexo; tinha vinte e tantos anos quando começou o caso com Mario Sérgio. Mas depois que teve passou a sentir o desejo. Quando Mario Sérgio foi se afastando aos poucos, metido com negócio de campanha pra deputado, mas percebendo ela que era também um desinteresse que tomava conta dele, começou a sentir falta, e depois então, quando ele disse mesmo que queria acabar, descorçoado de tudo por ter perdido a eleição, dali pra frente ela deu de sentir mesmo vontade de homem. Mas tinha juízo e caráter, tinha muita noção de respeito, esperou sua hora de fazer tudo direito. E não demorou que conheceu Everaldo, de olhos pretos postos nela, brilhantes, bigode aparado e cabelos também pretos, figura de homem bonito, mais alto que Mario Sérgio, enfermeiro no Antônio Pedro, onde ela fora trabalhar, Mario Sérgio tinha sido muito bom arranjando aquele primeiro emprego decente que ela teve, e onde encontrou o amor de sua vida, seu companheiro mais querido, homem sério, direito, educado, e que também fazia amor bem, todo aquele chamamento de sexo despertado voltou-se para ele, tinha sido uma mulher feliz.

Essa coisa de sexo intrigava-a também por outro lado. Era que o mundo parecia que tinha virado de ponta-cabeça, e coisas que eram antes vergonhosas, pouco tempo antes, sempre tinham sido vergonhosas, agora pareciam normais, mulheres de famílias importantes, bem casadas, com filhos e tudo, mostrando-se nuas em revistas que os rapazes compravam pra fazer masturbação, espécie de prostituição indireta, recebiam muito dinheiro para deixarem que os rapazes gozassem nelas pelo retrato, e ninguém achava aquilo errado. Assim muita outra coisa, sempre coisa de sexo, parecia que não havia mais vergonha nenhuma em mostrar o sexo, exibir, fazer sexo com qualquer pessoa, mostrar na televisão pras crianças verem, carnaval, por exemplo, tinha virado exibição de mulher nua, podia aquilo ser certo? Não conseguia entender. A vida dela em casa, quando chegava do trabalho, era quase só televisão, vida de todo mundo, chegar em casa e ligar a televisão, conversa pouca, só uma coisa ou outra de problemas da casa, das crianças, como tinham estado, como não, ou logo algum comentário sobre coisa que tinha passado na televisão. Gostava das novelas, na verdade gostava bem, mas tudo que era novela agora tinha cenas de sexo, tinha de ter, era assim. E fora das novelas também, nos programas de humor, a graça parecia que girava também em torno de sexo, será que todo mundo só gostava daquilo, mais nada de interessante?

O mundo, como tinha girado depressa e tanto nos últimos anos, coisas de um passado dela de menina grande que já não se viam mais de jeito nenhum. Missa; ninguém ia mais à missa, ninguém comungava mais, ninguém rezava mais, ela ainda rezava de noite por hábito, por costume, porque aquilo trazia uma força de fé que ela achava bom alimentar, mas não podia mais acreditar que Deus protegesse as pessoas que pedissem a ele e deixasse as outras de lado, seria uma injustiça indigna de qualquer pessoa boa, quanto mais de Deus, meu Deus, que bobajada inacreditável, milhões e milhões de chineses, japoneses, indianos, árabes, judeus, infernizados, desajudados de toda maneira, desamados por Jesus porque não acreditavam n'Ele. Ora, se podia ser. E a moda agora era ser crente, viver de Bíblia debaixo do braço, dizendo aleluia, Jesus me ama porque eu O amo, vou ao culto, não acredito em santo nem em Nossa Senhora, não bebo, não fumo, ando vestido assim ou assado, ora bolas, que bobajada, Deus gostava de quem era bom, acreditando ou não n'Ele, ponto final, e ajudava quem era bom, pedindo ou não a ele. E alguns ainda ficavam fanáticos, chegava a ser quase coisa do demônio. Metade do prédio parecia que agora era de crentes, aquilo chegava a dar raiva, mas ela ficava quieta, não dizia nada porque tinha muita noção de respeito, sempre.

— Dona Maria Antônia, a senhora viu ontem na televisão aquele pastor pisar com a sola do sapato sujo o rosto e o corpo de Nossa Senhora?!

Realmente, não havia o que dizer, era só compartilhar o olhar e o sentimento, onde já se viu, onde queria chegar aquela gente tão fanática? Que santa podia ser mais amada pelo povo brasileiro do que aquela Nossa Senhora escura? Era a padroeira do Brasil por isso mesmo, porque era a santa do amor da gente escura, era a devoção do povo, gente como ela, Maria Antônia, que também tinha sua devoção, rezava e pedia a Nossa Senhora da Aparecida, quantas vezes tinha ido em romaria até a Basílica em Aparecida, aquele mundo de gente, gente escura e humilhada que ia lá receber uma graça, uma força da santa para continuar acreditando na vida e no esforço de viver.

Era difícil ser escuro no Brasil. Aliás em qualquer país, pelo que sabia. Só na África, onde era todo mundo preto. Tinha melhorado um pouco no Brasil, havia agora toda essa coisa de movimento negro, de defesa do negro, de lei contra o preconceito, os jornais falavam isso e aquilo, mas negro mesmo, coitado, era rejeitado em tudo que era lugar, parecia que até mais que antigamente, ninguém dava emprego a preto mesmo, nem em casa de família, nem em restaurante, nem em casa de comércio na zona sul, gente meio escura como ela ainda conseguia, mas preto retinto de jeito nenhum, só em fábrica ou em obra, e assim mesmo, olhe lá. Isso tinha mudado pouco.

Parava para contar as casas, a paciência era automática, não carecia nenhum esforço. Olhava o relógio, era assim o plantão, o tricô e o pensamento. Parava um pouco para descansar, pegava uma revista, folheava e lia, prestava atenção nos protocolos, conferia o trabalho das auxiliares.

Outras coisas tinham mudado também, muito. Às vezes até mais. Muitas coisas, era só pensar um pouco. Cemitério, por exemplo, era outra coisa para que ninguém ligava mais. Antigamente era aquele cuidado com os túmulos, as famílias atentas, enfeitando-os, especialmente no Dia de Finados. Não havia mais

Ela mesma não tinha mais ido ao túmulo de Everaldo no Catumbi, nem ao da mãe, que era no Caju. Certo, ela não ia porque não acreditava que tivesse alma vivendo de alguma forma, tinha certeza de que a morte acabava com a pessoa toda, corpo e alma, achava o cúmulo da enganação aquela coisa da ressurreição da carne, as pessoas voltarem todas aos seus corpos para uma vida eterna, não podia haver idiotice maior. E ninguém era mais idiota como antigamente. Por isso ninguém acreditava mais. E por isso ninguém ficava mais indo a cemitério pra conversar com as almas, rezar por elas.

Essas coisas, esses pensamentos que ela tinha, gostava de conversar com outros, trocar idéias, com Everaldo conversava, ele pensava bem como ela, mas agora não tinha mais muita oportunidade, e parecia que ninguém gostava mais muito de conversar, só quando era informação de acontecimentos e problemas do dia-a-dia, coisas de mais profundidade ou de mais elevação, coisas assim de filosofia da vida ninguém queria saber mais, era só de ver televisão. Ela sentia falta. Pensava sozinha.

E também no ônibus de manhã, quando voltava do plantão indo pra casa, ou no sentido inverso, correndo cedo para pegar a barca e estar no hospital antes das sete, vendo os edifícios e as árvores do Flamengo, o céu e o tempo, ia tomando o ar fresco e pensando também, como naquela manhã poucos dias depois: deslizavam pelo Aterro, faltavam alguns minutos para as seis e a pista estava ainda vazia, o ônibus corria em velocidade em direção ao centro. O ônibus corria e Maria Antônia pensava. Gostava ainda de trabalhar, apesar do cansaço da idade, preferia ter o que fazer fora de casa, sentia-se útil, tinha experiência e era acatada, e se distraía, seria um horror ter que ficar em casa o tempo todo sem fazer nada, só vendo televisão e cuidando de neto. Estava com quase sessenta anos, não estava longe da aposentadoria, mas não queria nem pensar.

O ônibus corria agora mais, ela gostava, gozava o ar fino da manhã que entrava pela janela e ia vendo o verde do jardim do Aterro, sabia que era obra do antigo patrão de Ana Maria, ela falava tanto dele, gostava tanto daquele homem, dizia que era um gênio, e ela, Maria Antônia, achava mesmo aquilo tudo tão bonito, pedaço de Rio de Janeiro abençoado, ali aquela pedra enorme tão bem-feita, tão lisa, o Pão de Açúcar, quem passava ali todo dia nem reparava na beleza, quem nunca tinha visto ficava de boca aberta, o mar, os morros do Rio, aquilo tudo que passava, parecia o cinema da vida, os pensamentos e a paisagem que passava, um filme da vida, gostava de ver cinema, mas só via na televisão, a entrada era cara e nem pensava em ir sozinha. E de repente, nem teve tempo para susto, o ônibus desgovernou-se, subiu o meio-fio num tranco violento, passou por cima do gramado, arrancou um arbusto e foi chocar-se de lado contra a sustentação de uma passarela.

A vida, a vida dela, Maria Antônia, cinqüenta e oito anos e muita vontade, muito siso, sempre muito respeito, podia ter acabado ali, a vida, tudo, passou por um fio.

Acordou completamente zonza e cheia de dor. Nada de saber, de conhecer, de dar de si, aquela coisa confusa e dolorida, uma dor grande no lado direito da cabeça, na orelha, tentou pôr a mão mas o enfermeiro não deixou, tentou acalmá-la, foi dizendo devagarinho, está tudo bem, fica quietinha, já vamos chegar, custou mas soube então que estava na ambulância dos bombeiros, logo o enfermeiro deu uma injeção, estava sendo sedada, compreendeu e deixou com calma, a dor era grande, não sabia ainda que tinha perdido a orelha direita, arrancada no choque contra o caixilho da janela por onde entrava agradável o ar fino e fresco da manhã. A injeção fez logo efeito, sentiu a acalmação, graças a Deus estava viva, isso conseguiu pensar, viva, foi sentindo aquele alívio, tinha levado uma pancada grande mas estava viva, ela, Maria Antônia, a consciência dela, a memória de toda a vida dela, aquilo que era a própria vida, a consciência, o tempo dela, estava viva, graças a Deus.

XII

As mãos do cirurgião, destreza e sensibilidade, essencialmente isso, e nisso havia dom, sem dúvida, a boa parte que era qualidade inata, mas outro tanto, pelo menos, certamente mais que outro tanto, era desenvolvido pelo esforço, exercitando a musculatura do metatarso e do antebraço, como a dos pianistas, e a concatenação dos movimentos, a coordenação motora, as ligações no sistema nervoso e a musculatura cerebral, as sinapses que também se desenvolvem com o exercício, como acontece igualmente com os pianistas. Josef saiu do cemitério sentindo as suas mãos, consciência delas, passando uma sobre a outra, seu patrimônio, instrumento de trabalho, tinha cuidado delas a vida toda e sentia que falhavam ultimamente, só ele percebia, ou queria pensar que era só ele, mas claro que os outros deviam observar, era o real, a idade, o tempo que, implacável, desgasta a vida em todas as suas manifestações, a destreza e a precisão das mãos do cirurgião, já não operava mais, só comandava os assistentes, intervindo excepcionalmente, tinha responsabilidade, chegaria o dia em que a vista seria também afetada, tinha problemas na retina, uma infecção que havia deixado pontos pretos, podia progredir, a vizinhança da morte não recupera mais nada, só degrada mais, saiu pensando de maneira desbaratada, a morte de Ana Maria, chocante apesar da idade que ela também tinha, porque repentina, sem perda de saúde, e o corpo dela ali iniciando a decomposição. As mãos do cirurgião tinham por certo um magnetismo que a própria atividade ou a sensibilidade desenvolvida pela atividade proporcionava, os dedos capazes de cortar, extirpar e costurar eram também capazes do toque mágico, leve, balsâmico e erótico, o toque carinhoso sobre o corpo da mulher, excitador dos terminais nervosos e das imaginações do êxtase; agora, velho, ele não teria mais esse poder, mas se lembrava muito bem do quanto Ana Maria se tinha apaixonado por ele depois dos toques que fizera sobre a pele dela, sobre o ventre principalmente, aquela região pré-sexual, com delicadeza necessária, e também sobre as mãos, tato com tato, sobre os braços, as pernas e os pés. Sim, tinha tocado com erotismo, ele também, ele até principalmente, talvez não tão conscientemente no primeiro momento mas depois, sim, a iniciativa fora claramente dele e percebida por ele, percebida e continuada, e cultivada por ele com prazer, tinha a lembrança inteira dos momentos, de homem que toca mulher, a pele e a carne da mulher, Ana Maria tão sedosa e feminina, e de como depois se havia arrependido de ter agido assim, de ter provocado aquela paixão tão forte que arrasou a vida dela por um tempo e causou a ele tanta preocupação, tanto cuidado e tanto incômodo, sim, o incômodo da responsabilidade e do cuidado humano. E o remorso, a separação dela, coisa surrealista.

As mulheres eram mais capazes de paixão.

Ou não. As mulheres eram mais persistentes na paixão. No sexo, também, claro, coisas correlatas. O homem tendia a resolver logo o caso no repente; até na violência, pelo dá ou desce, orgasmo e ejaculação. E logo a evaporação do desejo.

Ou talvez a mulher fosse mesmo mais frágil emocionalmente, mais sujeita a desequilíbrios passionais. Paixões e depressões.

Nada. Não era o ramo dele, mas sabia que essas regras simplificadoras não funcionavam, a Medicina tinha ainda um caminho gigantesco e complexo pela frente até começar a descobrir a fisiologia do cérebro, a ciência dos sentimentos que ali tinham sua sede e seu processo bioquímico, já havia pensado aquilo tantas vezes como um fascínio, na Califórnia tinha acompanhado um grupo que estudava a bioquímica e a bioeletricidade do cérebro, tinha-os procurado para consulta sobre pacientes submetidos a anestesia profunda e demorada que depois apresentavam perturbações de memória e de raciocínio, e conversando com eles descortinara a infinitude daquele campo que eles estavam abrindo com seus estudos, se fosse jovem mergulharia naquele mar com o maior entusiasmo. Obsessões, neuroses, paixões doentias, como essas coisas eram importantes e freqüentes na vida humana. Ana Maria colarase à vida dele de maneira doentia, sabendo que ele nunca corresponderia naquele sentimento, não a teria nem mesmo como amante ou namorada, muito menos como mulher. E ela ali. Coisa. Tudo tinha voltado à consciência vendo-a no caixão, velha e morta, sem cor. Alguma semelhança com a cor do pó, não o pó argiloso mas o descolorido, o pó dos mortos, o homem reverte ao pó e sabe disso, que angústia, a consciência da morte que só o ser do homem tem, único, que tem também a consciência do tempo que vem daí, o gato e o cachorro nada sabem do tempo porque não medem a duração da vida, o homem finge que não sabe, esquece todo dia que tem de morrer, astúcia da natureza dele, se não conseguisse com certeza se mataria de angústia insuportável, bem que Camus considerava o suicídio o principal problema filosófico, talvez o único.

Trânsito horrível naquela praça Sibelius, mesmo domingo àquela hora, gente indo para a praia, a regra era engarrafamento todo dia naquela entrada do túnel que passava por baixo do minhocão, incrível descaso com aqueles moradores que viviam em cima de uma poluição permanente, de barulho e fumaça, incrível, só no Rio, população acomodada. Ou sábia? O homem é incrível na adaptação. Devia enlouquecer no ritmo do mundo atual, no esforço estrênuo da competição insana, da correria desatinada, entretanto vai encontrando aptidões impensáveis no passado. Passado até recente. O homem sente o tempo como sente o espaço, e o regula intuitivamente, e também racionalmente, a intuição do espaço e do tempo faz parte da razão humana, regula e decide o ritmo da sua vida, adapta-se, sincroniza a velocidade dos eventos e dos novos esforços, velocidade de menos estupidifica, de mais enlouquece, neurotiza, o que se está vendo, mas o homem vai conseguindo responder, apela para a ciência e também para técnicas não-científicas, a moda do oriental, a atração pelo oriental que varre o Ocidente, o anseio por diminuir o ritmo e aumentar o tempo, humanizar a vida, só que a competição não deixa. Detestava a Barra, que era um símbolo dessa competição idiota cujo fim era o consumo e a vaidade, a Barra era símbolo do consumismo, ali se havia estereotipado a figura do emergente, o idiota da ostentação, tinha concordado em comprar o apartamento lá por causa da insistência de Magda, que besteira, ter de enfrentar aquele suplício do trânsito todo dia, Magda também já não agüentava mais, iam sair de lá, mudar-se para o Leblon ou para o Jardim Botânico, ou até para o Flamengo, bairros mais humanos, Barra era que não dava mais, idéia da mulher quando chegaram ao

Rio em 86, ela pela primeira vez, encantada com os espaços e condomínios da Barra, os espaços da concepção de Lúcio Costa, a própria arquitetura tinha um estilo novo e parecia bela, além de funcional, ele concordando meio indiferente, sem saber das coisas, tinha passado tanto tempo fora. Merda. Só depois foi ver que gastava quase três horas por dia no trânsito, contando ida e volta, absurdo, tinha melhorado um pouco com a Linha Amarela, principalmente nos dias de Fundão, onde dava aula, mas aquela estrada também logo se tinha engarrafado. E aquele aluno, Leon, que havia complicado a última aula com aquela consideração estapafúrdia sobre a tal teoria de Feynman sobre as múltiplas histórias do mundo, só para se exibir, evidentemente, nada tinha a ver com o que ele estava falando sobre a importância da história de qualquer paciente, coisa de jovem inseguro que precisa se mostrar, já tinha registrado antes que o Leon era um desses, outras vezes se havia denunciado, mas era um rapaz bom, e inteligente, cara sofisticado, se mostrava sempre de uma forma refinada, exibindo cultura, obrigara-o a buscar informação sobre as muitas e incontáveis histórias do mundo do físico americano, judeu, como Leon, que acabam por traduzir-se na história que nós, mortais, vivemos, nossas vidas sendo também múltiplas, incontavelmente, seguindo a trajetória divinamente traçada, em direção ao ômega, isso já era dele, não de Feynman, ia tocar no assunto do Leon outra vez na próxima aula. O fato era que a Barra se tinha americanizado inteiramente, não pertencia mais à cidade do Rio que ele havia adotado como dele, onde vivera sua juventude e seus projetos de maturidade, de realizações afetivas e profissionais, a cidade que espiritualmente era a sua, para a qual ele voltara por vontade, convencendo a mulher, afinal poderiam ter ficado para sempre na Califórnia, onde se tinham conhecido, casado e tido o filho, tanto tempo, vivendo bem, sem revolta nem rejeição, mas a volta ao Rio tinha sido um desejo sempre presente lá no fundo dele, mesmo não tendo mais qualquer pessoa de família ou de afeto especial morando nela, o afeto era por ela mesma, a cidade pelo que ela tinha de humano e de caro ao ser dele, a cidade tranqüila e estimulante onde ele aprendera a pensar sobre a vida, mas essa cidade acabava em São Conrado, agora via bem, Barra já era outra. Merda. Isso para não falar na violência absurda que encontrara na volta, inconcebível. Ana Maria já debaixo da laje fria no segundo dia do ano dois mil. Aquele tipo de cemitério todo de cimento e mármore era um lugar inóspito, cimento e mofo, a arte das esculturas não convencia, muito deprimente, dava vontade de sair logo, apesar da curiosidade de ficar lendo os nomes nas lápides.

A Barra nem cemitério tinha, as pessoas ali não morriam, não pensavam que um dia iam morrer, exatamente como faziam os americanos, que rejeitavam tanto a idéia da morte que se escondiam dela o tempo todo; Barra era realmente uma cidade americana ao lado do Rio, que era a mais brasileira das cidades.

O homem sabe que existe e que acaba, penso, logo existo era uma forma de dizer sei que existo. Mas implícito estava também sei que acabo. O ser consciente e imortal era inimaginável: séculos e milênios se passando e ele ali, o imortal, necessariamente infeliz, porque sem nenhum projeto de vida, só vendo tudo passar, sem projeto porque sabendo que não ia morrer e não precisava do tempo, tinha o sempre pela frente, acabaria caindo no nada, sem essência, só com existência, a coisa repetitiva do dia-a-dia, sem essência porque a essência da vida humana é o conjunto dos seus projetos, certamente, seria o puro ser contemplativo, vivendo só da excitação das novidades, como o cara que não sai da frente da televisão, só vendo notícia e documentário, acaba sendo tudo completamente desinteressante, chatíssimo, daria uma enorme vontade de morrer. Só a vista do mar naquela estrada suspensa compensava, a cor do mar, a luz do mar, realmente deslumbrante. Ana Maria dizia sempre isso, desde aqueles tempos. Agora se decompondo debaixo da laje bem cimentada para não deixar escapar nenhum cheiro.

Magda nem se lembrava mais de que ele tinha ido a um enterro e nem perguntou nada, foi logo falando de Miguel que tinha voltado da praia com febre, devia ser uma gripe, ele tinha sempre aquele problema de amígdalas e aquela febre.

Magda falava o português espanholado que nem o tempo modificaria, era uruguaia, seis anos mais moça do que ele, tinham se conhecido na Califórnia, no hospital onde trabalhavam ambos, ela era cardiologista e não tivera dificuldade de emprego no Rio, tinha consultório próprio e fazia parte da equipe do hospital Copa d'Or, na Figueiredo Magalhães. Miguel era o único filho, agora com vinte e um anos; Josef tinha querido ter mais um e Magda resistira, o tempo, a ocupação, sempre assoberbada no profissional, eles eram dois e deixavam só um quando morressem, disso ele não gostava, contrariava o mandado de Deus.

Divergências mais profundas com Magda havia, mas poucas, embora aflorassem com certa freqüência no curso da convivência, inevitável, estavam endurecidas e submersas lá na alma de cada um deles. Uma era esta da descendência, do segundo filho que há tempos se tornara sexualmente impossível. Outra a questão palestina, oh, essa mais fervente, rascante nas palavras do confronto, porque parecia a Josef uma questão moral, de princípio, irritando-o o que lhe parecia um cinismo da mulher ao colocar a eficácia acima da ética, ao afirmar, com aquela convicção objetiva que a ele era repugnante, que não tinha jeito mesmo senão massacrar os árabes pela força, pela eficácia armada, já que era um povo culturalmente muito inferior que não entendia as razões do senso comum e da ética, um povo ainda selvagem com o qual era impossível dialogar civilizadamente. Não apenas não dava para aceitar o pragmatismo imoral da mulher, pelo qual se estava exterminando aquele povo, que afinal fora expulso à força da sua terra, como aquela atitude do governo israelense, que ela defendia, negava frontalmente a maior contribuição que os judeus tinham dado à humanidade, que era o conceito de justiça, a idéia da ética ligada à justiça, que não existia entre os povos primitivos, que fora uma criação eminentemente judaica incorporada depois pela civilização greco-romana. Foi com a força dessa idéia que os judeus haviam conquistado o território de Israel depois da guerra, com a força da moral e não com a força militar. Os judeus precisavam, sim, de um território pátrio, onde estivessem a salvo de perseguições e novos holocaustos, sempre cometidos pelos ocidentais, pelos cristãos, nunca pelos árabes, e era natural que fossem instalados na terra original, a Terra Prometida, todo judeu tinha de ser, na verdade, um sionista, mas nunca expulsando os ocupantes dela pela força, e sim negociando com eles eticamente, partilhando com eles a terra como havia sido decidido pela ONU, e compensando-os de maneira justa, pacientemente, paciência infinita, pela via do acordo, ainda que demorado, difícil, com a ajuda das Nações Unidas, que levasse décadas de convencimento mas que sedimentasse um consenso, essa era a regra da razão e da moral, a regra dos princípios judaicos. mas, Magda não compreendia, melhor, não queria compreender, nem queria discutir porque achava que a paciência dos judeus estava esgotada pela atitude dos árabes, irracional, fanática, violenta, assassina, terrorista, e com gente assim é impossível dialogar, tentar acordo. Só nesses momentos era conflitante a convivência entre eles. Poucos. O confronto se encerrava num silêncio adverso de parte a parte, até a maré do tempo encobrir as arestas daqueles rochedos endurecidos dentro de cada alma.

O costume era almoçarem fora aos domingos, Josef gostava de um bom bife ao ponto, num restaurante australiano da Barra ou num argentino na Lagoa, com caipirinha antes e vinho tinto durante, era um dos prazeres que mantinha com vontade, ele parecendo sempre tão contido e frugal em todo o tempo da vida. Na verdade mantinha prazeres com propósito, poucos, para que não perdessem o valor, prazeres que iam escasseando na velhice, sempre escasseando no correr do tempo, então mantinha-os com cuidado. Exemplo, aquele do bife aos domingos. Verdade que o tempo também lhe dera outros, a caminhada de manhã era o mais tonificante, um prazer da idade, e grande, a respiração e a contemplação do mar, caminhava na Sernambetiba. Cultivava. Talvez consolo bobo, mas ainda assim importante. Porque, por isso mesmo, porque o prazer geral da vida, da pulsão e do anelo, os gozos mais fortes, todos, o do sexo principalmente, tudo ficava muito desgastado pelo tempo, implacável, Ana Maria lá debaixo da terra já era um nada.

A vida, em si, como fenômeno, já era transcendente dentro da grande natureza cósmica com sua lei universal da entropia crescente. A vida ousava e transgredia essa lei, era transcendente por isso, e a vida humana duplamente, porque transcendia também os instintos, transcendia a natureza da própria vida, era capaz de se ligar com o divino, o transcendente, incorporava mais esse insondável mistério, as religiões existiam por isso e não acabariam nunca, apesar dos embates com a razão e a ciência. Einstein tinha enfrentado bem esse conflito.

— E o Miguel? Fica aí sozinho?

Razão de mãe, alerta, aquela ligação que nunca falha. "Bem, ele é maior e quase médico, fica na cama, vou falar com ele, qualquer coisa liga para o celular, nós não vamos demorar, podemos ir aqui mais perto."

Einstein rejeitava como absurda a idéia de um Deus pessoal, com sentimentos humanos, fazendo questão de ser adorado, glorificado, zangando-se, castigando e premiando como fazem os homens, atendendo a pedidos e orações, um Deus enfim muito pequeno, incompatível com a grandeza da Criação. Os verdadeiros mandamentos de Deus estavam nas leis cósmicas, obra sua, que regiam tudo. Os mandamentos religiosos, livros sagrados, essas coisas, eram criações do homem, leis dele, feitas pelo sentimento dele, homem, pela razão dele em busca da sobrevivência e do aperfeiçoamento, as leis da moral, da convivência humana, que usavam o nome de Deus para angariarem maior respeito e obediência, Moisés, Jesus, Einstein, Espinosa, Maimônides, judeus inspiradíssimos, abençoados, sabiam muito bem disso. Homens de extraordinária grandeza, pontos de um brilho inequívoco na história da evolução, apesar de pequeníssimos, não só no sentido mais considerado, corriqueiro, de comparação física com a grandeza do universo, mas minúsculos pontos, nanos, também na cadeia de evolução da vida na Terra, pontos da história de um ser de apenas vinte mil anos, que fez tudo isso aí mas que continua no início da sua evolução; como será este ser muito mais evoluído, daqui a duzentos mil anos? Entrou no quarto de Miguel, sentou-se na beirada da cama, pôs a mão na testa e sentiu a febre, nem precisava medir.

— Que você acha, é o mesmo de sempre?

— Amígdalas, a garganta fechada, quase não posso falar.

De fato, a voz mostrava claramente. Por ele, Josef, ministrava um bom antibiótico, já devia ter pus nas amígdalas. Mas Miguel estudava Medicina e tinha opinião, mania de evitar antibiótico, só em último dos últimos casos, fazia gargarejos de hora em hora com muita disciplina, tomando aspirina e muito líquido, e repouso, cama, o pai respeitava.

— Nós vamos almoçar e voltamos logo.
— Tudo bem.
— Qualquer problema, liga pro celular.

Era só uma atenção, chamado apoio psicológico, realmente, não chegava a haver motivo para que tudo não estivesse bem. Saiu do quarto e disse para Magda que poderiam ir, só tinham de preparar alguma coisa para o Miguel comer, um arroz bem cozido, coisa assim, um leite quente.

Em pouco novamente dirigia o carro, iriam almoçar ali na Barra mesmo, para não demorar, e o silêncio de Magda o deixava pensar mais. Davam-se bem, tinham uma comunicação normal, discussões por vezes mais ásperas, mas ela não era do tipo que falasse em nenhum momento sem propósito, por mera compulsão do falar ou necessidade de agredir inconsciente, era uma pessoa que sabia silenciar por natural, e a vida deles tinha sido uma divisão equilibrada. Como teria sido Ana Maria na cama? Era uma frustração da vida dele o não ter aceito, o ter recusado o que ela tanto quis? Era; já tinha confessado a si mesmo muito antes. O corpo dela ainda jovem ele tinha visto e avaliado, e era de fato atraente, um corpo de formas muito femininas, curvas, volumes e carnação, uma pele clara e doce de se beijar sem chegar à saciedade, honrando-a como fariam os melhores poetas, a expressão dela no gozo da entrega teria sido provavelmente um deleite raro, sublime com certeza. Tudo imaginação, a vida necessariamente tinha muitas frustrações, necessárias, se tivesse experimentado uma vez poderia ter desencadeado uma tormenta incontrolável, para ela e para ele.

Mas as frustrações alimentavam a imaginação, eram o fluido indispensável dessas composições dos sentidos que se faziam no plano do sonho, do pensamento criador, sem realidade, mas real ou quase real nos sentidos, durante tempos teve para si, perfeita, a imagem dos cinco sentidos sobre o corpo de Ana Maria, até o aroma e os sons da pele, do corpo dela, suas curvas e cores. Era frustrante, claro, mas tinha gerado todo um sonho de grande força sexual, muito presente.

Chegaram, deixou o carro com o manobreiro, restaurante de rico, a cidade do Rio era de uma injustiça insustentável, tinha plena consciência, mas não tinha a veia da política para se jogar nos embates inviáveis da luta pelo justo.

Depois da caipirinha, do bife e do vinho australiano voltaria a cogitar: sei que existo, e sou responsável, tenho deveres. Mas ao entrar não pensou nada, observou o espaço amplo e cheio daquela gente que se chamava emergente, uma expressão importada, traduzida, como quase tudo naquele bairro idiota. Entraram e Magda disse: que cheiro bom. Era uruguaia.

O cheiro de fato era bom, rendeu-se, sentiu o afluxo dos sucos internos do apetite, a natureza trabalhando a favor da vida, da alimentação do seu processo.

A cidade do Rio era bem um claro exemplo de injustiça, não faria comparações com São Paulo, mas com certeza a desigualdade e a ignomínia eram do mesmo porte, em ambas uma elite endinheirada e estúpida, morando naqueles prédios suntuosos, caríssimos, milhares, era aquela gente sentada ali naquelas mesas, que preferia gastar dinheiro em fortificações particulares a investir na cidade e no seu povo, povinho menino escuro de bermuda sem camisa fazendo malabarismos com bolas de tênis nos sinais onde os carros paravam, para ganhar um trocadinho rara vez. Pior para eles, uns e outros, pior para todos, até para os que pensavam pelo justo, era o problema. Cretinos que se avaliavam inteligentes, sabidos, competentes, porque sabiam fazer as mesmas coisas e negócios que se faziam em Nova York, aonde iam com freqüência, sabiam comprar apartamentos em Miami, falavam inglês fluente e eram idiotas, sócios pacóvios dos gringos vivendo em cima do charco da miséria e do desemprego, das favelas baixas da Barra, da bandidagem crescente, fatalmente crescente, porque os que não eram imbecis como eles da elite, os que tinham ambição, inteligência das coisas e um mínimo de sentimento de dignidade dentro da massa marginalizada partiam para a violência, optavam pela vida curta mas digna, elaboravam a sua moral.

Era assim a cidade do Rio. Mas continuava alegre, não obstante, e não era uma alegria forçada de carnaval de consumo, para vender ao gringo, era alacridade mesmo natural, milagrosa, de cantos e danças, como era a dos escravos há cento e cinqüenta anos, falada em línguas africanas misturadas ao português crioulo. Quando os negros eram os donos das ruas da cidade, os que andavam a pé e conheciam cada recanto, seus mistérios, os que ficavam horas a ver o mar nas beiradas do cais, nas imediações do Largo do Paço, pelas travessas a conversar e contar as novidades nas portas das lojas da Rua Direita, a ver as mulheres que vendiam quitutes, vestidas em blusas decotadas de algodão fino, generosas de braços e seios, risonhas, os dentes alvos, eram eles os que cantavam e dançavam aos domingos no campo de Santana, em frente à igreja do Rosário ou de Santo Antônio dos pobres, sempre longe dos fantasmas do Valongo, do Calabouço e do Pelourinho, esquecidos de passados recentes e de lembranças mais antigas da terra mãe, na pura e folgazã alegria do presente. A marca deles ainda hoje ressoava muito sutilmente na cantaria presente em várias ruas do Centro; e ficara muito nítida na alma da cidade.

O Rio, o verdadeiro, tinha um denso estofo feito pelos africanos, que foram maioria na população; a Barra era uma falsificação: "Magda, temos que tomar a decisão, procurar logo um apartamento e fazer a mudança." No carro novamente, voltando para a casa, Magda concordou.

E Josef voltou a pensar em Ana Maria debaixo da laje. A laje era pior, mais fria do que a terra. O natural era a terra. Menos ruim porém que a cremação, onde tudo do corpo e da alma virava fumaça. Ana Maria, e também ele, Josef, não eram pessoas das mais representativas daquele estofo alegre do Rio. Ela já tinha nascido no Rio, mas trazia a cultura de casa, de pais estrangeiros, que a cidade absorvia tão sabiamente e logo transformava, em duas gerações, em plasma carioca. As mulheres do Rio eram prazenteiras até no ato do amor, ledas quase até a hora de gozar. Josef conhecera bem as putas da cidade.

O Rio, o verdadeiro, o sábio, era uma alegria apesar de tudo.

Que tudo, que nada; era também sabedoria, vocação de felicidade.

Este livro foi composto na tipologia Raleight Bt, em corpo 11/15, e impresso em papel Chamois Fine 80g/m² no Sistema Cameron da Divisão Gráfica da Distribuidora Record.

Seja um Leitor Preferencial Record
e receba informações sobre nossos lançamentos.
Escreva para
RP Record
Caixa Postal 23.052
Rio de Janeiro, RJ – CEP 20922-970
dando seu nome e endereço
e tenha acesso a nossas ofertas especiais.

Válido somente no Brasil.

Ou visite a nossa *home page*:
http://www.record.com.br